“在场丛书” | 中国当代中青年作家作品巡展 01

风入松

王凤英 著

北京时代华文书局

图书在版编目（CIP）数据

风入松 / 王凤英著. -- 北京 : 北京时代华文书局，
2017.10（2019.5重印）
ISBN 978-7-5699-1870-0

Ⅰ. ①风… Ⅱ. ①王… Ⅲ. ①长篇小说－中国－当代
Ⅳ. ① I247.5

中国版本图书馆 CIP 数据核字 (2017) 第 247713 号

风 入 松

FENG RU SONG

著　　者 | 王凤英

出 版 人 | 王训海
选题策划 | 梁明德　邵鹏军
责任编辑 | 周连杰
装帧设计 | 格林文化
责任印制 | 刘　银　訾　敬

出版发行 | 北京时代华文书局　http://www.bjsdsj.com.cn
北京市东城区安定门外大街 136 号皇城国际大厦 A 座 8 楼
邮编：100011　电话：010－64267955　64267677
印　　刷 | 三河市三佳印刷装订有限公司　0316-3650105
（如发现印装质量问题，请与印刷厂联系调换）
开　　本 | 155mm×220mm　1/16　　印　　张 | 20　　字　　数 | 193 千字
版　　次 | 2018 年 1 月第 1 版　　印　　次 | 2019 年 5 月第 2 次印刷
书　　号 | ISBN 978-7-5699-1870-0
定　　价 | 46.00 元

目录

白菊花

1

我是舅舅的外甥女。我正朝那一大片白走去，就在田姥爷家的楼下。

在被蛋蛋看见之前，姥姥就叮嘱我别从田姥爷楼下走，别走。但我没忍住，因为那一大片的白扑扑腾腾晃眼，好像还夹杂花花绿绿的东西，她们从那些白里走出来，走得哗啦啦直响。

风很大，跟鬼哭一样，从夜里一直哭到天亮。这还是听姥姥说的，我夜里睡得臭死，压根不知道。但我做梦了，梦见姥爷病好了，穿着军装，身材挺拔。他不再坐轮椅，自己会吃饭，还像以前那样喊我小名儿——肥肥（其实我叫飞儿，他用老改不掉的方言喊得很重很硬，听起来就是肥肥）。他从医院走回家，进大院后还给我买了新出锅的馓子，焦黄焦黄的，香气直撞鼻子。早上我醒来的时候，姥姥正弯着腰拖地，拖把很湿，沥沥拉拉滴着水，拖过的地板太阳一照，像出了一屋子天花，看一眼就浑身痒。

“小祖宗，快点吃 -- 咋不像你姥爷嘞，一大海碗呼噜几口就见底！”姥姥用筷子敲我的碗，叮叮当当的，我赶紧把头埋到碗里，很大声地吸溜，刘海儿也杵进面疙瘩汤里，头一抬，额头、眉毛上都是。说实话，虽然我的胃口一直不好，吃东西从来不像蛋蛋那样不要命，但姥姥一搅面疙瘩饭我的胃口更不好，就因为饭里有我不爱吃的鸡蛋。我不懂为啥一定要打鸡蛋，又腥又臭，闻起来有鸡屎味儿。但姥姥爱吃，她爱吃了就常做，做好了就用蓝边儿大海碗盛，一人一碗或两碗以上，不定上限，反正她只用花边小瓷碗，多一口都不吃，有时候碗里还要剩三两口到小半碗不等，剩下的一定派给姥爷。这件事我就不服，她咋不拿姥爷比哩。姥爷总是吃得最多，姥姥还一直劝他多吃，撑得要命也多吃。“爸胃不好，七分饱就行了。”妈妈有时候看不过去，但姥姥有她的道理：“你不懂，你爸个子大，年轻时候家里穷没饭吃，现在要捞回来。”“我爸不年轻了，消化不了。”妈妈坚持，当然，姥姥更坚持：“大啥？三十多公岁大啥！”说道“公岁”，妈妈便不说话了，姥爷这时候总是笑着说：“对对对，好好好。”喉咙里呼噜呼噜一阵响，饭便悉数蒙混过关，之后收拢一桌子碗碟去洗。他洗碗的时候嘴巴吸溜吸溜，大着声儿不停吹气。姥爷早年当过兵，是个勤快人，家里老老少少，到现在，没人及得一二。

我在楼西头拐向右手。左手拐要打门球场左边走，右手拐则从门球场右边走，但左手拐要沿着门球场的南边铁栅栏向右转向一条榆荫小路，一直向西斜过去，穿过一个小花园，从田姥爷家的楼后能绕到大院大门。而右手拐就得从铁栅栏北头向左手转，也是向西，直接上了大院里贯通东西的大路——那是大院里唯一的大路，挺宽。

田姥爷家的楼东头一小片空地，种满了矮刺梅、小榆树和迎春花，正对着门球场小栅栏门。

我来姥姥家走大路，一周一回，或者两回，暑假我通常住下不走，爸妈在这个城市里手忙脚乱地上班、下班、吵架。我喜欢从大门到田姥爷家这截路，路两边热闹极了。白天一家挨一家的小卖部、小地摊儿，小卖部里啥都卖，小地摊儿上也啥都卖，一路走过去总有好看的、好玩的、好吃的；天黑以后小地摊儿收了，但小卖部照样开，有一两家烤羊肉串的支起简单的棚子，棚子下摆三两张小方桌子、七八张小凳子，总有大人小孩来吃，有时候没地方坐了，就站着，吃着，聊着，笑着。妈妈不许我来，说肉让火烤了吃总归是不好的，为啥不好她没说。舅舅不信这个，回来的时候自己吃，也带我去吃。

这截路上逢年过节更热闹了，外边有车开进来卖东西，虽说少不了花样翻新，总不外乎是些物美价廉的便宜货。姥爷说我没出生前可不是这样的，开始是一两家支摊子卖菜，卖小玩意儿，卖针头线脑，院里管理处根本不管，反正都是哪家叔叔伯伯哪家阿姨的孩子，年纪大了待业在家好几年没事儿干，总不能一直没事儿干吧，摆摊子卖点儿啥的，管理处自然不好收费。后来多了，有的盖起小房子扩大规模，有土垒的，砖砌的，废旧锈铁皮搭的，或鸡笼子样，或帐篷样，或火车车厢样等等，着实影响大院整体形象。姥姥说这院子里住着的好歹不是一般离退休人员，这些老头老太太好歹也不是一般的老头老太太，当年都是在那个叫金银滩的地方为国防建设出过大力气的，还研究出了蘑菇云。管理处这才吆喝着要拆，吆喝了一阵子，总没人正经管这事儿，也到底没人认真听，便五角一块地象征性收点费用。再后来院外的小贩加盟进来，这就好办了，管理处立规矩定标准，还盖了活动板房出租，人家当然像模像样开始做生意。自从人多了以后，院子外的小孩跟着来玩，我就是在一个卖塑料水枪的地摊儿上遇见蛋蛋的。他长着朝天鼻，把弄着一把塑料小水枪，路过的小女孩儿差不多都被他刺儿得满身是水，又不敢对蛋蛋怎样，他又胖又高，样子有点儿狠巴巴的，没人敢吭气，只有哭着跑开。那天，我穿一条最中意的粉色蓬蓬裙，撒满了桃花和小蜜蜂，穿起来像画上的小公主一样。当时天上的云儿跟着我跑，我撵着一条小流浪狗跑，突然间雨就下来了，公主裙像姥姥的抹布一样难看。他笑得哏儿哏儿，还冲我使劲儿掀朝天鼻。我长嗥一声扑上去，他的血从朝天鼻孔流下来，我又踢上一脚，那天我穿的是皮鞋。我没再打他，因为他没再骂我，抱住肚子坐地上，嘴角只是撇了撇，看得出他想哭，却只是撑开了小眯眯眼儿，却不敢朝我撩一下。我就知道以后他再不敢欺负我了！

大姨说，我性格和我妈像一个模子里嗑出来的，有股子蛮劲儿。这我不知道，我还小，我只知道我这回猜对了，他第二次看见我大老远就跑过来，求我分享他的巧克力，我们开始一块玩儿。后来他说，那天我扑他的样子比流浪狗还可怕，简单是一头狼。其实他根本没见过狼，我也是。

现在，我不得不停下来，我看见的一大片白真的又是花圈，花花绿绿的东西是杂在白色花圈当中的彩色纸花，有些纸花亮闪闪的发着光，在风里脆脆的响。其实姥姥用不着担心，我每次来院子几乎都能看见花圈，有时在一幢楼前，有时在两幢楼前，最多的一次我看见四幢楼下都是一大片白，就像现在靠墙根摆放的样子，一个靠着一个。当然，并不是每次看到的花圈都多，头两天刚死的钱姥爷楼下摆的花圈是我看到的最少的一次，也是最小的。又小又少的花圈像生了气，一个一个离得远远的，谁也不搭理谁。

“老张啊，罪受够了，走了，也了了。”说话的是田姥爷，他刚从小卖部出来。姥姥说他退休前在厂办搞收发，手很巧，现在弄个摊儿摆大门外，干些修修补补的事儿，我的小自行车前闸不好使，就是他修好的。姥爷没生病的时候总是找他下军棋，在没生意时他们就坐街边，从一堆修车工具中间腾出来一小块地方，军棋纸往一张小方凳上一贴，手一捋，根本用不着招呼，一群老头儿都从看大街、望天、打盹儿等各种散淡中聚拢过来观战。开战，翻子，炸地雷，扛军旗，直到天黑，要是姥姥不找他回家吃饭的话。通常这时候姥爷并不恋战，拍拍大腿，边往家里走边仰头呵呵笑：“才跟福海坐不大一会儿，就让你看到了。”田姥爷大号叫田福海。姥姥当时并不搭话，背过人才数落姥爷：“老程啊老程，知道啥人才坐大街嘛，那都是老娘们儿，你一个七尺大高的男子汉大丈夫坐大街，惭愧不惭愧？”当然，姥姥走的时候不忘招呼田姥爷：“老田，一起走吧，做得多。”田姥爷笑笑，说着忙呢走不了，姥姥也就不再让了。

田姥爷刚买了黄纸香烛之类东西，看见我，拿手掌使劲往远处忽扇：“回家去，小妮儿家别站这儿，别站这儿，没啥好看。”我就往花园里走，那里有滑梯和跷跷板，小孩儿们饭后大都被大人撵到这里来，像轰小鸡一样。

我一露头，站在滑梯高处的蛋蛋马上发现了，大声嗷嗷叫着，像一只胖鹅一样俯冲下来，唾沫星儿立刻覆盖了我：“你猜你猜，我怕怕又给我买啥啦。”他老是把“爸爸”叫成怕怕，其实年纪也不小了，幼儿园已经毕业，过了这个夏天，我们就该当小学生了。我就说：“巧克力吧。”他把小眼睛往上使劲儿翻了翻，眼仁一片白，拼命摇头，我又猜：“芭比娃娃吧。”他大叫：“你才芭比娃娃，你才芭比娃娃，你们全家都是芭比娃娃！”我一岔腰，一瞪眼，没等我表示出进一步的威胁，他已经把小眼睛挤成了两坨肉疙瘩，吐着舌头举手投降，嘿嘿傻笑：“大姐饶命，大姐饶命！”求饶也没用，我已经踢到了他的屁股，我知道踢得不轻，脚上是一双新皮靴。他疼得一边跳脚一边嘟囔：“女生欺负男生有啥了不起，有啥了不起啊！我有变形金刚你有吗？”我没有变形金刚，我只有熊宝宝。他便像鸭子似地嘎嘎笑：“我家大黄狗不咬人，你家有吗？”我爸不喜欢养狗，他不喜欢养任何大小动物。他开始跳脚大笑，说：“我怕怕带我去海洋世界了，你怕怕带你去过吗？”我爸总是出去喝酒，醉了就踹门、骂人、摔东西，和我妈妈吵架，不喝酒的时候等着有人叫他去喝酒，没人叫的时候就自己约人出去喝酒。我盯住蛋蛋胖胖的脸，那上面正笑得沟壑纵横，吹牛输给他这种小屁孩儿多没面子。我大声叫：“我们院子花圈多，你有吗？”说完我也笑了，也笑得沟壑纵横。

他愣了，眼仁翻了一会儿，又翻了一会儿，然后就大哭起来，之后嗥着走了。

大姨已经回来了，在里屋补觉，通常会睡到中午起床，或者下午也说不定。此时姥姥做好的午饭已装进提盒，她应该在去医院给姥爷送饭的路上才对。但现在她坐在客厅抹泪，一起坐的还有一个脸色黑红的胖婆婆，胖婆婆正跟姥姥说道：“多好的人，也得那种病！”姥姥说：“你说咱又没干啥坏良心的事，咋都摊上了这种不能治的病啊——老张这一走，老张家的可咋办呐，一身的病，遗属户发那俩钱，买袋米面就不剩啥了，头疼脑热了，还不得等死？”胖婆婆说：“也不能那么说，俺老李和恁老程从打酒泉当兵就一块儿，后来到马兰，到221，当初也都是为国防事业，全国上下都勒着裤腰带搞建设，不那样，还不得叫美帝国主义坑死了。”我开始自己解鞋带子。自从姥爷生病住院以后，她们都顾不上我了，爸爸是靠不住的，舅舅假满后，妈妈、大姨轮流去医院守护，姥姥做饭、送饭。本来舅舅和我妈都主张请护工守夜，毕竟大家都有工作，不能总是一直请假下去，这又不是一天两天的事。但姥姥死活不同意，说姥爷脑子坏了，腿脚不能动弹，别人伺候好不好也不知道，到底辛苦一辈子，养大一群孩子不容易，有事儿时就得指靠孩子，没的叫外人笑话了去。大家最后还是听了姥姥的。

姥姥说：“这是17号楼李姥姥，你百天的时候还抱过你。”我肯定没印象，我百天是啥熊样我都不知道。胖婆婆李姥姥很慈祥地笑，拍拍手，然后朝我摊过来：“这是三闺女家的妮儿？看长得多齐整，来，姥姥抱抱！”我朝后退了退，姥姥说：“这是二闺女家的。大了，怪沉，别累着你。”起身到里屋一会儿出来，往李姥姥手里按了按说：“老程病着，我们走不开，给老张燎张纸吧。”李姥姥捏在手里，说：“按说你家老程住着院呢，这种事儿原本不用随份子，可老张活着时候人不错，和你家老程又是一个车皮拉到部队的，后来又一起支边，都算是大功臣。老张家的说要是不通知，老张会怪她的。”姥姥说：“看你说的啥话，谁家没个难处，在厂里时都是街坊邻居，这几年眼看着院里一个跟着一个走，谁知道下一个轮谁头上呢——能送送就送送。”李姥姥听这么说，把手往脸上抹了一把，看着窗外叹气：“咋说不是哩，才听说查出来，没等去医院瞅，人就进太平间了。这还算好的，前头走的老钱，早上还喝我豆浆哩，下午就走了，你说快不快！”李姥姥在院里卖早点，也就是磨豆浆、炸油条，姥爷好着时候常去照顾她的生意，有时候买一大捆回来，吃不了，姥姥就埋怨他，姥爷不服：“李老婆儿炸多了卖不完，你说咋办？”姥姥就拿过指头点着姥爷说：“是不是口袋装俩钱就烧了？你这人呐，有俩钱就不能装口袋多暖和一会儿，一出门就散了！”姥爷通常不吭气，自己端一边去吃，一根接一根，吃得实在太撑，才停下来，打个很响的饱嗝：“挺香的！”然后收拾起碗筷，听着厨房里稀里哗啦地流水声，姥姥脚不踮地跟过去大喊："手倒是快，干一个钱的活要俩钱的工！你看你看，到处是水，十个丫鬟跟后头都收拾不及。"只要姥姥不再埋怨他买油条的事，他决计是不介意的，也喜喜欢欢哦哦应着，用抹布划拉划拉完事。有时候姥姥又想起来说他，他便生气了，饭也不吃，一甩手出门，出门前说："几斤油条的不是，叨叨叨没完。老李死恁早，李老婆一个人，多难啊。"

李姥姥拿到钱要走，下了几级台阶又停下来，嘴里吹着冷气："你说快不快，早上还喝我豆浆哩！"姥姥就叹气。

2

住院部在立交桥边上，从高处往下看，人和车都像在积木里跑出跑进。太阳从姥姥的炒瓢里扑出来，浑身焦黄还带着烘烤过的味道。闻见这种味道的时候，姥爷往往就被大姨或者妈妈扶着开始坐起来，床两边的铁栏杆固定得很牢靠，她们忙别的事情的时候，我一个人守。姥爷不会走路一年了，不会说话，也越来越不大认人。现在，妈妈去楼下交药费，姥姥到水房洗碗，我就看着姥爷埋在几乎高过他的头的棉被、棉褥之类堆成的垛上打盹儿。他这一阵儿白天经常打盹儿，糊涂话也不肯说了，咳嗽起来就大睁两眼看我。"姥爷，喝水不？"我把杯子举到他嘴边。太阳烤进病房，坐到皱巴巴的白被单上，好多黄的、红的、紫的之类的东西在上面，像蛋蛋号哭的脏脸。姥爷的手放在被单外面，一只手背上插着一根小塑料管，吊瓶拔走了，它一直留在那儿，我要留心他不要拔了去，护士说明天还得用，不用再扎一针。姥爷的血管不好找，每次总得扎好几针才行。姥爷黑紫颜色的手背，肿得像淹死的老鼠肚皮，我想他一定疼得要命。大姨削好的土豆片就放在床头柜上，它们一片一片被我贴满姥爷手背，医生说这样可以消肿。

在姥爷突然说话前我帮妈妈接两个电话，一个是舅舅的，一个是爸爸的。舅舅听见我的声音就笑得哏儿哏儿的，像打光屁股蛋儿，说：“黑蛋儿好样儿，病房到处都是白的，谁来了一眼就找得见你！千万别跑街上啊，车来车往的，司机见了你都得打车灯！”我跺脚大叫：“你才是黑蛋儿，你是老黑蛋儿！”舅舅总是不像舅舅，不叫我黑蛋儿不武开口。我很小的时候听见这话一准儿哭得捯气儿，但他还是叫，叫的时候还一直笑，喘着气儿笑，我哭都哭不及，就慢慢学着还嘴。就算这样，我还是很喜欢舅舅的，打小就喜欢，喜欢被他拽着小细胳膊往山下风一样跑，山上的树和花都从眼前飞快滑走，风吹着我的衣服和头发，驾云一样，根本不管身后越来越远的姥姥如何天王老子地喊叫。其实我长得不丑，不只不丑，还算是漂亮的那种小女孩，一双大眼睛的眼尾往鬓角斜挑上去，好多人都说眼睛长成这种样子的人不好惹。但我真的有一点点黑，这不像我妈，我妈长得好白，这像我爸，可是他从来不承认，他说：“我根本不黑，我小时候长得比你漂亮几百倍，叔叔阿姨们见了都争着抱。”我看过他小时候的照片，挎着一支小玩具枪，站在一群大人堆里，根本没他说的那样子。可现在，他真的越长越不开心，眼皮儿快嗒啦到肥肚皮上了。

爸爸来电话问妈妈他那条最喜欢的领带去哪儿了，最好回去一趟。听说我一个人守姥爷就开始焦躁，他这个人经常爱焦躁，他几乎扯着喉咙喊叫：“她们家人都干啥去了，为啥让你一个小孩儿守？”没等我应他，突然大怒：“叫你妈去！”“谁恁厉害！”姥爷突然用手拍床栏杆，哗哗直响。阳光下，他的小眼睛似乎并没有睁开，却在说了那句话后，喉咙里不停歇地呼噜呼噜。姥爷好久不说话了，这句话显然费了他很大力气，声音不算大，爸爸已经听到了。他在电话里好一会儿不吭气，后来小声交代：“让她给我打过来。”爸爸就怕姥爷，家里人都知道。

土豆片灰头紫脸地散落到被子上、地上。

歌声就是在这个时间擦过虚掩的门缝弥漫进来，到了病房，到了病床，围着我们转圈儿。这歌和我们幼儿园老师教的歌不一样，我不会唱，我听不太懂，什么战士打什么把什么归，但“歌声飞到北京去，毛主席听了心欢喜”我听出来了，姥爷好着的时候说最多的就是“北京”“毛主席”。

“这是怎么了？”妈妈进房来。我正低头把床头柜上剩下的土豆片往姥爷手上贴，听妈妈这样说，就抬起头看，我也吃了一惊，姥爷的小眼睛已经睁开，脖子朝我拧过来。我背对着门，我以为姥爷想起了我是谁，心里高兴，土豆片就贴得更小心，贴好后用小指轻轻压一压，像姥姥教过的那样。我想，妈妈又要夸我。

“爸，我妈去水房了，洗你吃饭的碗。”妈妈边猜测边整理那一垛被褥，姥爷上半身已经滑向床尾，他为什么不好好坐呢？他不知道自己下不了床吗？这要害得妈妈重新扶他坐端正。那不是一件容易的事，姥爷个子大，妈妈得站到床上，绕到他背后，两只胳膊从胳肢窝插到胸前，夹紧，猛可地往怀里一拖，然后用小被子、小褥子和靠垫之类垒成小山，只要姥姥不安排姥爷“活动”，姥爷便靠着这座小山能坐一小会儿，妈妈也能喝口水什么的。现在妈妈就这样做了，但姥爷的脖子一直没有转回去，他的手指捏着被单搓，一来一回地搓，搓一会儿，又捏，又搓。我手掌心没来由疼了一下，把手藏到背后是最安全的做法。上次大姨伺候他洗脸，我也拿自己的小毛巾给他擦手，姥爷就那样一下子捏住了，就像现在这样来来回回搓，我疼得大哭，还是大姨跑来把姥爷的手指死命掰开。妈妈后来叹气：“可怜的爸爸！”告诫我要小心姥爷的手，他脑子糊涂，疼也不知道咋疼你了，手上没轻没重。

但现在姥爷没有捏我，他没留心我干得多好，多用心，妈妈也没夸我，我有些失望。

妈妈肯定没有留意我的失望，“爸你怎么了？”她诧异姥爷的眼光跳过我的头顶和头顶上新扎的红色蝴蝶结，跳到已经掩闭的白色木门前，拽开，跳出去。妈妈没有再问，她是聪明人。这是太姥姥的话，走的时候跟姥姥说的。太姥姥我没有见过，据说在我没有成为小娃娃时就走了，好像比这还要早，在妈妈没有考上大学的时候。她得了一种喉咙上的厉害病，是姥姥伺候她走的，走的时候身上瘦得就剩一层皮。太姥姥还说：“她个性强，要让着她点儿。”

聪明的妈妈绕过病床，径直走向门，手一伸，哗啦一声，门外的歌声憋得青筋暴露，似乎一下子缓过劲儿来，一股脑流进来，又流进病床，又流到姥爷的床。

我不知道妈妈用了多大力气，反正姥爷山一样的身板几乎把她压倒。要是平时，至少需要两个人，一人一边搀着扶着，把姥爷的两条胳膊搭到各自肩头，才可能架得起来，然后“活动”几步。说是“活动”，事实上都要搀扶他的人在活动，姥爷的膝盖从来不晓得打弯，像两根拐杖一样一下一下朝前擦，全得靠两边的人往前拽，拽一下，动一下，不拽他，就闭着眼睛垂着脑袋，脚往哪里迈还是不迈，好像那是别人的事，跟他没一毛钱关系。有时候动他一动，他就把眼睛睁得好大，好像很不情愿。

妈妈个子小，她环抱着姥爷的腰梗起脖颈的时候脸很红，姥爷却还是像大虾蜷着，耷拉着头。妈妈没可能让自己突然就高出一大截捣正他，但她很有办法，因为他们差不多是贴在一起的，姥爷的头搭到妈妈的肩上很方便，妈妈就是拐棍儿。姥姥从护士站那边很快就发现他们了，那样其实十分容易，只要看一眼他们走路的样子就过目不忘，没有谁走路能够这样可笑。姥爷的腿不停地抖动，不知道弯腿，不知道抬脚，妈妈只好薅着他，她需要先退一步，费很大力气才能把他扳动一步。

从护士站和楼道两头的窗户跑进来的光线，已经慢腾腾回家，楼道里的灯还没有打亮，不少人或坐蓝色椅子上或站在护士站柜台外面小声说话，值班护士们戴着白帽子鸽子一样飞来飞去忙自己的事。这是一天里最清闲的时候，病人的吊瓶差不多都打完了，打完针的轻病号差不多回家住了，那是用不着管的，好多病房里有了空床。

我像以前一样，抱一盒抽纸跟他们后面。他们停下来喘气，我也停下来。姥姥踮着脚过来了，一个劲儿叫“天老爷呀，咋弄出来了”我说：“姥爷要听歌。”妈妈瞅我一眼想说什么，我头也不回朝西面过道深处走去，唱歌的人就在深处，我知道。红色蝴蝶结飞过护士站时一定很漂亮，好多人都瞅过来，我继续向西，从人群里穿过。楼道里越来越暗，每一间病房都紧闭着门，在暗影里一言不发。歌声已经停了。

我站住，朝妈妈望过去，她交完药费回房间的时候歌声已经铺了开去，她一定知道是哪一间。人太多，走来走去，妈妈没有望见我，但我不得不站住了，我的脸色发白——太姥姥正从另一侧楼梯飘出来，穿着宽大的黑布褂子，脚像锥子。一定是楼梯处更暗，我一转脸就突然看见了她，她的脸埋在阴影里。她越来越近，我把纸盒抱在胸前，一阵风逼过来，能感觉到那种阴冷，从头顶开始，直贯脚底。她从我身边飘过的时候，好像看了我，没有说话，直接就飘进一间病房前。妈妈从护士站叫我小名，我应了一声，再回头，太姥姥已经没有了，太姥姥不在我能看到的地方了。“脸这么白，不舒服了？”妈妈诧异。我说不成话，嘴唇在发抖。我没有成为小娃娃时，太姥姥就找太姥爷去了，好像比这还要早很多。我怀疑我认错人是有可能的，医院这么大，谁都可以来，谁都可以走，而太姥姥的样貌我是没有见过的，靠那张镶在玻璃镜框里的黑白照片，据说还是姥爷带她到乡下小镇上的照相馆里照的，大致能有个模样罢了。想到认错了人，我心里有点儿难过。

跟着他们再次穿过人群，走过楼梯门，我禁不住又朝那里瞅，心里没来由紧了一下，然后就哆嗦起来。我看见一个穿白裙子的长发小姐姐，在黑暗中亮了一下，像是她的眼珠子，又不像是她眼珠子，但我确定不是她的脸，她始终没让我看见她的脸。她捧一大束白菊花往楼下去，很快，也和太姥姥一样飘着下去，身后落了一地菊花瓣儿，真白，像雪。

我想起田姥爷楼下的花圈。

妈妈和姥姥终于把姥爷扳到门口，那个唱歌的叔叔长着一双大眼睛，看着我们的时候更大。我也瞪大了眼睛，但是朝后瞅，白墙上影影绰绰，什么也没有。我清楚，这就是太姥姥刚才要进来的病房，歌声就是从这里跑出去的，

“我父亲，老兵。”妈妈说着，把姥爷挪进房子，那个叔叔过来帮忙，他根本没费什么劲儿，姥爷就坐到门口床边了。那个叔叔个子不太高但很瘦，眼睛大得出奇，看人的时候总像瞪你，脸长得又白，灯光下发出白菊花一样的颜色——这种白总让我心生妒忌。病房里两张床，一张空着，屋里只有瘦叔叔一个人。

“孩子，这是俺家老程，你看他这种样子，平时头不抬眼不睁，问上十句九不应的，听见你唱歌，脖子梗得扳都扳不过去。你看他说不成啥话，心里也不是啥都不知道——这是俺闺女，身小力薄的，为了他父

亲，过来这一趟老不容易啊！”姥姥一边比画一边叹气。瘦叔叔看上去和妈妈年龄差不多，他可能在看见我们这一群人时的确表示了惊讶，但他这会儿似乎并没有认真听姥姥进一步的解释，眼睛很固执地安放到姥爷身上。姥姥还在说：“俺家老程以前当过兵，去过酒泉，到过马兰，后来落脚海晏，是国家的大功臣呐，吃一辈子苦，落下这一身病，天天吊瓶子打针，你看这手还是手吗？这是俺二女儿——”我心里喊：“老天爷呀，又开始了，说完妈妈该轮到我了，要是舅舅在、大姨在，或者三姨四姨都在，姥姥会挨个儿梳一遍，跟篦子刮头发一样，一根也撂不下。”

姥爷坐在那里像一只大虾，许是走过来费了太多力气，这会儿脸很红，张着大嘴一口捱一口吐气，眼睛却合得紧紧地。妈妈半跪床上抵住他的腰，才坐稳当。

“这是俺二女儿——”姥姥说到这里咽了口唾沫。我望一眼窗外，这样高的楼其实啥也望不见，如果没有开窗往下看的话，只有暗灰的天，像一扇大门把太阳关进去了，门没有关紧，所以还有些微的光溜哒出来。过不了一会儿，大门会锁死的，那样，街上的灯会亮起来，楼道里的灯会亮起来，楼梯处就不会那么暗了。记得姥姥说过这个住院部人多、电梯多，大家也就懒了，都往电梯里跑，那些楼梯倒没人走了，扶手上晾的尽是病人的尿布或者洗过的衣服、被褥，湿气、尿臊气、血腥味儿以及消毒水味儿弥漫在空气里，越发没人走了，除了清洁工，没人会去那儿，如果哪一天停电了，这一大楼的人，可怎么好。我有些发呆，心想：“太姥姥走楼梯上来，那么大岁数！”又一想：“小姐姐也一个人。”我认定那是太姥姥，要不怎么给我指病房呢？可她没有见过我，怎么认出我，还知道我在找唱歌的叔叔？这只能说她也爱听叔叔唱歌。要是这样的话，她现在一定就在这个病房，就像我突然遇到的那样，没有一点儿声息就站在某个角落。我瞅一圈儿病房，白炽灯亮得吓人，像姥爷用清洁球刷后的铁锅，这间病房透着说不出来的不安稳。我头发梢竖得老高，马上抓住姥爷的手。

瘦叔叔唱了一首歌，说是《父亲》，他没想到一开口就唱哭了妈妈。我很少见到妈妈流泪，更不用说当众哭成泪人儿，就是和爸爸吵架的时候也常常很冷的样子。瘦叔叔一曲唱完，姥姥拍起了巴掌，姥姥很会夸赞人，这方面大姨也十分在行，但妈妈不行，我几乎不记得她是否有过一次像大姨和糊涂的姥爷那样聊过天，大姨总会顺着姥爷的心意说话，即便那些话听起来很马屁精。“马屁精”这个词是舅舅对大姨说的，他们一致认为没有人像大姨这样运用娴熟。姥爷看起来非常吃这一套，谁问哪个孩子最孝顺，他一定说“老大”或者“大妮”，大妮是大姨的小名。为这我为妈妈抱不平，姥姥总会说：“你姥爷糊涂，知道个啥。”

瘦叔叔看看妈妈，又看看姥爷，他一定十分高兴，因为妈妈哭成这样，那是因为他唱得好。他就请妈妈点歌，妈妈说唱老一些的吧，我爸爱听。瘦叔叔会唱的真是不少，接下来的时间一首接一首唱，有些我听过，有些没听过，我大多是从电视里看来的，像小白杨、花纸伞、咱当兵的人之类都是听过的，很好听，瘦叔叔唱得也好。因为房子里的人慢慢多起来了，拍巴掌的声音越来越大。

瘦叔叔喝水的时候又让妈妈点歌，妈妈还是说唱老一些的吧。瘦叔叔就问，有多老。妈妈说我爸是五八年兵。瘦叔叔就睁大眼睛想，他一定有些失望，刚才那么多的掌声都是别人的，不是这家人的。他大概有些着急，弯下腰向姥爷笑："老人家，我试唱一唱，您别笑话我啊。"说着他开始给自己打拍子。姥爷的手指开始在我的手心里动起来，一下下点，小眼睛睁开了，别人的叫好声很大，我还是听见他喉咙里嗡出一个"好"，有些咽哑，还算清楚。瘦叔叔看起来特别高兴，朝门外飞快瞅了一眼，眨眼摸索出一根烟挟手指上，迅速点上。这回我看清了，他的打火机是藏在枕头下的，红颜色，透明，和舅舅的差不多。他吸烟的样子很用劲儿，两个腮帮子鼓得老高，吸一口后就仰起头，大眼睛跟着闭起来，嘴噘得像个鸡屁股眼儿。想到鸡屁股眼儿我扑哧笑出声，太像了，真的。这时候，有白烟从瘦叔叔嘴里冒出来，都往上走，开始是一绺儿，接下来变成一股一股的，慢慢变粗变大，后来居然像只小蘑菇。

"试……验……成……功了！"奇怪的叫好声让瘦叔叔睁开了眼睛，看样子受到了惊吓，他把眼睛睁得老大，朝姥爷瞪过来。其实所有人都朝姥爷瞪大了眼。姥爷居然挺直了腰，高昂了头，小眼睛撑得很大，朝瘦叔叔头顶望。他的嘴巴张得老大，嘴角扭动着，一只手上上下下挥。

瘦叔叔头顶那朵小蘑菇正慢慢散开，变淡。

3

要不是大姨哭，我还舍不得离开《喜羊羊和灰太狼》，灰太狼被红太郎打得臭死，这个笨家伙，总是挨打。姥姥和妈妈都去了医院，要是妈妈在家，我是不敢的，她准会说写这个的人就是大白痴，看这个对小孩子的想象力毫无帮助，她宁可让我下楼跟蛋蛋他们玩捉迷藏。但最近我没有见过蛋蛋，从上回吹牛他没吹过我以后。只有一次，我跟妈妈去医院时，在大门外遇见他和他奶奶，他们正从马路对面的小超市里走出来，提一大袋子东西。我就叫“蛋蛋，蛋蛋”，蛋蛋嗷嗷叫着朝我飞过来，像一只大鸟。可他奶奶一把薅住了他，像拎大螃蟹似的，快步向远处插花一样插去。

蛋蛋的奶奶一向待人亲热，以前常来大院买菜，见谁都打招呼，买了东西也不着急回家，遇着个三两天没见过面的，就站在大路上说半天话，好像她也在这院里住，那些人都是左邻右舍。有一回她叫蛋蛋回家吃饭，还给我手里塞了一把馓子，不要都不依。现在好像不见她再来大院买东西了。

看她们走远，我问妈妈：“奶奶是不是生我气了，我不乖吗？”其实用不着妈妈回答，因为蛋蛋的奶奶突然转脸就吐了一口痰，啐向马路，马路上空空荡荡，马路对面的人行道也空空荡荡，人行道那边就是大院。“这院子晦气”，蛋蛋奶奶大声说。

“你才晦气，你才晦气，你们全家都晦气”，我突然跑上去，口水也跟到了她手上的大袋子。蛋蛋奶奶胳膊抬了起来，我疯了似的又哭又叫："俺姥爷是大功臣，这院子里的都是大功臣，都是大功臣知道吗？笨蛋！"蛋蛋奶奶手僵在了空中，直到妈妈抱我走，我还在哭。妈妈路上一直把我抱得紧紧的，她的泪水流了我一脸，热热的。

大姨还在哭，我不知道咋劝，这时候舅舅的电话来了，我接的，他说："马上到。"我问到哪里，他已经挂掉了，好像很没心情的样子。我告诉了大姨，还拧了一条小毛巾给她擦泪。大姨一下子抱住了我，她的脸偎在我的小肩膀上，我很不习惯，但我没动，因为她像个小孩子一样望着我，满脸泪水："怎么办，怎么办呐！"我怎么知道怎么办？她这样哭我已经习惯了，只要姥姥不在家，她就呜呜哭个不停。有时她会哭着喊"爸呀，爸呀"，然后抱着衣服或者别的什么物什就哭。我感觉到姥爷快走了，没人告诉我，但我就是有那种感觉，从打医院见到太姥姥和小姐姐那时起。我说不清是什么东西，即便他远在医院里，屋里衣柜里照样有这样的味道——簇新的寿衣，大红的包裹，以及小白菊花和黑袖章。姥爷的照片放得很大，安装在黑色镜框里。

舅舅进家了，他像没看到我似的一屁股礅进沙发，勾下头，点上烟，狠狠地抽。我呛得紧着咳嗽。大姨停止了哭泣，空气里便都是烟草的味道，太阳从外面铺进来，白烟便由着自己的性子往上旋转，舞蹈，而后看不见了。我便盯着白烟的去向，它在空气里和微小的飞尘，胡乱打招呼，就是搞不成瘦叔叔那只小蘑菇。好奇怪，为啥姥爷看见小蘑菇就喊"试验成功了"，声音好大，直着声儿，空气都像烧着了。

我想听姥爷再喊一回。

“选好了，双墓，大姐找个时间看看吧。”舅舅说。大姨点点头，长叹一声：“你会办事，我们都信你。只是爸胆子最小了，他要是明白点儿，会害怕的。”舅舅说：“二姐有句话说得对，上次手术失败，又摔那么一下，脑子不好使，疼痛也就不敏感，要不，还得受多少罪！”舅舅说的是两年前姥爷去合肥做手术的事，是三姨介绍他们那里医院有个肾脏专家，熟人可以联系到。本来姥爷不打算做手术，他不仅不打算做手术，望见医院都绕着走。据妈妈说，十二年前——这对我来说实在太远，但对姥爷来说，那是他在医院里吓出毛病的时间。听说当时体检就发现右肾不好了，一住院就是肿瘤科，姥姥和姥爷应该料到得了要命的病。他们从来没问过医生，大概也不敢问，也许心里还没有准备好听真话。姥爷住一个病房的三天两头换人，据说那些人进了抢救室，出来就拉进太平间了。姥爷夜里就不敢一个人住了，住了也睡不着，大家都知道姥爷胆小。那一阵子妈妈她们背地里常哭，因为医生说这种病最多三五个月，如果做手术，更快。大家当然要求保守治疗，但是化疗过几次后，姥爷咽口唾沫都不容易了。饭量也小了，上楼总要歇两三歇，但腰板还是像树一样直，还是喜欢一大早出门溜达，见了老乡朋友还是喜欢开开小玩笑。不管怎样，直到两年前脸开始肿，腰开始不时疼，牙齿疼起来头往墙上撞，才不得不躺上手术台。没有人想到，姥爷的那次手术几乎要了他的命。据说那个肾脏专家从片子上啥也没看到，麻药剂量也就按正常手术的来，但右肾一打开，手术室的人都吓得半死，右肾不见了，长肾的地方长满了囊肿，他们赶紧追加麻药剂量。大姨说，切下来的囊肿足有一小盆，像熟得太过的西瓜瓤，从那以后她再也不吃西瓜了。姥爷推出手术室的时候，天已经黑了。大姨她们一直怀疑重新打的麻药量太大，手术中出现了大出血，临时输的血差不多就是他全身的剂量。从那以后几天里，他一直昏睡。最要命的是临出院的那次摔倒，姥爷的脑子干脆坏了。我一直相信真正的亲人间有一种感应是不能解释的，那件事当时发生在半夜，大姨就从熟睡中一下子惊醒，正好看到窗前一条黑影，那条黑影开始是站着的，突然就向前倒下去，大姨尖叫着扑过去，她只听到了花瓶摔地炸开的声音，那是姥爷的头。

大姨又叹一声："早上叫护士给爸吸痰，开到最大，光听喉咙里呵啦呵啦响，就是吸不出来，好几次快吸上来，他又咽下去了，护士说爸的痰太厚太浓——可怜的爸爸，饭也没法吃了，怎么办呐！"说着，又哭。"肺，肺上长满了……"舅舅的声音沙哑起来，但还是把后面的话说出来了，"意思还是要通知老家里的人，来不来是他们的事，省得落埋怨。二姐说重要的是管理处那边得出个代表说话，毕竟爸当年为国防建设才到那么艰苦的高原支边，脱下军装干那种核辐射大的工作一辈子，才落下的职业病，他是国家功臣，不是一般退休老头！"大姨点头，说："对。"舅舅说："墓地选在西面，爸想回原单位看看，方便些。"大姨点头："好。"

要不是外面的大风把钢窗摔过来摔过去发出尖叫，他们恐怕根本忘了做饭，我的肚子早饿了。要在平时，茶几上总会有一些爆米花、馓子、盔锅之类的，虽然妈妈一直反对我吃，但眼下这些东西也没有了。风在窗外吹着口哨，晾衣绳上的衣服疯甩几下就缠一团了，有的已经掉下楼去。我跑下楼拾衣服，路过一楼吴姥爷家，突然一个东西蹿出来，要不是我趔趄一下靠住墙，说不定就冲到我脸上来了，把我撞成什么形状天知道呢。现在它冲向楼门，一眨眼就不见了。我没看清，也不敢看清，一跷脚就飞上楼去。吴姥爷过年前走的，听说毛病出在肠子上，一直拉血，瘦成一截干树枝才死的。他退休前在一个保密车间工作，干的啥不知道。

姥姥打过来的电话里，号哭得天塌地陷："咋办呐老二，你爸正抢救，快不中了！"姥姥这是吓慌了，我妈妈这时候一定就在她身边，她却打电话喊老二。大姨跺脚喊声爸，狂跑下楼，马上又跑上来。舅舅已经从大衣柜里取出那一个大红的包袱，她一把抱进怀里，又踢踢踏踏跑出去，深红色防盗门慌里慌张绊了她一脚。

我一直在哭，望着还在晃悠的防盗门哭。就剩我一个人了，我想起小时候骑坐姥爷脖子上哈哈大笑，姥爷也哈哈大笑，我们的笑声吓慌了树上的小鸟，它们揸着翅儿在树梢上头乱扑腾。我还想起了他一见我就捏住我的手，然后很骄傲地前前后后喊着"小院士"。

以后再也没人这样骄傲地喊了。

我知道太姥姥要接他走了，太姥姥早就来了，还有穿白裙子的小姐姐，她是小天使。

屋子里很黑，外面的风很大，街上的灯把一些奇怪的影子送进来，墙上、房顶、地上、沙发上、床上，四下里游走。我乱乱地抱紧膀子。

正在这时候，姥爷从门外走了进来，穿着军装，身材挺拔。白菊花簌簌落了一地……

清风不徐

以我的智商，不可能想不到赵顺强假传圣旨，真弱爆了！杜子腾十分沮丧，他把脸朝西转过去，眼泪差点掉下来。

训练场太大了，沿着四周砖墙根长起来的一圈儿以白杨为主的树种，都挺直了胸脯用眼角扫他，扫过来的角度整齐划一，就跟扫射固定目标那样，命中率绝不可能不高。他要被它们这样扫射至少还需要三圈，一圈二点五公里，他差不多已经跑一圈儿了，只要跑到西头，应该有二公里，今天早上他就算过。但他没有左顾右看，沿着跑道径直往前，他知道赵顺强这只洋芋蛋此时正把自己楔到训练场中心，目光拽着他像钟表指针一样嗒嗒嗒一直画圆，不管他如何不情愿，赵顺强永远在他右边的固定方向，盯死他，而手里那块该死的秒表根本不管人类的死活，白眉赤眼计算精确到秒以后的数字。

真是污辱智商！杜子腾迎着大风甩一口唾沫，但唾沫没有正确理解他的意图，甩得不够顺利，几乎画了一条不成样子的弹道，迅速以爆米花式的队形集体归建。他挥一下手臂。赵顺强就在这时大喊一嗓子，弄啥，弄啥哩？然后就夹起双臂，右脚跃出一大步，叭叭叭奔跑起来，队列动作非常标准，虽然身材不咋的。杜子腾赶紧提速，他知道这只洋芋蛋要是较起真儿来是会出人命的，总是特别喜欢以迅雷不及掩耳之势冲人家的屁股和膝盖窝的部位检验腿脚功夫，不用说，非常具有杀伤力。但赵顺强并没有停下，不只没有停下，边跑还边从腹腔往外使劲儿呼呼掏空气："弄啥哩，说你哩！"杜子腾不再犹豫，把嗒嗒嗒立刻调整成了叭叭叭，一口气蹿到射击场，蹿过射击屏障墙，突然急刹车，停了下来。因为他发现赵顺强压根就没有斜插过来，而他已经跑到了西头，并且到达了西头的射击位，屏障墙正狠巴巴瞪眼。赵顺强显然是另有目标，一只野兔失疯似的从他脚下滋溜飞过，一头扎进小树林，很快就不见了。

就一只兔子，跟吆喝人一样吆喝！他只瞅见一条灰白的影子，在失去云层必要狙击的紫外线亮晃晃追逐下，根本做不到对它细部的清晰捕捉。但他还是捕捉到了另一个细部，种在屏障墙旁边的那片小榆树这时就像被暴打过一顿以后，树干上留下了暴徒施虐过的印迹。他数了数，粗大一些的树，靠路边的，几乎都爆了皮，几乎都爆在中间靠上的位置。所谓粗大，也就和步枪枪管差不多粗细。高原上的树，成活下来就算命大，别指望能长得多么威武雄壮。

赵顺强已经从夹臂跑换成了便步，但嗓门儿的打击力度一点儿没随便，跑，跑，快跑！秒表在赵顺强小臂的末梢部位张牙舞爪地助纣为虐。这回的显性目标显然不可能再有别的干扰。兔子已经埋进了榆树林的枝叶里，想必正紫头涨脸调整呼吸，之后对吓唬它的那个长着油腻腻青春疙瘩痘的臭洋芋蛋进行长时间隔空开骂，就像他之前一直那么做的那样。他这样想是基于现实基本考虑，能在训练场走进走出，不，应该是安营扎寨的生物应该并不简单，说不定是有背景的，能在应急反应方面训练有素的兔子是需要高智商的，它要懂得基于对训练场训练课目的长期观摩、揣测，还得把地形地貌谙熟于心，且能融会贯通，且能化成保命技能。毕竟这种破地方气候条件太恶劣了——高原上具备这种恶劣气候条件的地方到底不少，可连兔子都活不下来几只的地方，少之又少。今天这只幸运兔子显然具备以上多种良好素质。它实在太幸运！

杜子腾没动，竖一根手指使劲往树林戳着，戳着。

臭靶子，臭靶子！杜子腾以赵顺强绝对不会听不到的音量叫嚷。谁的靶子这么臭，打恁偏！他再次强调。按杜子腾的想法有两层意思，一层是这样等于回答了为什么臭洋芋蛋作为中队副首长口令不起效果的原因，二层是要赵顺强回答这个问题。赵顺强居然没有理会，或者根本没想领会，秒表一直在行动，除此之外，一切行动都要服从这个行动。当然，这样说对赵顺强不够公平，赵顺强没有完全忽略杜子腾的这一重要停顿，用偷袭他膝盖窝的方式作了明确答复，好在他像兔子一样闪电般蹿了出去，才使膝盖窝没有受到进一步伤害。赵顺强发出噗噗的笑声不远不近追上来，说速度诚可贵，其他无所谓！

臭洋芋蛋，假传圣旨！杜子腾飞到东头时觉得这句话不骂出来实在憋得难受。前天的这个时候，要不是洋芋蛋假传圣旨，他还在休假，可能正往后河二姑家走去。二姑自打确认他探亲假可能会批准的信儿，立马就在第一时间通知七大姑八大姨，让庞大的亲友团队把散落在方圆二十里以内村庄里的标致姑娘，按距离远近重新排出一张序列表。二十天的假期相亲安排比主席出访还密集。二姑说，一定要定下来，定下来，下次回来就结婚，就下种，再下次回来就抱上娃儿，啥事儿都不耽误。二姑在电话里的笑声像咬上了冰凌子，咯铮咯铮的，耐嚼。二姑根本不管你是几期士官，符不符合部队的结婚规定。她才不管呢，她只管她的大侄子尽早抱上娃，杜家抱娃比啥规定都重要。

这样的好日子没过四天，严格来说只有三天半，前天这个时间，午饭刚过，赵顺强这个败兴的洋芋蛋和那通十分讨厌的电话，特别不具眉眼高低地突袭进来了。手机是个拴狗链，真要命。

明天，明天晚饭前归队，组织决定，紧急。赵顺强像着了火。杜子腾问啥事？赵顺强勃然大怒，说你是不是军人，是不是军人，不该问的别问，这是纪律，纪律！然后挂了电话。杜子腾嘁一声，副中队长，一个破副职，牛啥牛。

中断休假让他火冒三丈，可这又能怎样？服从，只能是服从。这还不算，总队军事比武，支队需要从各中队组织力量参加集训，从中选拔出骨干中的骨干。他就是被组织的力量之一。名单已经报到上面去了，支队明确要求一名中队干部带队，今天早饭前全部离开原单位集中到支队训练，赵顺强是他的带队干部，带他一个。赵顺强告诉他，有的单位昨天就到位了，要不是等他，原本可以赶上支队早操时间的射击练习，一梭子子弹还是很有可能射出去的。杜子腾没好气地说又不是我要求参加的，谁在位组织谁好了，干吗非要等我，中队又不是我一个会喘气儿。

“你这个人站位太低，太低，”赵顺强油腻腻的青春痘已经长熟了好几颗，此时泛着白头儿，示威似的瞪着眼，“这是组织信任你，相信你能脱颖而出，为中队露脸争光。”

“我在休假，我有事需要处理。”杜子腾梗着脖子，“再说，《条例》上有规定。”

赵顺强突然笑了，手往他头上捋了一把，说你小子还能有啥事需要处理，不就是忙着瞄人家姑娘脸蛋儿？俺还没对象哩，你个毛头小子着啥急，着啥急！给老子好好表现，特勤中队是个重点，有实力，这是事实，但也不是战无不胜的，你要是比过他们，老子申请多批你几天探亲。我打听了，他们今年派的是焦理想，这个兵我不了解，但我会了解的。我决定，从今天开始，你每天中午加一个十公里，我陪你。

提到相亲，杜子腾的脸还是烧了一下，很快就被另一种感觉碎尸万段。他隐隐有一种不安和怀疑，这个决定打一开始可能只是这只洋芋蛋的主意，压根就不是组织决定。他这样想是有事实支撑的，这只洋芋蛋一直在找机会迫害他，唯一理由，照班长的话说，是他杜子腾太能泡病号了，要不是几乎每隔一段时间就抱着肚子满地滚，还整出具有相当威力的杀猪声音，他的训练成绩还要好。杜子腾，肚子疼，你爹娘太有才了！副中队长送他住院时每回都叹着气嘟哝一样的话。看到了没？阶级斗争新动向，整他的机会来了。

副中队长的确抓住了一个好机会，这真是一个绝好机会。

“我也想练得嗷嗷叫，可天天整那些花架子，打起仗，屁事不顶。”杜子腾也相当生气。

杜子腾是在下午集中训练时发现赵顺强险恶用心的。赵顺强一定跟教官密谋过什么，因为教官交代训练步骤时朝赵顺强挎立的方向扫了一眼，也许这还说明不了什么，但后来的一件事他干得太缺德了，太明目张胆了，他赖不了。

接下来搞的那堂实弹战术训练课好像就是奔着整人设置的，他相信眼前的各路精英——这样说他也算得上精英，想到精英二字他心里受用不少——从来没有接受过这种变态挑战。一开始，所有的人都站在起点信心十足地等待发令，没有人告诉他们接下来怎样完成各个环节，一切充满了变数。但人是奇怪的动物，尤其对这群愣头小子们来说，这种变数无疑能够最大化地激发起战斗士气。尽管如此，谁也没料到此次训练的场景后来具体是什么，只有时间是规定好的，有效射击目标是有定数的，路线和终点是固定的。这样说好像没有什么变数，但越是规定好的，往往越不是全部。

什么狗屁战术！杜子腾听到命令后嘟嘟囔囔开始持枪单兵前进。他选择曲线搜索，当翻越过第二段矮墙后有一段超低网横在脚下，他立即卧倒，低姿匍匐前进，但他马上发现了可怖之处，网下铺的一层并不是训练场惯用的粗细沙或者松软的细土之类，这里居然布满了大大小小的石头子、土块和新折断泛着白茬的树枝，而网也不是训练常用的平平整整的平滑铁丝网或者绷紧的绳索，眼下的网根本算不上是网，高一根低一根，左一撇右一捺，像初学爬行的孩子胡乱画着所谓的纵横交错和杂乱无章，特别不像话的是还相当密集地绑一大堆铁蒺藜。从网下爬出来时他感到屁股、背部疼得火烧火燎，肯定扎到了多处有效部位，铁蒺藜透过迷彩服不知廉耻地狠狠非礼了他，一次又一次。其实，就在他钻出低网刹那，左前方突然出现了靶子，他再次迅速卧倒，迅速目测到不错的射击位置，迅速爬过去，迅速开火。还好，靶子被迅速干掉了。这一系列连续动作必须在3秒内完成，他完成了。他抬头想观察一下周围地形，靶子就在这时又出现在右后方了，他不得不全力应对，不停目测，不停爬行，不停开火，直到靶子鬼魂一样从各个方向不断闪出，不断被消灭。他不记得屁股和背部的疼痛是什么时候弄丢的，但绝不会丢掉鬼魂靶子出现次数的记忆：26次。他差点要对自己敬礼，因为累到大腿和脑神经总部几乎失去必要联系的情况下，还能拥有端枪往那个小山坡猛冲的必要速度。那个小山坡后应该是终点，他初步判断。他确实不管不顾地冲击了，尽管胸腔里拉风箱的声音大得吓人，尽管藏在矮草丛里的绊马索绊倒了他，他到底冲到了小山坡顶。胜利了！他准备将枪高高举过头顶，大喊一嗓子。他终究没能如愿，因为很快发现，山顶只有一半，另一半塌陷成了臭水塘，似乎专门等着让一身臭汗的骨干们变得更加臭不可闻。所以，他就那样十分顺利冲上去，又十分顺利地栽了下去。水不深，却臭得和他村里的化粪池差不多。就在这时，岸上不同方向出现了五挺冲锋枪，子弹从天而降，一齐倾泻进臭水塘，倾泻到他四周，形成弹幕。

有点意思！杜子腾兴奋起来，他不打算客气，一边迂回穿过火线，一边端枪还击。

赵顺强就等在终点，杜子腾打算把臭脸一张摆出来给赵顺强看，给祸害他的课目变态设置者们看，这样做他认为差不多可以出一口恶气：祸害我？我顺利通过了，不是所有人都能够顺利通过。他相信，他是极少数可以顺利通过所有祸害到单兵前进障碍的单兵，要是赵顺强这只洋芋蛋腆着一张油腻腻痘脸迎上来准备一牛车的一派胡言，他决计不听，他决计转身昂首走开，装作什么也没发生。当然，这样做虽然并不容易，因为体力消耗太大，但还是十分有必要的。

在他臭气冲天地准备和挎立的赵顺强故意近距离擦身而过时，他很快就明白这样做是多么幼稚，多么缺乏敌情观念，他遭遇了有生以来最意想不到的突然袭击，一个抓背扛摔就把他所有准备妥当的装腔作势和噗的一声，一起摁到地上，摁到了终点线上。这真是极大的污辱，他的胳膊还牢牢别在后头，一口气没喘匀，袭击者已恢复挎立姿势。

臭洋芋蛋！杜子腾差点哭出来，配合这种委屈的就是脱口而出的这四个字。赵顺强表情内容丰富，看他独自起身的姿势连滚带爬，样子丑陋，就像看一只瘸了腿的落水狗一样，一言不发，扬长而去。杜子腾一点儿办法也没有，身上像被人抽去了脚筋、削掉了髌骨、打散了骨架组织，比瘸腿的落水狗还惨。他的膝盖抖动得厉害，已经筋疲力尽，从身体，到心情。

几天后，对待人生的第一次实弹战术训练，杜子腾非常不情愿地承认这种变态课目十分有效，至少让他对以前熟悉的训练套路恨之入骨，那种成为习惯的花架子让他在这次魔鬼般的集训中吃尽苦头。

好像有点意思！他把身体扔到床板后哼唧出声。

杜子腾，吃完到训练场找我。

赵顺强站在饭堂门口冲我喊，喊过之后便随着几个一杠一或一杠二们走了，他们也是各单位带队的副首长们。

肚子疼！肚子疼！杜子腾一口饭还在嘴里，已经被突然爆发的笑声噎住了。那些笑声是他一向熟悉并深恶痛绝的，来自饭堂共同就餐的各单位骨干们，和他一样，一群破士官，现在正集体发力，撕着大嘴岔子笑，像一群午夜临时聚到一起的青蛙们，不，他宁愿把他们比成癞蛤蟆们。

暴涨的大笑把他吐了出来，他直奔训练场。

他懊恼地想，没文化真可怕，指导员搞教育时说得太对了，文化育人，文化强军。这种话他父亲打死都学不会的，学不会说这种话的父亲却给他定购了一个十分娱乐化的名字，这还是亲戚们集中在他家没翻修的老屋里吃了他家一大屉新蒸的洋芋后的智慧结晶，谢天谢地，总算没起到肚下水、肚皮这种更弱智的名字。这个名字从第一次被人当众启封，各种大笑就没停止伴奏过，直到参军入伍，每一次点名都像是一次集体笑场，他只好把一次次的笑声代入到一次次沮丧。他恨透了这个名字！他着实埋怨父母正式启封大名前，为什么不来上一段哪怕很短时间的试运营？那样的话，类似今天无数的丑也就不会出了，也就不至于现放鞭炮现开张后才发现天生残疾。残疾是注定的，小时候没人叫他大名，都叫他蛋蛋，蛋蛋多结实，能长大成人，他确实长大了，也成人了，取笑声也更雄壮有力了。看人家赵顺强这只洋芋蛋大名多吉祥，多响亮，赵顺强，照样顺照样强，咋样都孬不了呢。

啊呸，他顺了，强了，我快疯了！杜子腾杵到训练场大门口，眼睛露出的凶光从西狠狠地杀到东，最后朝东头一群人杀将过去，如果可能的话，他真想把这只洋芋蛋杀了。他就乐意喊洋芋蛋，他见过好吃洋芋的，从没见过看见洋芋那么不要命的。这还在其次，主要是长得和洋芋亲兄弟似的，训练强度再大，腰还是全身最粗的部分，脸上的青春痘还是和青春关系不太大的部分，像保存不好长出的毒芽儿，只是这个毒芽儿多数时候像熟透的黑枸杞。这个外号是杜子腾起的，全中队战士都知道，赵顺强不可能不知道，这家伙脑子好使，耳朵也足够灵，主要是军事素质相当过硬，中队那群欺软怕硬的家伙保不齐早就出卖了他，所以，洋芋蛋肯定一直在找机会打击报复。杜子腾对这一点，现在越来越确定。

但赵顺强没在那群人中，那群人几分钟后就很快从他身边便步走过，他认出有几个就是刚才和赵顺强从饭堂门口一起离开的一杠一或一杠二们。赵顺强此时就是没在他们里头。

咦，狗东西又不是兔子，忙打洞不成！杜子腾换作另一种目光开始扫荡训练场。晚饭后的训练场除了大得空旷外，兔子也躲起来消食去了，晚霞从天空慢慢进行战略撤退，只有大风，永远精神饱满干劲十足。这个破地方一年刮一次风，一次刮一年，新兵连的班长第一次的介绍就特别自豪，当时他和一群傻新兵当笑话听了，笑得惊天动地，笑得像进屠宰场之前的猪马牛羊们，吃着断头美食还得瑟得要命。

“清楚摸情况了，”赵顺强突然的出现吓了杜子腾一跳，“你的最大对手只有焦理想。”他是贴着左边墙根跳出来的。

“我没有对手。”杜子腾没好气地说，他其实想说那是你的对手，我压根就不想有假想敌，也不想成为谁的假想敌，我可以不回去找二姑，还有那些傻姑娘，但这并不构成一定得要有假想敌。赵顺强显然误会了他的意思，马上托出一个中队副首长的笑，竖起粗指头说：“我就爱听这话。好兵！”然后咳了一声，“自信是必需的，但不能没有假想敌。实战是什么，那是流血，是牺牲。这个焦理想，个人素质超强，这是什么概念呢？反应快，耐力好，能吃苦，重要的是冷静，冷静就无畏，无畏就出战斗力。”

赵顺强突然不再说话了，杜子腾以为这家伙终于看出了他是多么恨他，恨他整人整得那样无所畏惧，那样乘人之危。要不是在变态的实弹战术训练中耗尽力气，这只洋芋蛋未必能把他打翻在地，他有这个信心。真是大意啊，杜子腾事后后悔得要命。到目前为止，赵顺强说的唯一一句入脑的话就是，不能没有假想敌。现在，他不管谁是焦理想，赵顺强就是他的假想敌，不，是真敌人，他不会再让这只洋芋蛋有机可乘，他向昆仑山宣誓，向父老乡亲发誓，向俊姑娘们……哦，这事儿恐怕还早。

赵顺强说得没错，焦理想这小个子的反应能力确实不像地球人，26个随机靶子小个子只击发26次，26发子弹，全部命中，这就意味着他没放过一个目标，每个目标没有击发第二颗子弹。这个成绩闻所未闻，简直吓死个人，他是怎么做到的，这个小个子简直就是男神！杜子腾打掉30发子弹干掉全部目标，当时以为是可以骄傲一下下的事情，但那种状态也只维持了一下下，一小时后成绩公布，他立马觉得之前的想法十分可笑，简直白痴，他早战死了。教员讲评说，战场上浪费一次毙命机会，就等于送给敌人杀死自己一次机会。这样说，他杜子腾已经阵亡四次了。这太可怕了，比赵顺强那次偷袭更可怕。

你要有敌情观念，我就是要培养你的敌情观念！那些靶子不是靶子，是每一个荷枪实战的敌人，面对敌人，你能做的，就是快速消灭！赵顺强说的话在大风的干预下，分解成了若干动作单元。他索性瞪着杜子腾，狠狠甩出两个短句子："练！你行的！"

最后这句"你行的"，杜子腾觉得心里有团火腾地烧起来了。我本来就行的！他这样想着开始奔跑起来，一圈，又一圈，经过靶场时，又朝小树林望一眼，这回他没再停下，也没减速。刚才望的那一眼，他已经记住了那些爆皮儿的树开始从粗一些的往细一些的漫延，就像传染病一样，速度很快。

我估计再过不了几天，所有的树都会赤身裸体，那样的话决计是过不了冬的，都会赤身裸体死掉。杜子腾这种担心是有理由的，他家老屋前曾经有过一株石榴树，石榴结得又大又稠，枝条长过窗格伸进屋里，一抬手就能摘下一只大石榴，掰开后红红的籽透着亮，牙一咬，酸酸甜甜的汁液泚得满嘴都是，它们沿着喉咙管道一路奔腾而下，那种爽，没法形容。但这株石榴树后来死了，第二年再也没有发芽，再也没结成籽，他再也没能吃到。是他干的，他剥掉了树皮，只为了好奇。

杜子腾决定蹲守是晚点名后的事情，没给任何人说，当然包括赵顺强。

熄灯后，杜子腾从被窝里抽出身体，投向黑暗。他白天侦察好了，只要离开支队大院，外面是支队的一片菜地，通过菜地后可以很容易进到训练场。当然，不能给哨兵看到，不能走大门，那就剩下一条路：翻墙。墙不算高，尤其是训练场的墙，他也侦察好了，只要攀上墙头，那些沿墙根长的粗大树种可以直接把他从墙头安全送达地面，接下来的事情就简单多了，找到最佳蹲守位置，直到抓住坏蛋。他估计，破坏树皮的坏蛋决计不敢白天现身，夜晚是罪恶最好的掩体。

想象总是完美的，而现实是麻烦的，翻越支队大院院墙的时候就遇到了麻烦。他发现，白天侦察时明明是哨位盲点的地方，天黑后居然安排了流动哨。这个发现差点让他放弃计划，但很快就调整了方案，流动哨是有空当的，他瞅准机会迅速出动，一跃就上了墙头，再一跃就下了墙头。

这个动作完成得干脆利落，和赵顺强的抓臂扛摔有一拼。

其实用不着拼了，一切没了意义，杜子腾的胳膊现在再一次被牢牢别在背后，别他的是另外一个人，这个人就是刚刚把杜子腾拽下墙头的人，也就是说，这个人一直跟着他，他一直没有发现。不用说，那人刚才跟着他同时跃上墙头，又快速把他带下墙头来，顺手又搞了一次更加漂亮的抓臂扛摔，他被死死摁到了地上，包括他拟定好的所有计划。

他们现在还在墙内，他当然没能翻到墙外。

杜子腾没说话，他知道那个人是谁，所以，他一声不吭，把身体重新塞回被筒里，没有再骂洋芋蛋之类，心里也没骂。但那个人朝他屁股狠狠踹了一脚，几乎从肚子里提出一股真气闷吼，滚，睡觉去。

他滚回了床上，却滚不回梦里。

第二天上午集训队搞的课目是实弹射击训练，成绩没有拉开太大距离，教官肯定意料到了，中间休息的时候说要组织大家围成一个大圆圈玩丢手绢的游戏。几乎所有人同时提出了抗议，说那是小女孩们的玩意儿，没有科技含量，丢人，再说这么多人，围那么大一个圈儿，一个人丢手绢，参与率不高。这种抗议很快被制定的严密规则击打得鼻青脸肿，发现这是一个阴谋时，一切都晚了。教官规定，手绢换成袜子，丝袜子，落地动静更小。两个人同时反方向快速奔跑，边跑边要大声呼喊，边大声呼喊边随机丢下丝袜子。教官还规定，被抓住的要表演节目，节目内容在散打对抗和唱歌二者之间选择，这意味着如果一个人被抓，唱歌；两个人同时被抓，对抗，胜者可以坐回，败者等下一个被捉后继续对抗，场地限定在大圆圈的正中心。教官最后宣布补充规定，节目表演的同时，丝袜子照丢，人照抓，丢袜子者为上一拨丢袜子者相邻第三个人，而非被抓住者。游戏时间，一小时。

接下来的情形可想而知，所有人都傻眼儿了，这哪里是游戏？这分明就是全视角战场：到外弥漫着战火硝烟，到处都在鼓噪，没有死角，没有间歇，所有人都腹背受敌，稍一分神，立马阵亡。这种情形下注意力高度集中，并非易事！

冲锋号吹响，大战在即，带队的干部，被要求全部退守到百米之外。

大风要么是马屁精，要么与教官早有密谋，中间一休息就停了，至少在之后的一个小时内，它脱岗了。叛徒，严重不靠谱，有人带着哭腔嘟囔。

第一轮，两个人同时被捉，散打对抗，胜利者，坐回，失败者，原地等待对抗。

第二轮，一人被捉，参加对抗。

……

杜子腾算了算，从头到尾，根本就没有可能听唱歌，因为第一轮如果没有可能，以后绝无可能。这就是一场阴谋，大阴谋家玩的大阴谋。

焦理想就坐在杜子腾对面，当然这是一开始的时候，一个小时后，已经成了杜子腾的邻邦，严格来说，他俩一直没停止变动位置，但位置仅限定在大圈子的弧线上，没谁唱歌，也没谁参加对抗。所以，到最后，只有他俩没有阵亡。

焦理想是个沉默的人，杜子腾认为，焦理想的沉默实际上是一种骄傲，一种独孤求败式的骄傲。骄傲分好几种，最伤人的骄傲，就是他这种。

这种游戏手段太变态，目的就是置人死地嘛。结束时杜子腾朝焦理想嘟囔一句，焦理想好像哦了声，也好像没哦，总之他们很快就分开了，分开后的杜子腾突然感觉刚才那句话无比白痴，充分暴露了他的站位实在太低，赵顺强批评得没错。

赵顺强，想到这个人杜子腾愣了一下，他为什么不再叫臭洋芋蛋了呢？这是啥时候开始的战略转变？清风徐来，他仰起头，天空蓝得像南印度洋的洋面，拽着眼神光向诡秘的海沟拖曳，天知道，天知道黑匣子躺在哪里的更深处。

这种事，轮不到他管，他要管的是集训后的比武，赢焦理想，他不太有把握。他有一种预感，焦理想的骄傲有一种胜券在握的成分，而这个成分他是不可能有的，原因他只隐隐感觉到，没十成把握。

他一直等着，赵顺强终于向他摊牌了。此时，那张嘴唇一开一合，上面翻卷起的白皮渗着血。赵顺强说，知道为什么抽你进集训队吗？咱中队听话的兵绝不是你，素质最全面的你肯定算不上，但你的独一无二之处，这里没有一个人具备，包括焦理想，要是真打实战，他根本不是你的个儿！因为你不是肚子疼，你是杜子腾！杜家的儿子绝不是孬种，他是要腾飞的！

杜子腾一开始静静地听着，等着，他要从副中队长嘴里听到一个重要信息，就是那个“独一无二”到底会是什么，他还没有认真想过，这种神奇的东西杜家老祖宗什么时候藏到基因里了，且恰到好处地传给了他。他的耐心真是很容易取代，副中队长的耐心也一样很容易取代。听到最后，他觉得那个“独一无二”是什么已经完全不重要了，重要的是跟随他二十年的“肚子疼”现在连根拔除了，多好，“杜家的儿子是要腾飞的”，可亲可敬的中队副首长，真太有水平了，太帅了，太……他扑上去抱住了他的副中队长，那些青春痘，管他呢，那洋芋身材，热气腾腾。

他抱住后，张大了嘴，笑了起来，笑着笑着，咧嘴开始哭。

赵顺强没有揽他的腰，没有摸他的头，甚至连句劝慰性的象声词都没有，就像棉被一样任他靠着，揉搓着，吸干那些眼泪，减慢那些颤抖，直至最终松开了。

他突然出奇地冷静。

“那些树，是不是焦理想干的？”杜子腾脸向着他的副中队长脸问。他心里一直有团疑问，憋得难受，他一定要弄明白，但他错了，赵顺强并不看他，继续掀动那些翻卷起的白皮，说你已经明白了，这次集训你接受的所有训练课目都和实战有关，这就是打仗，败了算阵亡，你阵亡了我送花圈，其他的，不要想。

“是不是他干的？”他指手关节弄出嘎巴嘎巴的动静。

“……真正的实战训练，不正是你一直希望的吗？”赵顺强的声音小了。

“你说实战，有这种实战吗？你说，有这种实战吗？”他突然大吼，充满血丝的眼睛血一样红。

“这跟你没关系。”赵顺强寡寡的口气分明在矮下去，矮下去。

“跟谁有关系？我们孙子一样流血流汗，有人吃小灶，实战还吃小灶，这叫公平吗？这是作弊，作弊就是阵亡！谁规定比武必须是特勤兵当冠军？我们也不差！”杜子腾狮子一样扑向赵顺强，扣住了脖子，赵顺强没能躲过去，和他扭到一起。杜子腾启动起来的细胞斗志昂扬地投入战斗，呼哧呼哧的喘息声压碎了他中队副首长的冷静，他们一起滚进土里，一起辗压尖利的石子或坚硬之类的东西。最后他们发现，那些平时训练有素的散打格斗、擒敌技术招式一无用处，因为杜子腾根本不按正常招式进攻，腿脚头手齐上阵，撕咬拧掐花样翻新，赵顺强的训练有素立刻溃不成军。

特勤兵是支队的牌子，射击位不够，成绩不好提高，领导特批了的，你肚子疼发啥疯？赵顺强跳开一步后开始发作。

杜子腾沉默了，他的四肢正在慢慢组装。心里的脆似乎正快速变黑，变硬，变烫，他觉得浑身的细胞像摁了启动键，那些休假的，待岗的，串门的，相亲的等等，一股脑吆喝着、打着招呼奔走相告，然后呼呼啦啦聚拢来，摇旗呐喊。他确认，他的肚子再也不会疼了，但是心呢？

他朝地下抓了一把。

天快黑了，一只乌鸦飞过头顶，绕了一圈，又绕一圈，然后叫一声，又叫一声，第三声它不叫了，杜子腾手朝天上一挥，它就扑棱棱几下，一头栽下来。他朝射击位走去，一条灰白的影子从小树林里蹿出，他立刻认出了它。野兔这时十分愣头青地跑出来，与杜子腾的遭遇很快便验证了这种愣头青的鲁莽，后果多么严重，它眼睁睁盯着那只扬起的手，一个小石子子弹一样呼啸而来，精准地立刻打中了自己，它认为这下子完蛋了，翻了一个身，仰面抽搐着等死。

杜子腾退回来站住，歪头看一会儿，又看一会儿，弯下了腰，站起来时，抱起了它。赵顺强大喊，弄啥哩，咬你哩。吃败仗要死人！杜子腾回了一句，没有抬头，他认真检查伤情的样子专业得就像个随队医生。

突然，野兔张开了大口。

有列火车那样开过

1

爸妈一口气生了五个孩子，我最晚问世。事实上，他们眼巴巴盼望的，也就我这一根香烟快点打包出厂，四个丫头片子姐姐虽然跑得比我快，那又怎样？都是浮云。

我们搬进油毛毡平房那天很是浩浩荡荡，八口人啊，算一大家子了。天气很好，风不再像扇耳光那样扇人，云彩就东走走西逛逛，悠闲死了。路对面住着一个叔叔，他跟我爸其实也是头一回见，可这人挺热情的，打个招呼后，就跑过来帮忙。我爸说他是扳道工，一个人住，家属都在老家，没能解决城镇户口。从这一点看，我爸比他还是相当走运的，把我们从农村运进城——虽说这个破地方喘口气都累，好在不再从土里刨食了。我爸是个老好人，除了把我抽得滋里哇啦乱叫的时候，我一直这么认为。

这里除了我们两家，没别人。不太宽的柏油路像根灰线，把房前房后两条铁路穿针一样穿起来。那里叫扳道岔，离这里最近的，除了路牙子下面的小河沟，就是房后面用暗红色围起来的院子，那里叫一分厂。

我偶尔会给几个丫头片子姐姐面子，让她们跟我玩一玩，她们通常高兴得跟过年一样。但我不爱跟二姐飞天玩，她不大好说话，当然，她也不爱跟我玩，老是叫我黑五妮，这让我既没面子，心里又多少有些受伤。她跟一分厂的兵叔叔一样不好说话。就像今天，要不是守大门的兵叔叔不好说话，进车间里瞅瞅是不成问题的。这件事不能不感谢乔涛子，这傻瓜蛋别看长得也不白面书生——这是奶奶的话，其实跟小姑娘差不多黏糊人，可能还不如小姑娘。比如四姐探果。当然，三姐探花已经算不上小姑娘了，她过了这学期，该升三年级，三年级的学生相当老了。

这傻瓜蛋跟他妈妈中午来我家，说是招看奶奶，也就捧一小包江米条，用二姐飞天的话说，我奶奶嘴里的牙都是残兵游勇，吃江米条只能是一场你死我活的打架。她平常吃牛羊肉总要煮得稀烂，一进嘴就要化的那种——那哪儿是肉啊，肉就是要在牙上撕着拽着还磨来磨去弄出动静，最后磨出一口口香水、肉沫来，然后脖子一抻，呼噜噜，一路滚下肚去，多带劲儿。其实，我妈妈的牙也不咋地，总是闹牙病，一到吃晚饭就抱半个头，也不知道是牙疼还是头疼，哼哼哼，十分闹心。长大后我才知道，遗传实在可怕，不到十五年的时间就证明了，我们全都是我妈妈亲生的，即便我和二姐飞天生下来不久都认有干娘，名字也随人家祖上的字辈，但这跟那没一毛钱关系。

一定是嫌我们围在跟前吵吵闹闹，妈妈肯定还怕客人带来的江米条，被我们很没出息的眼光定点扫射，让客人看笑话去。那样的话，我们就是外面狂吹的大风，江米条就是风里还没结冰的雪花。妈妈就让乔涛子跟我们逮兔子去，说房子后面铁轨那边常有兔子在草里跑，只要别跟着跑远就中。乔涛子腻在他妈妈身边，任三姐探花脸上使劲儿笑出一片花圃似的哄，他就是哼哼唧唧一万个不肯，即便被他妈暗地里拧屁股、掐手，他只像兔子似的很滑稽地跳开一下，过一会儿又偎上去。最后，奶奶悄悄给我们派发早上剩下的蒸土豆，让三姐探花带我们院里吃去。

院里的风比院外小不了多少，轰隆隆叫，跟开拖拉机似的。太阳挂在天上，比老家的还要亮晃晃，像一大缸颜料，晒上个把小时，能脱下一层皮来，白花花的，皮脱之后脸就变红、变黑。像二姐飞天鬼一样的白脸，也别想搞特殊。

如果爸爸不是骑车子带大姐探枝和二姐飞天去学校考试，我们还是不能跑太远，大姐探枝会像老鹰一样死盯着一群小鸡，别指望她对大人们的话搞一点点折扣。但三姐探花不同了，她好说话，很愿意带我们跑得远一些，只要在大人们发现前回来就成。她最近喘气好一些了，很少见她一跑就晕倒。爸爸说谁刚到高原都这样，慢慢就好了。真是丫头片子，我就不娇气，我吃我玩我睡觉，舒坦得不得了。

三姐探花带我和四姐探果站在院门口时，开始拿不定主意——她总是拿不定主意——不知道右拐好还是左拐好。我说右拐不好，都是大路，车多，又不好玩儿，左拐好，只要跨过铁轨顺着柏油路走，要是不走柏油路，就斜拐上草地，抄近道，很快就能到那段暗红色墙下，上下班的时候经常看得到人和车从墙中间出来进去，肯定有大门，因为墙里除了一根长到云彩里的烟囱，不少楼顶灰突突冒出顶来，老远都看得见，最主要是我们都没进去过。四姐探果说："要是大人们从窗户里看到咱们咋办？"我"嘁"一声不屑："傻瓜蛋啊你，大人们忙着拉瓜哩，谁会瞅外头，那样多没礼貌。"我刚学会"礼貌"这个词，常常拽出来显摆显摆。四姐往右看看，跨过铁轨沿着柏油路一直到头，有三条路分开了岔，她不知道它们都能通到哪里，但岔开之前，柏油路两边路基下，像一口大锅，柏油路就像架在这口大锅上的一根粗筷子。锅里长满了矮秆草，现在还没有变绿，一条流得很随心所欲的小河沟还结着冰，就说："右拐可能也好玩。"我说："下回吧，等冰化了，逮鱼去。"她们最终听了我的，朝左拐。我这俩姐姐其实蛮好的，不像大姐探枝只把我们当小孩儿，也不像二姐飞天那样根本不把她天真活泼伶俐可爱的弟弟妹妹们当个人。

事实上，草地上压根就没有兔子，草矮得还没有没到脚面，兔子是不能那么傻了吧唧往这儿跑啊，那不是送上门让人抽嘛。倒是有不少暗红色碎砖、铁丝、水泥块，以及大小石头子，堆得到处都是。一只白线手套挂在铁丝上，看上去很新，在风里甩来甩去。那样的白手套扳道工叔叔戴过，火车像犯了哮喘似的喘着粗气大老远飞过来时，他把画着黑白条的杠子压下去，手上像两只白鸽子似的飞上飞下。但他的白手套洗黄了，发硬，不像现在这只，一点儿灰土都没有，戴起来应该软和很多。我刚抓到手里，三姐的手比我还快，但她不是奔向手套，而是奔向我的脑后勺，一把揪住我的领子，向后拽，还拿脚踢我手，白手套从我手里飞走了。我气得要死，反手就往她脸上胡乱挠，她一边躲一边瞪着她的大眼睛，狠声叫："爸爸说了，外边再好的东西都不要拾，碰都别碰。就你不长记性。"这话爸爸是说过，可他没说为啥不让拾，我还问了为啥，爸爸只说："没恁多为啥，不该知道的绝对不问，不该听的绝对不听。"

没想到那段暗红砖墙没走到头，两大扇铁栅栏门就咋咋呼呼跑到我们眼里来了。如果我们只发现这两扇镶着红五星的大栅栏门，无论如何是说不过去的，因为一栋两层的暗红色楼房最先跳了出来。三姐探花数过了，每一层有七个窗户，两层就是十四个。窗框一律刷着墨绿色油漆，有同颜色的两根长长管子贴着墙从房顶拖下来，快拖到墙根时停下来，噘嘴龇牙。在大门和楼房之间，伸出来的是白平房，前脸是四根柱子。

大门没有上锁，现在没有人出来。我们从大栅栏门很容易就看到里面的情形，有很高的楼，很高的烟囱，很干净的大路，如果没有人管，我们很快就会进去玩玩，压根没有留意门边上一个倒扣的绿箱子上站着一个男的，穿一身绿衣服，衣领上有两块红布的东西，戴着帽子，帽子上镶一颗红五角星。他背着枪，宽腰带把腰捆得一把细，肩膀宽宽的，很威风的样子。他没长胡子，双眼皮，大眼睛。

“请出示证件。”他没一点儿笑容，说这句话时好像迟疑了一下，但还是说了，看得出他觉得这句话不太适合眼前这仨小孩儿，可一时又想不出给我们说什么话更合适。我和四姐探果赶紧躲到三姐探花身后，好像这样他就看不到了。三姐探花一下子挺直了腰板，指指门说：“想……想进去玩一会儿，中不？”“不行！”双眼皮说得十分干脆，之后不再搭理我们。三姐探花回头看看我们，我们抬起头看她，像蹲在电线上的一串小鸟，她马上咽了口唾沫，小声儿央求：“一会儿嘛，就玩一小会儿。”双眼皮这回没说不行，但说了一句比不行还打击人的话：“小屁孩儿，一边儿玩去。”三姐探花脸肯定红了，她没有一边儿去，反倒把胸脯朝前挺了挺，指头戳向双眼皮：“你才小屁孩儿，你才小屁孩儿，你们全家都是小屁孩儿！又不是你家的，为啥不让进。”我和四姐探果马上应和，学着三姐探花的口气大声喊：“你才小屁孩儿，你才小屁孩儿，你们全家都是小屁孩儿！又不是你家的，为啥不让进。”双眼皮“扑哧”就笑了，乜斜着眼，要不是有个人刚好打里面出来，他一准有一堆啥话滋人呢。

出来的人其实骑着车子，朝我们瞟了一眼，就到大栅栏门前把车停下来了，冲我们喊：“这不是老程家三妮儿吗？咋带小孩儿们跑这玩儿了？”那人穿一身蓝衣服，胳膊上戴着蓝布袖套，瘦条儿个子。我们仨都高兴得喜鹊似的跳着脚跑上去，三姐探花说：“乔伯伯，阿姨和涛子在我家坐哩。这是啥地方，带我们进去玩一会儿吧，没进去过。”乔伯伯很是诧异：“你爸没跟你们说过？这个人呐，真是——回去吧，这儿不是小孩儿玩的地方。”三姐探花问:“伯伯在这里头上班?”乔伯伯说个“是啊”,一偏腿,准备骑车子走。我们仨一起拽住了车后座,我说:“我要去玩。”他已经有些不耐烦了,咂了几下嘴冲三姐探花嗔怪:“你当姐姐的,也跟着弟弟娃妹妹们瞎胡闹,多不懂事啊。”突然压低声儿说:“你们知道这是啥地方吗?一分厂,制造原子……没看见吗,当兵的把门,没出入证谁都进不去。”说着,他掏出一个小本子晃了晃:“就这个,你们谁有?回去吧,回去吧,回去让你爸念念保密手册。”

乔伯伯不管不顾走了,我们很失望,不知道怎么办好。双眼皮忍不住哏儿哏儿笑,肩膀一耸一耸的,三姐探花就瞪她,三姐的眼睛比她大,不瞪人的时候都像瞪人。双眼皮果然输了,就把脸扭一边去,四姐探果小心问:“叔叔,里头是做啥原子的?”双眼皮听见叫“叔叔”,就收了笑,咳一声,还是一个劲儿摇摇头,说:“不知道,我们只负责勤务。”四姐探果又问:“原子都在哪儿啊,咋看不见人嘞。”双眼皮说:“不知道。”四姐“哦”了声,问:“是在楼里还是平房里?”她一只手指指右侧的大楼,一只手指指左边暗红色的平房。双眼皮又摇头:“我真不知道。”三姐探花瞪他:“啥都不知道,那你杵这儿弄啥哩,弄啥哩,当电线杆呐!”双眼皮一下子红了脸,说:“你是老百姓,不跟你计较。”三姐探花不依了,指他喊:“你才老百姓呢,你才老百姓呢,你们全家都是老百姓!”双眼皮“嘿”地笑出声来,说:“你说对了,我们全家都是老百姓。”

“唉唉我说,上哨时间不得和老百姓拉瓜!”一个穿着和双眼皮一样衣服的人突然出现在屋顶，那里有一个平台，刚好朝着这里，这个人低着头，没戴帽子，嘴角有颗黑豆子一样大的痣。我一想到黑豆，就咕叽咕叽地笑起来，但“黑豆”没笑：“唉唉我说，退后，让他们退后！”双眼皮大声答“是”，脊背挺得更像电线杆了。

我四姐探果真是有才，她居然跟“黑豆”拉瓜上了，说：“叔叔，里头是做啥原子的，为啥不让进？”“黑豆”一愣，也像双眼皮那样咳了咳，拿手背往外使劲儿呼扇，说：“唉唉我说，不该知道的绝对不问，不该听的绝对不听。”我就烦他这个样子，好像轰一群鸡似的轰我们，就用手指点着自己的腮帮子羞他：“羞不羞，羞不羞，学我爸爸说话！”三姐探花和四姐探果都笑得弯了腰。三姐临走还瞅着楼上刷的大红字念：“中国共产党万岁！”我们没上学，还不认识字。

到底我们没能进去，没能看到啥是原子，这多少令人沮丧。这种情绪没过多大会儿，转回头我们很快就高兴了，翻过来倒过去学着“黑豆”那句“唉唉我说”。我们回去没有抄近道，那条近道实在没啥好玩儿的。我们沿着柏油路往回走，只要拐一个弯顺着慢下坡跨过铁轨就能到家。这条路我们很少走，大姐探枝总是跟我们说柏油路上车来车往，去水房旁边玩好了。水房就是油毛毡平房右边不远处的一间小红砖圆形房，门是上锁的，窗户是封死的，只有一个水龙头打墙里伸出来。天要是太冷，水龙头里出不来水，这时候，妈妈或者大姐探枝通常会端来一只瓷儿掉得差不多了的破脸盆，里面放一些碎木头或者枯草一类的东西，点着了烧，过不了一会儿，水管里的冰坨子化了，水龙头就拧出水了。她们挑水的时候，我和四姐探果就站在边儿上，看着水管里流出的水灌满一只小桶，再灌满一只小桶，再看大姐探枝和二姐飞天，或者和三姐探花，用一根粗棍子串过水桶铁襻抬着走。通常情况下二姐飞天和三姐探花不搭伴儿，三姐探花经常告二姐飞天的状，说她走在前面时，二姐飞天把桶往前面推，水桶几乎贴着她的后背，溅出来的水弄湿了棉袄棉裤，还常常压得她肩膀疼。但二姐飞天根本不理告状的事，跟奶奶嘟囔："她矮胖子，桶往下出溜，管我啥事。"奶奶总是信她的话。

但我们不愿意去水房那边玩，如果人少或者天快黑了，更不往那边走。后来我们知道，三个姐姐也不愿意去水房那边，倒不见得是怕挑水干活，是那个小圆房子的缘故。水管安在门外小窗下，但窗子用红砖砌死了，所以从来不知道里面是啥鬼样子。我们猜想里面肯定有一口深井，井口大小跟房子一样，深不见底，里头黑漆漆的，天阴下雨时说不定跑出来啥鬼东西抓人，很有可能的。

今天我们能不到小圆房子玩儿，真是太让人高兴了。

柏油路左边远一些的地方，隐约有不少房子，还能听见马叫，有羊叫。我们就猜那里有什么好玩的，会不会有兔子跑出来。可能是那边的叫声或者什么吸引了我们，反正我们谁都没留意有人在叫喊，就拐下柏油路往土路上走。这一点儿不能怪我，也不能怪谁，风刮起来能把人卷成皮球满地滚，谁听得那么真切是叫我们呢？从这件事上看，三姐探花实在比大姐探枝够意思，她跟我们看到羊疯跑着追羊、看见鸡疯奔着追鸡的时候，我和四姐探果压根没把她当头儿，她很可能也没把自己当头儿，她的笑声不比我的低，甚至更咋呼。

还没等我们再往平房那边走太远，三姐探花和四姐探果一下子就出溜地上了，跟以前一样，大口大口喘着粗气，脸白得跟死人一样——虽然我没见过死人，但听大人老这么说。眼看她倒着气儿倒着气儿，咕呼一声就倒下去了，眼睛闭得死死的，这是三姐探花。四姐探果好一点儿，手捂住心口，眼睛还睁着，说不出来话，嘴大张着，像泉眼儿似的咕嘟咕嘟往外冒气儿。我吓坏了，以为她们快死了，就跳着脚不要命地大声喊奶奶，喊妈妈。太阳远远地在风里揉眼眶，本来像一池井水的天这时候却灰腾腾的，云彩跳到上面摆手，像说再见。

我拽着三姐探花开始张大嘴鬼一样嗥叫，眼睛里的咸水快掏干净了。突然，三姐探花呼隆一下坐起来，我愣住了，她也愣住了，也就一小会儿，她开始拍着手笑："真好玩。"就像刚才晕倒的是别人。

我们回到家的时候天还没有黑透，这得怪四姐探果，她一直捂住心口哼哼，声音软面条似的。我和三姐探花就哭着拽她，她过了好久才缓过劲儿来，说身上软沓沓站不起来，要再歇一歇。风小了很多，但身上开始冷了，太阳落山的地方早就灰不溜丢的，没一点儿暖和劲儿。这个破地方，太阳出来不见得多热乎，太阳落了的时候能冻死个人。三姐探花把四姐探果和我的手放自己嘴边哈一会儿热气，然后死劲儿搓。后来实在太冷了，我的手和脚开始冻麻了，就说要冻死了，冻死了见不着奶奶了。这句话提醒了三姐探花，她一把抱起四姐探果，噔噔噔往大路上走。

三姐探花已经想到有一顿暴打是逃不掉的，谁让她是我们的头儿。她抱着四姐探果还没走到大路上，又大口大口喘粗气儿，我担心她再咕咚倒下去。我只是担心一下下，其实我现在不是太害怕了，她晕一会儿总会醒过来，就像刚才一样。

她再次晕倒之前，遇到了爸爸，还有妈妈，他们找我们已经找得头上火星子乱迸，喉咙都哑了。

三姐探花的运气真是不错，就在我们吃完饭准备“过堂”的时候——奶奶管挨打叫过堂，爸爸单位来了两个人，是扳道工叔叔领进门的，说刚巧他们朝他打听我爸。他们是一男一女，都穿得很洋气，嘴还会说，进来后就朝奶奶大娘大娘地叫。爸爸呵呵笑着就握手，叫着他们“小”啥“小”啥的，我也没记住，妈妈已经把我们又轰到了小屋里，关上门。

我打几个喷嚏，大姐探枝赶紧打抽屉里找了一个大白片出来，倒杯水喂我，我死活不吃，太苦了，以前吃过。但大姐探枝非要我吃，还叫二姐飞天和三姐探花帮忙。我这些亲姐姐们一般不大好说话，个性强着哩，尤其是二姐飞天，但遇到这种事儿总会空前地心齐，这会儿就像恶狼一样一起扑向我，张着大白牙舞着爪子，我就如一只善良的小绵羊进了狼群，活生生被摁倒床板上，一个扭住头一个压住手，最可恨的是二姐飞天干脆骑坐在我的小细腿上，我根本没法动弹。别看平时大姐一副吃苦耐劳、心地善良的模样，临到这会儿也不是善茬儿，一手捏着苦死人的大白片一手晃着一根筷子满脸狰狞地奔我而来。我知道躲是没用的，但还是咬紧牙关。她们有的是办法，这根筷子就是刑具，我的鼻子前端两个出气孔被她们的臭手死死捏紧，我憋得透不过气，只能张开嘴，这刚好就中了她们的阴谋诡计，那根筷子闪电一样捅进我的嘴里，顶在上下牙间，这个缝隙药片刚好能够顺利抵达我的喉咙口，只要灌一口水，想不咽都难。我想大声叫奶奶，叫妈妈，她们就在隔壁，但二姐飞天朝我瞪眼睛，我知道她看破了这点儿心思，她总是能看破。没办法，好汉子不吃眼前亏，没大人们护我，我还是老实一点儿吧。

后来我们才知道，那俩叔叔阿姨是专门来送粮票的，说我爸是单职工，养一大家子不容易，孩子又多，都正长身体，饭量不会小。爸爸打着手电筒一直把人家送过铁轨好远。

睡觉的时候，大人们又提起他们，爸爸说："都是清华大学核物理毕业，上海人，女的在我们单位，男的在研究所工作，高工。一直没孩子。"奶奶问："年轻着哩，条件又恁好，跟前没孩子咋成，没请先生瞅瞅？"爸爸说："这咋好问呢。"过一会儿叹声气："这种情况不少见，双职工里更多，年纪轻轻的，开不了怀——也有不少生了的，傻孩儿不少，不是口眼歪斜，就是胳膊腿儿不全乎，喊，气候闹的！"奶奶也叹气，好像说了句"作孽"啥的。

2

在我家新房子盖成之前，眼下我们还得住扳道岔，还得忍受火车的叫声像锤子一样，把奶奶的瞌睡一次一次砸得稀巴烂。住哪儿其实和我这个人没太大关系，我吃我的睡我的，就是不能偷偷跑出去玩儿了，大人们看我看得很紧，尤其在姐姐们开学后，家里只有奶奶和妈妈在，她们俩盯我和四姐探果俩，一对一，就像钉子楔到了砖头里，休想拔出来。

二姐飞天分到了快班，这是很厉害的事情。据说分班考试时她第一个交卷出考场，连检查一遍都省了，这真叫人佩服——要不是总不爱给人好声色，我对她印象应该会好一点儿的，虽然她并不在乎这个。大姐探枝无论如何没法办到，虽说之前她点灯熬油好几天，考试成绩也就一般般。奶奶笑得咯咯响，这是少有的，手在二姐飞天红扑扑的脸蛋上摩挲时眼里都是通红的太阳，说："哎哟，奶奶没白疼你，瞅瞅，就带着大学生态儿哩，将来奶奶跟着俺们二妮有福享，奶奶净等着吃好果子哩！"奶奶真是神了，这话在八年后准确应验，但奶奶没等到那一天，没等到二姐飞天给她买好果子吃，就走了，食道里得的病，最后差不多就是饿死了。奶奶回老家咽的气，二姐飞天正准备考高中，没能到跟前。

二姐飞天能够分到快班，没有人觉得不可思议。那天去学校考试回来，她啥也没说，很能沉住气，这就叫人服气，可爸爸不打算沉住气，回来立马要说，但那天因为我们偷偷跑出去玩冻得臭死的事儿，他们就没顾得上，一进家四处尽找人了，直到第二天爸爸晚上下班回来才续上没说的话。话头还是奶奶提起来的，奶奶喂我饭我不张嘴，就说："药喂多了，伤了胃口，小孩儿们半片就够了。"大姐"哦"了声低头吃饭，三姐探花不该说："就他娇贵，我和老四都没事儿。"这句话让爸爸妈妈想起昨天偷跑出去的事，奶奶说完"俺孩儿就是娇贵，妮儿们提拉着养活，倒皮实"的话，大姐探枝就朝三姐探花使眼色，还用胳膊肘儿捣她。三姐这回倒机灵，一缩头，空碗一撂，边往外走边说："缸空了，我挑水去。"马上就听见水桶碰墙的声音，蹬蹬蹬飞快蹿出门去。奶奶就笑："三妮这回还算灵醒。"问二姐飞天："考得咋样？"二姐飞天笑了笑，没说话，奶奶就用指头肚轻轻捣一下她额头，笑："怪沉住气哩！俺二妮学习不赖，考试也赖不了。"爸爸狠狠点头，笑着说："别看性子怪些，还真争气。昨天考语文的时候，只答半小时就要交卷，监考老师压住不让早交，让再检查检查。考数学的时候好一点儿，第二个交卷。"奶奶就问二姐飞天："别粗心大意了。"二姐飞天起身往厨房送空碗，长辫子一甩，撂了句："题出得太简单。"奶奶又问大姐探枝考得咋样，大姐探枝嘟囔一句："没二妮考得好。"爸爸朝奶奶丢过去眼风，奶奶就打住不往下问了。

爸爸飞快跑出去的时候，三姐已经发出第二声尖叫了，不远，就在墙外边。"看戏喽"我奓着翅膀飞出来，三姐探花已经躲到爸爸屁股后面，半桶水滚到脚边，湿了一大片地。离他们不远的柏油路上，一个穿皮袍的藏族汉子，黑不溜秋长头发披了一肩，骑在一匹黑不溜秋的马上，牵着一条也黑不溜秋的大家伙。那汉子看见爸爸出来，翻下马鞍子。一定是三姐探花看到那条黑家伙开始尖叫的，这声尖叫把藏族汉子也吓了一跳。他走向我们的时候向那条黑家伙嘟囔声什么，它便站在路牙子上不动了，却朝我们这边不转睛地望，长长的黑毛披在身上，几乎拖到地上，十分威武。扳道工叔叔站在自己的屋门前叫：“开木曲河，这狗就听你的话。”

我是头一次见到真正的藏獒，我相信除了爸爸，家里其他人也许也是第一次见到，说也许，是因为妈妈带着大姐探枝和三姐探花已经到这里探过一次亲，见没见过不知道。听见奶奶一边拽紧我手脖子一边小声叫着：“天老爷哟，这是啥狗，黑咕隆咚的，恁高，恁大！”奶奶说得对，这家伙样子实在吓死个人，头比斗还大，四条腿抓住地像楔在那里，不叫也不哼，但眼里透着凶相。许是听见扳道工叔叔说话，它突然发出一声闷嗥，头飞快扭过去，闪电一样腾空而起，眨眼已经把扳道工叔叔扑倒身子下。好在开木曲河大喝一声，它立刻把白花花大牙塞回血盆大口里，低下头矮下身子，软沓沓掉回头，不动了。扳道工叔叔分明吓坏了，再不敢说话，一瘸一拐蹿着回屋了。要不是开木曲河吆喝得及时，估计要不了两口，扳道工叔叔就成了肉馍馍。

我爸爸哈哈笑了，叫着“老开老开”迎上去，我奶奶把我们赶回屋。大姐探枝挽起袖子刷锅，她总是很能干，不等妈妈铺排，就一声不吭干起来，为这个，妈妈总夸她从小穿了绣眼睛的鞋，眼里有活，不像二姐飞天，见天捧着书看，不出力气。奶奶不这么认为，她觉得二姐飞天天生是读书的材料，将来是要吃皇粮的。奶奶这样说，妈妈很有意见，当面不说，背后跟爸爸诉苦，说老大是苦命头，见天干活，没人心疼。

大姐探枝其实没有妈妈想的缺心眼儿，我们都这么认为，她其实坏死了。我说这话姐姐们肯定同意，因为六年后，爸妈带着我回老家给奶奶送终，我的三个姐姐在大姐探枝的领导下，吃了一个月的红萝卜，一袋米一袋面一看就没动过三两回。那些红萝卜我吃过，死难吃，原是爹妈自己种的，长得不咋地，又小又硬，但可以省粮食。大姐探枝把米面都藏起来，见天煮红萝卜，等我们回来的时候，三个姐姐吃得就跟红萝卜差不多了。除了大姐探枝，三个姐姐没一个不告状，有啥用？她是老大。

马蹄声越来越远，我们没有等到那个开木曲河进门，只有爸爸和妈妈提着两只大口袋回来了，看样子口袋蛮重。爸爸说："他要赶天黑前回去，家里只有他老婆金珠在，孩子们都进山里头放羊去了。他下回带金珠一起来看您。"说着打开一只口袋，呼拉倒了一地，有羊腿，有牛头，有大块酥油和好几个青稞面盔锅。另一只口袋打开，除了羊毛，还有膻味儿。奶奶咂着嘴和妈妈找盆子盛，说："你这朋友老实在，不喝碗茶就走了——下回请人家来家里吃顿饺子。"爸爸说："他吃不惯咱汉民的饭。等咱们搬到新房子，后面有一块地，种些土豆，等收成了送他一口袋，再提两瓶酒，他稀罕这个。"妈妈附和着："就是，就是，您没见副食店旁边，老见他们那些人，买一瓶酒坐地上就喝，下酒菜都不要，喝醉了就睡，恁凉的地，一睡就老半天，酒一醒上马就能走，也不见病呀啥的。"爸爸说："人家从小就打这样过来的，身体好得很。啥时候带你们去他家走走，就在河沟上头不远，就是怕你们吃不惯开锅肉，让人家觉得咱心里嫌弃。”妈妈就笑着说：“娘，开锅肉咱是吃不惯，滴着血水，吓人。酥油茶倒是养胃，您胃不好，尝尝也不赖。”奶奶就笑着仰脸问她儿子：“流着血水能吃？不吃跑肚子？”我举着手喊：“要吃，要吃，我要吃！”奶奶把我的手打一下，笑说：“龟孙，啥好不好都吵着吃。”说这话的时候，奶奶笑出了声，爸爸就问我们：“谁想去？举手。”三姐探花把两只手举得高高的，喊：“带我去，带我去！”四姐探果低头笑了笑，红着脸举起一只手。我当然不用说了，但如果大姐探枝和二姐飞天不去，怕爸爸会改变主意，我便捣捣她们，喊：“举手啊举手啊！”大姐探枝说：“大家去我就去。”二姐飞天照我屁股拍了一下，说：“打狼去啊，要恁多人！”一句话提醒了奶奶，问爸爸：“咱这一大家子人，去谁家人家不嫌弃啊，要不你和妮她娘去就中，天又冷，动弹着难。”爸爸说：“人多倒没啥，草滩上、河沟边，都能撒开玩儿，就是天冷是个事儿——等等吧，房子盖好再说。”

那天晚上我埋怨二姐飞天嘴臭，要不是她多放个屁，说不定明天就能动身去开木曲河家玩儿了，又能看到他家的大狗了。二姐从被窝里伸出手揪我耳朵，说：“叨叨几遍了？黑五妮你还是不是男人！”说完这句话，一炕人都笑了起来，二姐飞天也咕咕咕地笑。我不服气，踢腾着被子告状：“奶奶奶奶，飞天又叫我黑五妮，说我不是男人，你打她。”二姐飞天从来不让着我，这会儿还哼哼呢：“黑五妮你是男的吗？我咋不知道呢，这炕上睡的都是女生，这屋里也是女生宿舍，你是男生天天混进来睡觉，不就是流氓嘛！”一炕的人又发出一拨儿咕叽咕叽的笑，像烧开的水。连奶奶都笑出了眼泪。我听着知道不是好话，就扑出去揪她头发，奶奶一迭声叫大姐探枝：“枝儿，快拉住五孩儿，要吃亏。”大姐搂紧我，我还在被子里乱踢腾，二姐飞天一点儿不给我面子，逗着我：“来吧来吧黑五妮，我这里有江米条，吃不吃啊，过了这村就没这店儿了。”奶奶就笑着嗔她：“你这哪像当姐的，咱家就这一根独苗儿，要是气出好歹来还不是罪孽。”又吓唬我：“好孩儿，听话，别过来，你当她这有好果子等着给你？”二姐飞天不吭声了，但她还是在笑。我只好把屁股顶出被窝，捏着我的裤裆喊：“你看你看，我是不是男的？”说着就大声笑，咕咕咕，像母鸡下蛋似的。

没想到，我这一招亮出来后，她们全都不吭气了，大姐探枝把我从怀里拨拉出去，也不搂我了，自个儿转过身去睡。奶奶马上把灯绳一拉，屋里一下子黑了。奶奶摸黑过来把我的被子掖了掖，趴我耳朵边小声儿说：“小妮们跟前可再不敢这样了，丑不丑！”我马上停止了大笑，要不是屋子黑，我肯定把脸摁进被窝里去。

没过几天，我的三个亲姐姐总算开学了，她们都挎着妈妈新缝的花书包，蹦蹦跳跳进总厂子弟学校上学。我就想自己啥时候也能上学，书包也要妈妈给我缝，不过不能是花的，我是男生。爸爸说二姐飞天和三姐探花的教室在一栋楼上，大姐的教室挨着副食店，是一排红砖平房。有一次，大姐探枝真的给我买回来一根比我手指头粗一点儿、像烧火棍一样黑的东西，咬进嘴里酸酸甜甜的，很好吃，她管它叫果丹皮。我撕一小块塞奶奶嘴里，奶奶说：“像山楂味儿，掺糖了吧。”她说牙口不好，咬一下牙酸好几天。

奶奶说，这儿的春天风太大了，顶风走根本迈不开腿，不知道上班和上学的咋去的。她这样说着就常站到院门口往外瞅，有时瞅着瞅着，姐姐们或者爸爸一个又一个从远处慢慢地抽出来了，人刚冒个尖儿，奶奶就扭脸朝屋里说："孩儿他娘，人回来了。"我和四姐探果就往院外跑。最喜欢接爸爸了，他口袋里总会有一块糖或者半把瓜子什么的

一到饭端上来的时候，三姐探花就不想吃，她说今天上学路上又晕倒了，胳膊肘儿摔肿了。奶奶就问二姐飞天："你没啥事儿？"二姐飞天把嘴里的米饭咽下去，说："刮得太大，顶风走不动，堵得人透不过气，胸口也憋。横着走，横着走试试。"三姐探花"哦"了声："那我试试。"二姐飞天把空碗一推："那就早走，风还小点儿，过一会儿大了不好走。"又说："我蹚一条近道，不走大路，那样远好多，咱从河沟里斜插过去，风还小。""别光图省劲儿，掉河里了就坏了，"奶奶担心，"远远看，没见有桥。"二姐飞天笑了一下，说："这破地方，哪有像样子河，麻绳粗细，一抬腿就跨过去了。"奶奶听她这么说，就点点头："要是那样，地势低，风就小，也中。"

出门的时候二姐飞天对三姐探花说："走，我带你。"三姐探花就看大姐探枝，平常都是跟她走的。大姐探枝就问二姐飞天："你真蹚过？"二姐飞天白过去一眼，不吭声，背起书包就走。

要不是四姐找我玩儿，奶奶和妈妈决计是发现不了我跟她们走了，她们也发现不了。我其实不是要跟她们去学校，我只是想到河沟里看看

有没有鱼虾、泥鳅啥的玩儿，在老家时常从小水坑里就逮得到。太阳很大，风比太阳还大，呜呜刮着，像好多辆拖拉机一块儿开着，真是冻得够呛。从柏油路拐下河滩的时候，我差一点点就滚下去，要不是风从前面很卖力地朝我拧劲儿顶。那段坡路没长一根草，到处是沙石和铁轨上滚下来的大石子。但河滩里好走许多，有一条小路在草里随随便便扭着屁股。草还没青，让风拨拉得快秃顶了，矮矮地趴在地上。有些草的叶子长得更宽更高，这会儿已经让羊啃得只剩一疙瘩一疙瘩的草墩子。

还没看见河在哪儿，它就铺到了脚前。我看见它就是二姐飞天说的河的样子，失望透顶。二姐飞天说得对，比我屁股大不了多少，白花花的冰还没化，有些地方连冰都没有，露着黄土。一坨坨牛羊粪已经干透了，散落在草里。我想要是等到不冷的时候，这儿会不会有兔子可逮。

就在这时，一股冰凉进了我更冰凉的脖子，我缩了缩，不用回头看就知道是谁。就在不远处，我的三个姐姐扭头冲我做鬼脸，三姐探花伸出了她的花舌头，然后很快穿过柏油路，往田叔叔家的高坡上爬去，一会儿就不见了。

是妈妈，她把我提小鸡一样提上柏油路。我发现路边一个小花筒，就想去抓，但是，我像皮筋一样被妈妈一扯，一下子就弹过了铁轨。奶奶和四姐探果站在院门口朝这里看，有一辆吉普车刚好过来，我们就停下了等它过去，但吉普车没有开走，却停到我们脚下。车上下来一个叔叔，他后面还跟下来一个，都穿着和双眼皮一样的衣服，戴着帽子，但他们没有挎枪。我认出后面下来的叔叔就是“黑豆”，他也认出我了，冲我挤一下眼儿，没说“唉唉我说”这种傻里傻气的话，他胳肢窝里挟着一个透明夹子。他们向扳道工叔叔房子屋里走去，扳道工叔叔现在是午睡的时间。他们站在门前咣啷咣啷地敲，门就开了，他们进去了。车上坐最前面的那个叔叔没下车，瞅见我笑了一下，露出了一颗小虎牙，白生生的晃人眼。我一下子就高兴了，跑车头前蹲下来歪着头瞅车底下，我一直以为它会跑恁快，下面一定坐个人管着。“干啥干啥，”小叔叔显然被我吓到了，蹿下车拧住我的小胳膊拽到路牙子上，“危险！”他绕到车另一边打开了车门，我从这边马上抓住车把手，妈妈很不客气地掰开了我，一边往家里拖一边说：“没见叔叔们办着正事嘛，快回屋里，不听话让叔叔抓走。”我很不情愿，踢腾着不肯走，但胳膊根本拧不过大腿。

奶奶隔着墙瞅了一会儿，回屋里小声跟妈妈说：“好像出啥事儿，他们临走时候老往咱这儿瞅，前头那当官的老皱眉头，跟后头的说着啥，后头的就拿笔往夹子上写。车开的时候又从窗子后拧着脖子朝咱家看，这心里觉着七上八下。咋回事儿，好不好问那边他叔叔？”

妈妈说：“能有啥事儿，大不了工作上的事找他叔叔，跟咱没啥关系。就是有啥事，也轮不到咱知道，这厂是秘密厂，秘密多着哩，不问到咱咱就装不知道。孩儿他爸啥事儿都不让咱乱打听，厂里规矩多着哩。不是看咱家儿眼嘛，就让他看去，也看不走一块砖。”奶奶瞅妈妈一眼，没说话，拿根棍子，到院子里倒腾羊毛去了。院子里扫干净了，铺了一大块塑料布，奶奶一早起来就把羊毛摊院子里晒太阳。

我拿一根小棍子出来，学着奶奶把羊毛挑起来，让太阳晒进去，再晒出来。我挑得有点儿高，风一刮就跑了，奶奶去墙外找。四姐探果跑出来小声说：“你看你看——”她指着院门外，我看见“黑豆”又拐回来了，这回他没有坐车，也没有带那司机小叔叔，跟他一起的当官的也不见了。他手搭凉篷四下里望一望，又叉开步子走了几个来回，冲我们这儿又瞅瞅，很快就走了。四姐探果说：“不是贼吧？”我摇头：“不像，奶奶说贼都是夜里来，夜里走。”四姐探果“哦”着回屋了。她这几天脸总是黄黄的，不大肯吃饭，要不是“黑豆”来，她连说话都不愿意。

奶奶差不多到水房才追回那绺羊毛，喘着粗气，说：“也怪啊，老鼠就不怕冷，冰疙瘩里也能活。”我就朝屋里大声喊：“探果探果，逮老鼠去。”

3

乔伯伯肯定是告过状了，这不是我瞎猜，是三姐探花亲口说的。她说爸爸黑着脸叮嘱她不准再带弟弟妹妹们去一分厂玩，那里不是玩的地方。她还说她们不敢问爸爸原子是啥东西，问了招骂。

这个星期天要不是盖房子，爸爸带我们去乔伯伯家，这是原先就说好的，但也要看天气，太冷的话手伸不出来，拌的泥沙也不能用，需要架上火烤，化了才可以。但那天天气却出奇的好，没到上午十点，风就小了，不刮大风的天气实在太走运了，更走运的是风一小天就热了。爸爸和几个伯伯叔叔开始干活，画线的，砌墙的，拌水泥的，递砖头的，都有活儿干。妈妈一早就过来了，带着高压锅，锅里是焖好的大块牛肉和蒸得张开嘴儿的大土豆，香气很容易俘虏随便一个人。我是不稀罕的，我吃过午饭才跟着奶奶过来。其实奶奶早想过来，但三个姐姐要写作业，四姐探果还是缩在炕角不想动的样子，不放心，没奈何给我们做好了饭，给大姐探枝交代一会儿，就戴帽子准备出门。我跟屁股后头说："奶奶带我。"奶奶就扯上我的手，笑说："是要带你，丢家里没让姐姐们掐下来一块肉，可便宜她们了。"

奶奶没带我抄近道，她脚太小，比我的拳头大一点点，走不了那个陡坡。河沟里应该还是没有水，草还是黄的，不用瞅就知道。我们顺着大路走，奶奶攥着我的手，太阳亮晃晃的，不太冷，风还是不住手打人脸。路上车没那么多，老半天才过一辆，倒是见一群羊跟在一个骑着小红马的人后头溜达，走得四平八稳，很规矩，像超听话的小孩儿，老半天了，咩咩叫一叫，也不大着急。那个骑小红马的打我们旁边过去时瞅过来一眼，张开嘴就笑。她是个脸蛋黑红黑红的小姐姐，眼睛亮得像两颗琉璃球，笑的时候，露出满满一口小细白牙。我小声跟奶奶咬耳朵："我脸比她白。"奶奶就笑，掐掐我的脸蛋，很轻。

没想到那小姐姐两根黑指头往嘴里一塞，长长一声哨，空气就爆了肚皮。两只羊正傻了吧唧一直朝前擦蹄子，没留意大家已经往河滩里拐了，听见哨声，这才歪头朝后看，发现就它俩，这才赶紧扭着屁股跟着拐下道去。我悄悄把两根指头杵进嘴里，脸憋得通红，像猴屁股，也只能噗噗冒气，像放臭屁，根本不好听。

那小姐姐咯咯笑出声，勒住马，手指头又塞进嘴唇，她一边塞一边咕噜了一咕噜，我没听懂，她就笑着指指嘴唇，把手指搁到那里，腮帮子一鼓气，哨音又长又高又脆。我照她的样子试了几回，总算有一点点意思了，就大声笑，蹦得老高。小姐姐竖起大拇指，打马拐下柏油路，下到河滩后还回头又打一声哨，我也打一声哨，这声哨好听极了。

奶奶爬坡的时候歇了好几回，我就把肩膀递过去，奶奶夸我是“小拐棍”，我就一直递，一直递。我一路打着口哨，一路递着肩膀，等爬到坡顶时，奶奶说已经打得相当不错了。我知道就是这样，跟小姐姐的哨音也完全没法比。我就跟奶奶说：“小姐姐是好人，不坏。”奶奶就笑，我又说：“飞天坏。”奶奶就不笑了，说：“那是逗你玩哩——她是你二姐，不能叫大号。”我说：“探枝她们都说奶奶偏心飞天。”奶奶好半天不说话，过一会儿说：“一群没良心贼，不对她们好咋拉扯恁大？也没拧谁一下掐谁一块肉吃。”又说：“你小不知道，你二姐生来就身体弱，大冷的天，生到院子地上了。一生下来就得个风气篓，黑天白夜气管里拉风箱，不大点儿就开始吃苦水子药，一碗一碗药水，吃得可怜死个人。要不咋上学恁晚哩？焦麦炸豆时间住院，打针，进黑屋子，受老罪了，对她好点儿咋了？不应该？”说着，眼圈红了，我就不敢往下说了，我其实还想说“探果也弱着哩”，我怕这句话让奶奶哭，奶奶要是哭了，叫爸爸知道的话，一顿暴揍是一定会找上我的，根本管不了我这根程家小黑香烟多么金贵，多么不可多得。在这个问题上爸爸态度一向十分坚决，我甚至觉得他对姐姐们更好一些，至少我没见她们挨过爸爸下狠手抽屁股蛋儿。

没费多少力气就找到消防队菜地在哪儿，因为坡上那三排红砖平房整整齐齐，每一家门前都砌着一个小院子，完全没有属于菜地的可能。本来想问问人，坡上也有几个小孩儿或在玩儿跳皮筋儿，或疯跑，有两个大人在一个水管前接水，但奶奶在转一下脸后就放弃了这种念头。我们都看到右边有一面土围墙，站在坡上，一眼就能把围墙里面看个遍，包括围墙右边靠近土坡的地方开了一个大门。说是大门，根本没有门框，甚至门槛也不见，也就是土围墙到那里挖断一截，而且门里面一小片没犁过的地上有几间房子，靠房子尽头，一些人影在晃动。奶奶眼神不好，我其实已经看见墙垒得跟我差不多高了，就给奶奶说了。奶奶笑着咂嘴："恁快啊，还是年轻，干活麻利。"扯住我手脖子，从水管的地方左拐很快走下慢坡，一条不宽的土路沿着围墙通向大门。土路右边是一片菜地，一小块一小块大小不等地用树枝扎着篱笆隔开。现在还没有长出菜，但里头像消防队菜地一样，已经松过了土。

我们刚一出现在断墙边，一条狗突然就蹿出来了，冲着我汪汪叫嚷。我躲到奶奶身后打量它，那么小，那么瘦，连开木曲河家大狗的一根小指头都比不上。呸，我啐口唾沫，跑上去踢它，它叫着嗖地拐回去，进了第一家的门，那门洞开着。那是一条小杂毛狗，背上有一块白，肚子是黑的，总的来说长得让人一见就想踹，主要在它冲人叫的时候，声音像挤到了门缝里的老鼠。它好意思称作狗，脸皮实在够厚。

乔伯伯正站在第二家的院门口抽烟，手插在裤袋里，低着头，衣服穿得很干净。我们的房子盖成，就是第三户，这里只有三户人家。

参加盖房子的都是爸的老乡朋友，让人高兴的是爸的朋友田叔叔的儿子田去也在这里，他一次能搬三块砖，蓝棉袄上沾满了灰土。田叔叔最先看见奶奶，就笑着抬一下手臂算是打招呼：“大娘，坐家里去吧，家属在家。这儿到处乱糟糟的，下脚的地方都没有。”他家离这儿不远。奶奶仰头笑：“老坐着咋中啊？得动一动。”乔伯伯这才抬起脸，朝这里歪一下头，说声：“来了。”奶奶没听见，也就没转过脸去，只顾着给大家说：“家里有个活，弄得你们几家下班也不能歇歇，跟着累。午饭吃了没有？”田去嘿嘿笑：“好……好吃，俺妈妈做……做的没俺姨做……做的好吃。”田去是结巴舌。妈妈笑得声音很大很响：“别寒碜你姨了，你娘城里人，啥好吃的没吃过没做过，我农村出来的，也就会做些粗茶淡饭。”田叔叔说：“家属茶饭上连你一根小拇指头都比不上。”叫田去：“叫你妈过来，说你奶奶来了。”奶奶忙说：“可别去，我就来站一站，妮儿们都在家里，没个大人。”从腰里掏出手绢，在田去身上扑打几个，说：“这孩子，真懂事，身小力薄的，干活一点儿不惜力，身上弄的……将来你爹还能指着这孩子哩。”乔伯伯哼了声：“老大跟飞天性子像，不大伸手粗活儿。”奶奶马上说：“俺二妮儿读书灵性着哩，性子要强，将来落不了人后，不信你们等着看。”

奶奶是闲不住的人，拾铁锨铲泥沙一顿忙活，爸爸赶紧夺去，说：“这不是您干的活，您站着看看就行了。”田叔叔开着玩笑：“是啊，指导指导工作！”奶奶就笑。看看实在伸不上手，就去搬砖头，爸爸又夺过去，奶奶生气了，说：“还没老到啥也弄不动了，搬块砖能累着哪儿，我还不如一个几岁孩子。”爸爸四下里瞅了瞅，就说：“要不帮着弄个饭？”妈妈马上抬起一脸的笑，说：“娘，菜还没择哩。”奶奶看看一边塑料蓬下汽油炉上，正架着壶烧水，地上几棵大葱，一个冬白菜，还有几个没洗的碗。奶奶收拾了碗就走，她知道水管在哪儿，刚才路过。

我跟着田去搬砖，我搬不动三砖，就搬一块。田去小声跟我说：“你二姐长……长得最好看。”这句话让我站了一会儿，我在想二姐飞天哪儿长得好看。田去又说：“真……真的。”我往地上呸了一大口唾沫，拧着脖子说：“不好看，丑死了，老欺负我。”田去就笑，我也笑。这时候我俩都朝前扑去，那里突然出现一只兔子，是真兔子，白毛，红眼睛，很漂亮地啃着妈妈扔的烂菜帮子。我们实在太性急了，它在我们扑过去的一刹那，拖着菜帮子就蹿，刚过旁边的篱笆，再也找不见了。妈妈说：“别找了，是你陈叔叔家养的，墙后有兔子窝。”妈妈说的陈叔叔是我们的邻居，第二户那家。

我和田去很失望，扒着篱笆看了一会儿，真在墙后发现了一个洞，洞口有砖块支着，菜帮子已经拖进去了。

田去那天不知道为啥非要想去我家，我猜他是为看二姐飞天，但他没说，又不让我告诉奶奶，而奶奶也不打算马上回去，她正在第一户邻居家里的厨房里忙晚饭，那家阿姨让出了她家的灶台。

田去送我一个弹弓，外带一块泡泡糖，我啥话不说了。

我们走的时候大人们没有发现，他们正忙着干活。水龙头那里接水的桶排着队，也就四五只，都比我家里的大，有的看起来还很新，一眼就知道是白铁皮箍的。我知道白铁皮是因为我家里的小桶也是这种样子的，我爸用了一个下午敲敲打打做成的，当时大老虎钳子、锤子、大剪刀、钉子，在老家见没见过的铁家伙摆满一地。三姐探花、四姐探果和我蹲在旁边看，大姐有时走过来瞅瞅，又走了，二姐好像一点儿兴趣都没有，隔着门槛儿甩出来一句话，立刻把三姐的兴头炸得金星乱蹦，她说："以后抬水的时候，有你看的。"

我们经过这里时，有个阿姨看我一眼就咧嘴，说话的喉咙有点儿沙哑，高声喊："哟哟哟，看这孩儿谁家的，留着小尾巴根儿，老宝贝哩。"我就把头低了，她的笑声把我砸得飞跑出去老远。我脑后有一条细得像眉毛的辫子，打我记事起就一直细着，剃头师傅刀子剪子围着它打转儿，谁也不碰。我没见过它长啥样子，但我摸过，那块比我手心还要小的头皮，像孤岛一样越长越长，现在已经搭到脖子下了，用红线绳扎着。奶奶说，要等到十二岁才可以剃掉，这是老家的规矩。就因为这样的规矩，在上学以后的五年里，搞得我特别没面子，同学们见天成群结队后面撵着喊"老程孩儿，扎小辫儿"，坐我后排的调皮蛋儿们老是没事儿揪着玩儿。

田去对我家能住扳道岔，一直流口水，说："多好，天天看火车。"我朝地上吐口水，说："一过火车，奶奶就睡不着觉，房子都是晃的，吓死个人。"田去就笑："男生……生，吓……啥。"我就不吭声了，那时我还没想到我和姐姐们有啥不一样，除了我的头发剃剩一个小瓢儿，但大家都是扎辫子的人，虽然我的辫子细得像韭菜。

我们走下坡之前，田去用弹弓打着一条杂毛狗，那条狗唧唧唧哭着跛着左腿跑了，我们哈哈大笑。我们就这样笑着往坡下走。田去就说下两场雨后一起上山采蘑菇去，也不用非骑车子不可，走着去要不了半天，回来的时候要是赶上分厂下班，搭上谁的自行车也说不准。再说分厂还住着当兵的，他们养的猪肥得肚子拖着地。

还是我最先发现了蹊跷，在这之前我们一直没抬头，都在瞅着地下，用脚尖踢着石头子看它往下滚，直到我踢的石头子第一个滚上柏油路。我们都站住了，不知道该不该朝前走，因为从三岔路口开始，路两边已经杵着好多像双眼皮那种人，他们几步一个，端着枪，顺着路一直杵到扳道岔过去看不见了，我家的房子像饺子馅一样被他们包着。有几辆过路车都堵在离三岔口很远的路上，司机们坐在车里没下地。田去回头看着我，我说："我知道有条路，"就指了指路下的河滩。我们就往河滩那边走，很快，我就发现了那里也根本不可能过去，沿着铁轨两边，从我们看不到的地方开始，到看不到的地方结束，双眼皮们也是几步一个，几步一个，像大树一样一动不动栽着。我家的平房那里，黑压压栽着好多"大树"。

不知道发生了啥事，我吓坏了，撇下嘴，差点哭出来，姐姐们是不是被他们抓跑了？抓哪儿了？我开始担心姐姐们了，真的，她们其实都对我不错，大姐探枝夜里总搂着我哄我睡觉，三姐探花和四姐探果常常瞒着大人带我到处玩儿，就是二姐飞天，给我讲不少好听的故事，我在她的故事里知道了拇指那么小的女孩儿怎样在饭碗里浮水，哮天犬咋把孙猴子撵得没处藏。“你等着，我告我爸去，我家叫人抢了，”我掉转屁股往回跑。田去拽住了我，他拍着我的肩膀说：“没……没啥事，他们……他们等火车呢。”我有点儿不相信，顺着他说的朝右边瞅，河滩远处真的有个小火车站，但今天是不上班的。那条架在河滩上的筷子一样的路，现在黄黄的横在远处，我看不清有没有像双眼皮那样的人在。

我哭了，张大嘴嗥着：“我要回家。”朝大路飞奔过去，田去在后头撵。我往三岔路口那里跑，那边风一样刮过来两个人，朝我直接扑上来，他们的样子吓住了我，我赶紧缩了脖子站住，没敢动。他们没有打我，但指着我身后的路说：“请退回去。”我听不懂，他们跟我说这种话是什么意思，我想起双眼皮让我们出示证件，但我不知道怎么退回去。其中一个似乎脾气不大好，直接把我往他胳肢窝一夹，甩回到土坡上，然后说：“都退回去，退回去。”

我上了坡后，才跺脚喊：“那是我家，我要回家。”他们朝我看一下，没理，两只胳膊端到两边肋巴骨处，很快跑了回去。

不大一会儿，火车没吱声就从远处咣唧咣唧开过来了，开得不快，没有像往常那样动静大，也没拉响汽笛，但冒着烟，烟画了一溜儿的白线。当它从扳道岔开过去的时候，我没有见扳道工叔叔守到黑白栏杆前。我们都看见了车厢尾部门开着，那里站着一个双眼皮那样的人，端着枪。

火车开得很慢，一声不吭，我们的眼睛不敢眨，把火车从远处送回远处。过了一会儿，端枪的人慢慢走了，路边堵得发慌的汽车开始喘气，移动。

后来，我问过爸爸，那天火车上拉的啥，去啥地方，为啥有恁多端枪的人。爸爸告诉我：“小孩儿家别啥都问，啥都说。”我想了想，突然问：“是不是原子？”爸爸突然回过头，我发现他的眼睛里的光像抽出的巴掌，瞪了我好一会儿，我吓得像只小老鼠被堵在了洞外。我没有等来掌风，耳边隐隐有个极低的声音：“保密！”

其实那天我一回家就问了四个姐姐，四个姐姐的回答令我非常失望，她们翻过来倒过去都是一句话：“开始的时候有个叔叔进来问大人们哪去了，我们就说盖房子去了，他们就让我们别出门，别偷看，好好待屋里，该出门的时候会通知。后来听见火车来了，又走了，过了一会儿，那个叔叔就来告诉我们，可以出来了。”我失望透顶，埋怨姐姐们太老实，趴窗户上看一眼不就妥了？但大姐说：“看了，一地都是人，车厢两头的门都没关，端枪的人守着哩。”大家就猜车上是人是东西，是人的话是不是小偷，犯了啥大事，是东西的话是啥金贵东西，恁值钱，要惊动那么多人，还端着枪。

这件事总没人告诉我们，扳道工叔叔可能知道，因为铁轨归他管，火车过来得经他点头吧，我这样想。

黛色参天

1

欧阳图没有任何表情。

从大清早支队长通知他平调九中队改任副中队长，他就一直没有任何表情，只应了“是”，出门前敬个礼转身而去，连声口头保证都省略了。支队长眉毛皱巴成老蚕样子，上下唇鼓了鼓终于没有再说“支队党委这样决定，是基于两个考虑”异常隆重的话，他体会得到欧阳图的心理。平调，还是去九中队，欧阳图没有想法怎么可能。师大中文系毕业后，那身军装在欧阳图身上被三年时间揉搓得苍老不少，分配到特勤中队，见习，任副指导员，特勤中队就在支队大院里，大院里出操、训练、执勤，常常还会有些公差，眼皮儿底下活干得亮晃晃，谁心里都有数，心里有数总比没数强，九中队与之可比性为零。九中队那个地方不管朝南抑或坐北，执勤单位、离支队远、设施差、先进行列榜无关这些名声，却是百里可闻“香气”。支队到底基于哪两个考虑平调他，欧阳图认为没有必要听，又不是去当主管，有劲儿想使也使不上呀。再说，人家也不见得会让你使什么劲儿，弄不好，还有可能岔了气。这些轻重他犯不了糊涂。

司机是个一级士官，团团的脸带着婴儿肥，把欧阳图的行李咣哧撂到吉普车后座就上路了。车上音响开很大，哼唧着许巍的《蓝莲花》。许巍便在发动机的搅拌下扑哧扑哧的叫唤。欧阳图就想到了大学时候的男生周末宿舍，袜子和衬衣浸没脸盆里，如烟蒂甩到痰盂盆泡出来的隔夜颜色，除非矮子里再也拔不出将军样的换穿，否则就像桑麻沤烂水塘里，谁知道什么时候谁能想起捞出来晾晾干。这时候的袜子和衬衣的主人们倚着或靠着堆垛起来的被褥如古代的书生一样入神或非入神地苦读什么书或听哪首名曲，脸盆里东西及弥漫满屋的酸臭气味全然没有影响到屋主们的任何风神或韵致。偶见女生飘然而至，便不计找他们中哪个幸运儿，全体男生便如同听见紧急集合号一样腾然下床，手脚并用，脸盆和脸盆里的东西眨眼工夫都前挺后蹶蜂拥至床下无序组合，于是，书香满目抑或乐声盈耳，看谁都是阳光男孩或儒雅书生，只是空气里蜂拥不去的气息仍能将进门的女生撞出去。

欧阳图嘴角咧了一咧，身子靠向后背椅，乜斜两眼朝后视镜瞟瞟，原本说得上白皙的脸，现在明显深了许多，高原上的太阳就是容易晒伤人，能伤到人的气质。他抬手揉搓一下，皮肤不很干了，凌云弄来的一堆瓶瓶罐罐一股脑往他脸上很有层次地捂，他总能在她撩着香风的手温下感觉那些营养往皮肤下赛跑的速度。他是没工夫护理的，就是有工夫，一个大男人见天又涂又抹手留余香，不用别人大惊小怪，他自己也颇觉很娘娘气。娘娘气让一男人沾上一星半点，这男人基本算不上男人，甚至女人也不能算。凌云有办法，说男人怎么了，人脸愣弄得伸手不见五指，都伸手不见五指了，还拿来当招牌混成熟，混沧桑感？沧桑感说白了就是让人的激情一落千丈，什么时代了，还以折磨人眼球为荣！又指示，你用这个，免洗补水滋养面膜，晚上洗过脸当面霜往脸上一抹，早上起来再洗去，一周两次足矣，简单。真还管用，欧阳图正了正眼镜。司机说了句什么，欧阳图没听清，司机就把音量往低里调一下，说你还真去呀，李小龙去那地儿武功一准废了。欧阳图哼一声，不知道是认同还是不满意，反正司机没听出什么意思来，就笑了笑，再说出话就歪了嘴角，“胖头陀”不走，神仙去了也白瞎。欧阳图总算听清楚了，就拿眼撩他。司机这回笑出了声，说，我就猜出来八九成，你是秀才，文绉绉的，基层哪里合适呀，笔头子弄弄还行，带兵那活儿哪儿成？不用说九中队病根就不在笔头子上，瞎子都看得出，开掉“胖头陀”一切 OK！

“胖头陀”？这个称谓兵味儿淡，江湖气儿浓。欧阳图也听说过九中队有个“刺头儿”兵，却不知这兵还有个“胖头陀”名号，愣了愣，纳闷军营何来黑道人物，不必品咂都具嘲讽。

车颠簸起来，欧阳图眯缝两眼打量两边。太阳升很高了，锥子一样的强光殴打着眼睛。车从国道拐入一条沙砾路，燥尘蹦起来扑到挡风玻璃上，之后又拖起长长的黄尾划一条曲曲折折的烟道，左扭右甩舞蹈在荒山秃岭底下。前面仅见的稀疏杨树，这会儿渐矮成斑秃一样的枯草，格桑花茎埋没在枯草里挣扎着此起彼伏地咳嗽。咳嗽声随着门窗缝隙呼噜呼噜爬进来，吉普车内便炝得烟气腾腾。车终于爬了几个土坡后停在一座小院里，司机长舒口气说，到了，副队长。欧阳图掸了掸军衣上的灰尘，扶了扶军帽，身子还有些松软。刚才进院时他着实吃惊，红瓦平房，像一路起来看到的零星民舍，如若没有院墙上制式字的鲜红和门口哨兵，来回几趟都不大可能认出来。东面是刚刚建起来的锅炉房，这算最具现代气息的“标志性”建筑。南面是砖混结构的平房，其他三面一色地土木结构的青瓦房，望一眼就会跳出祖父或祖父的祖父留下的什么百年老屋，老屋看不到繁华，也一样在日子里堆积下一层层碳化的老泪，看得心拧着劲儿痛。南面紧挨一座比营区高出几十米的小山，屏障一样打折了营区的视线。锅炉房前栽了两棵分好几个杈儿的白杨树，瘦骨嶙峋，两棵白杨树中间竖一块巨大牌子，新刷着“责任重于泰山”六个大字，算是营区模样了。营院的小即使学中文的欧阳图的想象力颇感捉襟见肘：养只鸡养只鸭还凑合，战士们平常的训练都放哪儿搞呢？

一个长着小虎牙的清秀战士从南面的平房里扑出来敬礼，口里的热气熏得欧阳图皮肤潮潮的，痒痒的，很浓的麻辣口音：您好！昨天就听说要来一位姓欧的副队长，您应该就是吧？我是咱们中队的通讯员，我叫向阳。说着，疾步从车上取下背包，指了指南边的一间房子说，您就先到队部歇歇吧。又亲热招呼司机下车。司机把车窗摇下一半一根指头杵到向阳鼻子上说，欧什么欧，没文化，副队长姓欧阳，复姓，长长学问吧你！又向欧阳图说，天黑前还得赶回支队，车队有规定。也不喝水，开车走了。

欧阳图说，先到队长指导员那儿报个到。向阳脸上的红晕还没褪尽，说队长出去学习不在，指导员和排长带部队到山里训练去了，就留下几班哨兵在班里写心得体会，司务长担负勤务值班。欧阳图终于知道部队训练要进山，就说先洗把脸。向阳怔了一下，心说真讲究，搁别人来都会说先看看营区，均显很关心中队的样子。是样子也得摆摆，但凡摆出来的不就是样子啊。但看他径直往队部走，并没有为刚才的决定迟疑，只得放下背包跑去打水。欧阳图站队部洗脸镜前摘下军帽、眼镜，手掌搓了一把脸，瞅指头肚上抹下来一层泥，黏黏的，沙沙的，还带点土的黄色。撩水洗脸的时候，脸盆里荡起一股怪怪的气味，很浓，浓到水沾到眼角涩得眉头拧两砣圪嗒，听到重重的脚步声砸过来在门口顿了一顿，好像还“哼哼”两声，以为指导员回来了，就擦擦圪嗒和圪嗒周边。门口没有人，又想该不是叫吉普车的发动机整出听力散架毛病了吧。向阳进来问，欧……欧阳副队，张大忠刚才没有进来吧。欧阳图就问，谁是张大忠？向阳“哦”着吞吐，过会儿就知道……没进来就好，我刚才见他打门口过，还以为……没进来就好。又说，欧阳副队，灶上给您热好午饭了，我端过来。欧阳图说，饭堂吃吧。就抬脚跟他出来。

南面小山那边几个战士挥着铁镐拍土，拍出一道新塄坎，塄坎在炽光下燥得冒烟。一个大个子士官手搭到腰里高声吆喝，大概瞟见了欧阳图，声音拔得更尖，写啥心得，写啥心得，咱当兵的生来就是跟土打交道的，粗人，身上脸上沾点那是光荣，怕啥，别楞松充假洋鬼子！向阳赶忙往欧阳图脸上瞅，欧阳图脸上没有任何表情，洗过的脸泛着亮色，细致得好过中队长嫂子。中队长嫂子是幼儿园老师，会保养，生过孩子的人了，还那么光鲜，每次来队都撑着一把粉色桃花小绸伞，春色便撑亮中队每一双眼。

欧阳图往回走时午饭在胃里弹起琵琶，向阳说指导员刘继马回来了，他就打报告进队部。刘继马略抬抬眼，目光游走到对方的刹那拽下眼皮，卷闸门似的呼呼啦啦响，屁股跟着在椅子上轻挪了挪，算是还礼，淡笑了一下说，欢迎啊，师大中文系高才生，高才生能来九中队那是九中队的光荣，是吧啊。欧阳图将身体向后闪了闪，眉头皱了一下，也只皱一下，他很不喜欢这种太像欢迎词的欢迎词，听起来很疏远，远不如直接说你来了或什么也不说。什么叫能来九中队那是九中队的光荣，我欧阳图既非首长莅临检查指导也非明星大腕加盟助阵，也就一副职，有何可称道，更扯不上甚光甚荣。刘继马眼皮跳动了跳动眼神飘着又说，晚上你和大家见个面，叫他们也见识见识啥叫高才生水平，别觉得一亩三分地上能嘣哒几下就不得了了，那是没见过真能人。说完这话又问向阳欧阳副队长的床铺安排，向阳汇报说，放二班了。刘继马就说，中队就这条件，我和中队长住这儿，司务长和通讯员住司务长办公室，你暂时住战斗班吧，等有条件了再调整。欧阳图除进门喊“报告”外这时又轮到迸出第二个词，行啊。只是这个“行”字刚做出迈腿的分解动作，“报告”“嘭”一声，门就在这两种同时碰撞出的C大调里劈到了不能劈开的角度。一个挂一级士官肩牌的大个子横进来，和腰里颤巍巍的肉一起甩到刘继马面前喊，指导员，我请几天假，我姐姐过生日，我得过去招呼客人。刘继马摆摆手，张大忠，上个月不是批过你探亲假了吗，这才回来几天又坐不住了，咋了，想首长了还是想阿姨了。话是这么说，脸上灿烂辉煌，此时的笑容像临时抄起的温暖，比刚才说欢迎欧阳图时要顺手，像来来回回摩挲着大个子张大忠，轻柔，绵软。张大忠的脸被摩挲得很肿很难看，那对蒲扇似的大手往刘继马的桌上一摁，加盖公章似的，提着比前头在南面小山吆喝高八度的嗓门，大叫，话可不能这样说啊指导员，咱可是为那件大事才休假的，踮着脚片子二傻子似的穷忙，一天也呒休息，叔叔他——。刘继马急忙摆手说，好了好了，下周考虑你两天，眼下先不要提。你是班长，欧阳副队长刚住进你们班里，你不安排好就走像话嘛，你说，像话嘛！顺手抄起的温暖更如七月流火，张大忠斜眼往欧阳图这里瞅，犹如瞅一只猴子，不屑里剔得出恼怒，嘴呶了呶，最后丢下一句，好啊。尾音挑得很锐，像是应着刘继马，又像是冲欧阳图说。在欧阳图听来，这个大个子张大忠那句“好啊”更像是有什么下文，只是眼下还不清楚。

刘继马的笑紧随张大忠身影闪出门之后也一并闪出门去，瞅瞅欧阳图抬一次眼皮刷新一次苦笑，说你不知道啊，现在的兵难带，有后台的兵尤其难带。就说这个张大忠吧，不过一个一级士官，晋了一级恐怕还得晋二级，凭啥呀，凭他“胖头陀”一身肥肉还是凭他嗓门比人大？说到底人家上头有个叔叔，咱们的顶头上级，谁能惹，谁惹得了！欧阳图明白了眼前的张大忠就是“胖头陀”，一边的嘴角紧闭且微微上扬，笑了笑。刘继马分明感到了来自这个下属的轻蔑，那是一种绝对的轻蔑，这种轻蔑像一把冰铸的快剑，明白，寒冷，锋利，让你遍体鳞伤无处逃遁却又自惭形秽。他很后悔欧阳图目睹这一切，摆弄好的那堆气势刹那间轰然坍塌尘土四起还弄得灰头土脸，灰头土脸倒也罢了，更难堪的是心里竟觉得矮他半截，这怎么得了？矮人半截的刘继马气急败坏却又无可奈何。

晚饭时本来由欧阳图作队前自我介绍，刘继马却笑得包子似的向大家说，这就是咱们新来的欧阳图副队长，看看——啊，大学中文系高才生，啊——支队党委把他安排到咱们这儿任副中队长，这是支队党委对他的信任，更是对九中队全体官兵的无比信任，啊——他会为中队建设做出应有的贡献，也一定会和大家一同把我们中队建设得更加美好！啊——大家欢不欢迎？队列里的掌声热情且礼貌，“欢迎”俩字应得有气无力，且尾音拖得颇长。欧阳图认为用不着自己补充什么，人家也没有让他再多嘴表态的意思。柳司务长饭后跟他到班里，说你行啊，学中文的把政工干部整成军事干部，怎么也算是领导们慧眼独具。又指指班里成员说，住二班，好啊，这是领导的格外关心和特殊照顾，他们很听话。把“格外”和“特殊”俩词咬得很重，胳膊轻轻捣捣他，起身走了。

班里战士依旧写心得体会，安安静静，静极了反显空旷。欧阳图坐床前小板凳上眼往房里扫，一圈，又一圈，和在特勤中队时一样，只是心情别样粗粝。他随意抽起就近的一本笔记看，那个战士脸腾地红了，本能地往回拖，欧阳图任由他拖去，“军人的核心价值观”几个字杵进眼风，就想起在特勤中队带战士学习文件写心得体会，这也就是昨天的事儿，一夜醒来铺盖连滚带爬带着咳嗽风卷到这里来。凌云那里还没来得及打电话汇报，好几天了，她想必还在准备那份三万字的硕士毕业论文，瓶瓶罐罐大约冷落久了，上周见她那面，蓬头垢面的样子总想让人翻唱杜甫先生的《茅屋为秋风所破歌》。她全然不觉，说导师希望我考北大陈教授的博士生，他这方面研究得深，我想试试。并没有征询谁意见的意思，欧阳图好脾气地配合着点头说声老头子学问深，那你就试吧，需要跑腿买资料说一声。凌云咯咯笑出声说，谢了，有这句话比空气实在些。你见天神龙见首不见尾巴，还有工夫跑腿？算了吧。这倒是真的，特勤中队中队长三个月前学习去了，指导员让他负责抓训练、执勤，费去不少神。支队长头一个月往中队来得勤，差不多一天两三趟，也不问，也不说，背起手东瞅瞅西看看，月底的时候就来得少了，三两天一趟，来了队部里一坐，有一句没一句地和指导员瞎掰，掰得指导员心里发毛。打第二个月起一周来一趟或十天半月来一回，看欧阳图眼神就有些特别，或者说有些意味深长。想不到中队长学习结束回来不到一周，他欧阳图的特勤中队副指导员的命令就改成九中队副中队长了，也真是意味深长。

副队，天儿还早，咱陪你熟悉熟悉营区吧。张大忠差不多杵到欧阳图腿上来，指着腕上的表大声说。欧阳图就扫那块表壳，金灿灿亮闪闪的一款劳力士，地摊上售几十元的水货，就微点一下头，起身戴帽子。张大忠吼声好，战士们好像提前排练过似的，齐刷刷站起来吼，副队长好啊，副队长好，副队长是咱们的好领导……来得突然，十双目光像枪刺成排扎过来，跟喂过毒一样，想扎出欧阳图身上此起彼伏的惯常反应，比如喜上眉梢，比如惊慌失措，比如言不由衷等等，所以，目光中恶作剧地期待更甚于吼出的尊敬。张大忠的目光里不只有恶作剧，还有别的，欧阳图一望而知，于是，仍然没有任何表情，也不打算有任何表情，站在那里静静听大家吼完，便走到门口说，继续写吧。转身出门，步子从容、沉稳，在张大忠看来，这个人不大好琢磨，不好琢磨也不过一下车就洗脸且洗得认真的文弱书生，弄弄笔杆子耍耍嘴皮子而已，即使如此，刘继马也未必肯给他机会耍弄，今晚的见面会就是证明。欧阳图这个反应让他没意思起来，向大家瞪瞪眼，摆摆手，拎起外腰带紧步去追欧阳图。

天黑得不太严实，远村近山被天光挤压得模模糊糊，偶听几声犬吠也丝丝缕缕的遥远，不大真切。向阳正端一盆水出来，看见他们往营门外走就猜到了，瞅瞅欧阳图又瞅瞅张大忠，跑过来笑指离营门不远的山沟说，前面就是库区。张大忠把他一拨拉说，新兵蛋子脐带没干日沓哩瞎咧咧愣松充大瓣蒜，欠拾掇呀你。向阳不理他，向欧阳图挤挤眼说，副队，眨眼天儿就黑了，山路不好走，明儿转吧。张大忠大手一推，向阳趔趄几步站住了，眼还往欧阳图这儿瞅。欧阳图斜一眼张大忠，张大忠的心蓦然颤了颤，如受神示般清楚了镜片后那双不算很大的眼里幽冷的一道光，像剑，像刀，戳得人生疼。这种疼只在叔叔的眼里看到过，那是新兵下连分到九中队后他找叔叔说，那破地方鬼都不拉屎，您就真流放我呀？一车皮拉来的好几个都分到了总队机关里，搂底儿也到支队机关，我打听了，他们家的亲戚官儿还没您大呢。婶子瞪大两眼说，真的呀，那地方鬼都不拉屎？叔叔咳了一声，哼道，你见过鬼？还成精了！之后盯过来的眼神就是欧阳图的这种，从此张大忠有事再不敢到叔叔跟前张口，婶子好说话。给刘继马的弟弟调单位的事就是婶子给警务处打电话办成的，反正一小兵，放哪儿不是放。

跟在欧阳图后面的张大忠在暮色下更像一头黑熊，笨拙挪动着。与其说挪，不如说拖着肥硕的身躯更确切。他不明白平常郁闷透顶的地方欧阳图为何能望上好一阵，望了好一阵的欧阳图让暮色皴染得眉目不清。他三年前来九中队的时候九中队也是这种样子，从来没有变过，那时候的他常到小山上一坐就是一下午，憋闷极了，一起分来的河南兵李宝丰常过来陪他，给他指目光所及处的重峦叠嶂如何神秘，给他说四面环山空气会如何清新，还说些这种地方搁在家乡山区该是怎样难得的藏龙卧虎之地，说不定还真有人来观光旅游。听得张大忠恨不得朝那张大方脸上掏鸟窝。鸟窝最后还是掏了，是李宝丰说听领导讲这地方地势虽然不觉得高，是个绝好的战略要地，有一夫当关，万夫莫开之险要，还说当年建设者把储油地点选在这儿是有眼光的。最让张大忠想掏鸟窝的是他望着秃山摇头晃脑说，望着秃山，照样春暖花开。“开”字没拖成句号，张大忠人就泰山压顶一般压上去掏了，李宝丰被掏急了，甩开膀子黑着眼拧着头风钻一样扑上去，别人发现时一个鼻子淌血一个眼窝黑紫。中队长把两个人叫一处狠狠批一顿，要给两个人记警告处分，最后是当时任副指导员的刘继马找两人分别谈了话，谈话之后又找中队长单独汇报，队部的门关了差不多一个多小时，再开启时两个警告处分就取消了。从那以后张大忠到小山上坐，李宝丰再没有上去过。

走了几米远，张大忠遥指百米之外一座灯塔似的哨位说，这是中队的一号哨，往里走就是储油区，再走就到二号哨，再往里面是……欧阳图朝他手指的方向望过去，一条小砾石铺成的路弯弯曲曲扭向山里去，最后被山和越来越重的暮色搅乱。在弯曲和搅乱之间，隐约辩得清二号哨位和其他执勤设施。张大忠等着他问油库的位置或储油罐的数量，因为之前初来乍到的干部无一例外会问这个问题，还一脸的深沉，不过，在他们话离开唇齿后无一例外追悔莫及，张大忠的回答更像训话：油库就在这山里，储油罐当然也在这山里，至于多少油多少储油罐，您别问我，您数一数就知道了，数完了跟谁也不能说，军人的天职就是保而且守秘密。欧阳图当然也想问，但他也只是想想，因为他更相信自己看到的，看到的记得最牢，但今晚显然不合适，数字只是数字，明天照样要亲自去踏看。何况身边这个战士不适合回答此类提问，他明显是惯坏了的那种兵，这种兵在特勤中队不少，要管住他们脑细胞非得成千上万前赴后继不可，即使成千上万前赴后继了也不见得收效明显，否则他欧阳图也会跟刘继马一样，甚至还不如他。他相信刘继马的脑细胞此起彼伏地死亡而且横尸遍野。他很明白，其他战士都在盯这种兵，擒贼先擒王，虽说这种兵不是王，影响却更甚。

两人后脚蹭前脚跟走，砾石和鞋底哧出咯吱咯吱，和着衣服窸窸窣窣地擦动，以及劲风撞向山体后头晕目眩最后一头栽到谷底的呜呜声，吓唬着阒静的山谷和一襟晚照。

刚到山口，一号哨哨兵从哨位上大声说，请出示有效证件，中尉同志！欧阳图仰脸上望，暮气沉沉重压着一张更沉一些的脸，这张脸盘生得很大，眼睛也大，两点光斜睨过来，生一种虎气。欧阳图手往上衣兜里掏警官证，张大忠跳起脚往墙上跺，墙土纷纷扬扬，边跺边嚷李宝丰你小子玩儿大了，连新来的欧阳副中队长都敢拦！叫李宝丰的哨兵目不斜视，放下纸夹子吊上去警官证，手电筒晃晃欧阳图又晃晃张大忠再晃晃证件，核对准确了朝欧阳图敬个礼放行。张大忠气犹未消，以指遥点李宝丰恨恨说，好小子，够狠。又对欧阳图说，这小子命好，去年就该他复员了，也就懂点儿电脑，中队长说眼下没人会摆弄，就便宜他转了士官。欧阳图突然说，你懂什么。张大忠没听明白，不知道是问他懂什么技术还是责备他什么都不懂，就站在那里翻眼仁，李宝丰卟在喉咙眼儿的“咯咯”笑如一下一下倒腾心口，心口倒腾得又乱又恼冲上面喊叫。笑啥笑，会摆弄破电脑有啥得意的，咱当兵的要的是力气，有本事比划比划，看不把你大卸八块。张大忠话说得狠，其实是要欧阳图听的，他已经被这个副中队长的沉默弄得着实憋闷，你欧阳图不就会写写画画吗，写写画画谁不会，水平高日沓了低日沓了顶屁用，基层中队执勤带兵那活儿用不着这个，晚上山里上哨不把你唬尿裤裆就算本事。想到这里，便把头重新昂起来，想再指指桑骂骂槐，却瞥见欧阳图走得已远了。

进库区时，天暗得很了，被风拧着脖子回头望来路，来路均没在灰黑里，尚能分清天和地的只有头顶几颗星豆，星豆抖下些微光粒，天幕的愁纹便舒展少许。砾石路垫得张大忠脚板痛，口里唏嘘说，副队，二号哨还远，明天咱再看吧。欧阳图在黑暗里不作声，望着打小山中间切下来的一条深影自语，是条深沟吧。张大忠赶忙说，是深沟，去年夏天下了一场大暴雨，哎呀妈呀，那个大啊，一个储油罐差点冲倒，幸亏咱上那班哨，及时发现险情，报告中队，中队紧急出动，把水朝别处引开了，免了一场大祸。话一出口，张大忠悔得青了肠子，暗骂自己，跟他费啥口水撒啥欢?

欧阳图没有说话，也不想说话，眼前的黑很彻底，没有或浓或淡的水墨诗境，深洞一样的黑将视线所及之处一视同仁遮蔽。很显然他喜欢这样的黑，黑得寂寥且舒展，不必侧耳便听得清风刨过的粗糙和老鼠窜远后松口气的声音。他常常习惯在这样彻底的黑里梳理凌乱的白，白天发生的事此时总会前赴后继和他较量，较量中他渐渐学会冷静，于是，他更喜欢这样的黑。

清风笑竟若寂寥，豪情还剩了一襟晚照，苍生笑……粗犷中不乏豪迈的歌声突然把黑夜撕扯得衣衫褴褛，像漆黑蓦然筛漏一点微亮，欧阳图按下手机的接听键，屏闪那一瞬他瞟见了凌云的号码，凌云告诉他，她电话打到支队听说平调的事，又告诉他硕士毕业论文导师满意了，她不再想考博士生，搞理论太累。欧阳图说累不是理由。听得出凌云在那头咯咯笑，边笑边说知我者你也，此生有亮瑜岂能不栽，我那点心思躲无可躲。你是知道的，我怀揣文学梦才报考文学硕士的，谁知道考上了文学硕士研究的是纯理论，到头来反把文学梦研究丢了，三万字的论文写成后我该醒了，博士生毕业论文那得要十万字，十万字呵，你不怕写出一个老太太吧。欧阳图笑了，嘿嘿两声说，想考就考吧，博士老太太还是博士，老太太只是老太太。哈哈哈，凌云很不淑女地大笑，逗你玩儿，瞧好吧！通话挂断。欧阳图嘴角的笑隐到黑暗里，张大忠的诧异却跳出了黑暗，线路歪歪斜斜。

2

熄灯之前向阳来说，欧阳副队，指导员说明早您不用带操了，休息半天。看见洗脚水还搁在床前，顺手端起来往外走。张大忠低吼，寒碜我们班是吧，放下！向阳嘟囔着站住了，眼瞅一个瘦个儿兵说，秦渭南，洗脚水不会要副队自个儿倒吧。秦渭南抬抬屁股，瞅见张大忠锥子一样的目光，嗫嗫又坐回去。向阳又把眼扫向门口住的叫赵泗水的老兵，赵泗水带笑不笑说，瞅啥瞅，部队号召官兵一致，啥叫官兵一致，不就是官兵都一样吗，官兵都一样了你愣松充哪一级领导跑这儿指手画脚！话音一落，班里笑声一片，向阳被噎得紫涨了脸，噘嘴光眼望欧阳图，对不起副队，要不您明天给指导员建议一下住一班吧。欧阳图扫一眼大家，说不早了，指导员还等你汇报，去吧。向阳瞅瞅他又瞅瞅全班，张张嘴想说什么，看见欧阳图递过来的眼风，虽然不放心，也只有退出去了。

赵泗水朝欧阳图也斜着眼说，欧副队，我感冒发烧，明天早操不出了。张大忠说，你小子咋不小心，秦渭南、贾三平也感冒了，早操出不了了，白杰腿脚有伤，凌晨两点到四点的哨也不能上，这可咋整！他这一说，面皮生得细薄的新兵白杰果然弯腰摩挲着腿做痛苦状，眼风偷偷扑打欧阳图。全班战士像听到集合号响似的从各自方向往欧阳图这儿集合，他们不知道这个文弱副队长的铺盖会不会像以前那个排长一样被这个班撂出门去，灰头土脸的排长就这样连颜面和人影一起扫出这个中队。至于后来那个排长调到哪里去了没人关心，只知道凡是住到这个班里的干部都会住不下去，多则半月少则三两天，没有哪个走时不如释重负。

还有没有了？欧阳图问话的声音听不出任何情绪，扫大家一眼，更确切地说问这话的时候带着审视，一个挨一个，没有去审视鼻子、嘴唇，镐头直锛眼睛。欧阳图的眼神是透过镜片折射出来的，镜片的光斑使审视中多几分严厉，这几分严厉是他们从来没有体会过的，司务长没有，指导员没有，中队长同样没有。和他眼神碰接的一刹那他们感觉血液流向心脏时骤然减速，仿佛眼珠子的血管也一根接一根地碎裂，碎裂的声音令人绝望。就在他们的绝望行将沉入谷底时，赵泗水的眼前一晃，一只并不大的手盖在了他额头，沉闷的声音也盖下来，烧退了。赵泗水没时间做出反应，那双并不大的手抓到了白杰的腿，上下一捋，白杰禁不住噗地笑出声，欧阳图直视他眼睛说，上哨没问题。白杰想说什么，腿上却痒酥酥地，又笑，笑得大家面面相觑。张大忠一怔，就往秦渭南和贾三平那里瞪眼珠子，想着你摸好了，他们不烧不疼不痒，看你有啥邪招使。欧阳图去裤袋摸摸，手上摸到一只深褐色小瓶子，拧开盖子倾出四粒大白片一片一片排给秦渭南、贾三平，像孔乙己排九颗茴香豆似的，说很苦，管事儿。声音平静，平静得没有温暖。秦渭南赶忙往贾三平手心里一扣像灰鼠一样，说不用不用，我没事儿了。贾三平瞅瞅张大忠，张大忠脸黑着瞪他，他就瞪着白药片，药片白得反胃，反胃的感觉来自儿时，儿时的药片大多是这样的造型，病了就吃，强迫吃，吃到吐出来酸的苦的黄的绿的一摊一摊，然后看到这种药就反胃。反胃了也得吃，他不敢看欧阳图眼神里的东西，像儿时一样心一横眼一闭手一扣，药噙到舌根底下滚动来滚动去就是咽不下去，咽不下去倒罢了，这一来回滚动，晚饭被苦味儿勾得往嗓子眼儿爬，呸，药吐了出来，嘴巴张大翘着舌尖合拢不得，眼睛鼻子挤成了包子，秦渭南赶紧倒杯水给他。欧阳图叹了声可惜，还是把那瓶药放贾三平手心说，疗效很好的，别耽误病。贾三平慌不迭塞还，捂住胃讪讪说副队，早操我一准不耽误事儿。欧阳图点点头，眼往大家看，又问谁还请假，见没人吭声就端起洗脚水往外走。秦渭南说副队我来，夺过盆子飞出门去。

高低床咯吱咯吱翻身的声音在熄灯号响过很久仍在继续，换过一班哨后渐趋安静。欧阳图一直有择床的习惯，头回睡前半夜总会辗转反侧，辗转反侧时满耳听尽了呼噜声。他蓦然想起那句诗：夜深人不寐，卧看一天星，蝠影依稀现，蛙鸣断续听。只是此时既无一天星也无蝠影蛙鸣，自然无所谓依稀见了，倒是断续着听耳边的呼噜声。突然想起小时候在家乡青风岭的事，爷爷每天起得绝早，总是穿着奶奶缝制的蓝粗布衣裤，衣裤肥肥大大，在晨曦中修炼仙风道骨。爷爷起床后一定上青风岭，上青风岭时一定将自己从热腾腾的被窝里拖出来，拖出被窝的自己揉一双惺忪眼也揉醒早晨的惺忪紧跟爷爷屁股后头，青风岭上的风让爷爷衣袂飘飘，也让自己学会缠绕螺旋学懂心定睛清不旁顾。之后，爷爷会站在岭上听自己背诵课文或口诀。喜欢青风岭而喜欢夜里上青风岭，上青风岭后一个人会盘坐乱草中或仰卧青石板听蛙鸣风声嗅草味花香或仰观星月，风是暖暖的夜是暖暖的，星月也是暖暖的，那时懵懂，懵懂也略能解一些情绪起伏，直到报考大学专业看到中文系仨字就再没有挪开过，虽说理科成绩也不错，但他就是想学文。大学毕业选择部队，也许青风岭缠绕螺旋使然，也许因了那首宋词。

欧阳图想着那首使他决然从戎的宋词合上了眼，一片无垠沙漠扑扑打打画轴一般展开，风光恍若秦月汉关，一位老者皂袍飘飞华须满面蹒跚起舞，身后黄风蔽日，身前沙尘如雨，身无长物仅擎一把灿耀光华的宝剑，边舞边歌，歌词过耳难忘，唱着醉里挑灯看剑，梦回吹角连营。八百里分麾下炙，五十弦翻塞外声，沙场秋点兵——

上哨！一双大手猛然推欧阳图一把，他从古代塞外嚯然撤离，穿衣服，靸鞋子，扎腰带，戴帽子，一阵有序的折腾将清醒折腾得越加清醒：上哨，怎么会安排我上哨。门口有人紧催着，接哨了，快点。

班里的呼噜声泪俱下地继续，没有人起床去接哨，也不知道该谁接谁的哨了，所以也就不知道到底该推醒谁。欧阳图摸黑站到窗前往外瞅了瞅，夜很深，深到一头扎进去探不到底儿。究竟演的哪一出呀，欧阳图有些发闷。左右看看，一件棉大衣在椅背上打盹儿，看来这是戏服了，欧阳图不再犹豫，裹上大衣掩门出去。

领班员一言不发带他到二号哨位，这个形似蘑菇云的地方，欧阳图来的时候是黄昏，黄昏时的周边具体目标都争先恐后跳进黄昏的大缸里。他站那里举目四顾，穷尽目力也仅在方寸之间，黑将一切搅拌得均匀且厚实，任凭左冲右突终究徒劳，仅将目光撞得疼痛不堪。他四处摸了摸，摸到了哨楼的冷墙却没有摸到电源开关。这时他记起前面来这个哨位时哨兵是拿着手电筒的，有个手电筒也好啊，便试探着去摸索手电筒，有个东西滚到墙身又滚回来，他的身子趔趄了趔趄，弯下腰探手摸地面，果然是手电筒。拿在手上又摁又推开关，期待中的亮在期待中熄火。嘎嘎吱吱扭开尾盖，没有电池。欧阳图彻底明白了这出戏是有导演的，开玩笑，他有些恼火。他站到哨楼的通道上，这应该就是哨兵的游动区，游动区的外沿是一道一米多高的铁栅栏，他在眼睛适应了夜晚的黑之后朝库区的方向站定。

虽说心里窝火，欧阳图也不敢懈怠，毕竟眼下站在哨位上的是他，谁站在哨位谁就得履行哨兵职责，他明白。整个山谷在黑暗中黑暗着，但黑暗里他还是能感觉到库区的制高点就在二号哨。站在这个哨位上，库区内的所有动静尽收眼底。只是没有通电，一切如粘了厚厚蛛网。今夜这是为他开设的专栏还是一直没有通过电？如果是前者，简直荒唐透顶了。说到底张大忠不过一战士，守卫这样的勤务事关重大，岂是他能岂是他敢这样胡来的？绝无可能。断然否定后，欧阳图感觉到了山风的招式。时间游走在夜里，夜便开始淡了，寒风滑行到山脊上，山脊冷然抖落。后半夜的寒更甚于前半夜，厚厚的棉大衣冻淡了汗味儿，也冻麻了皮鞋。他跺跺脚，声音显得格外响亮，居然轰鸣了整个山谷。山谷已开始打着哈欠和山脊有了色差，远山，近树，深沟，浅洼，油罐，色差使库区的形状坎坎坷坷。一个人的山谷，静得安详。

嗖，欧阳图本能地头一偏，一块不知是石头还是砖块擦身飞过，在墙后面砰然落地，落地的声音很闷，他吃了一惊，袭哨！这个词从脑子里刚弹出来，嗖嗖，又是两块东西直奔他的后心和脑后，风声更紧，来势比前者越发迅猛，欧阳图抱枪凌空跳进哨楼隐藏起来，飞来的两块东西在他刚才站脚处叭叭落下，黑乎乎不知何物。欧阳图着实惊了，暗想这个守卫目标还真有人惦记，更有胆量敢摸哨！他暗暗向外观察，果然有黑影摸上来，人数还不少，身形高矮胖瘦不一，手里操的东西也长长短短，直奔哨位而来，看样子对这里很熟稔。

说来真来了，欧阳图有些兴奋，一如读到醉里挑灯看剑梦回吹角连营的词句，浑身遏不住地颤抖。手往墙上找报警器按钮，墙体冰冷粗涩，没有一处明显的凸起。上班哨兵交代得含混不清，只说道有部电话时好时坏。提起话筒，话筒瞪着眼瞅他，了无声息。这叫什么哨位嘛，开国际玩笑！欧阳图由不得生气。他摸了一下大衣衣兜，居然摸到了哨子。欧阳图吹响报警号哨，一声又一声。哨音尖利刺耳，山沟却像贪睡的孩子。黑影的脚步声和喘息声越来越清晰。欧阳图闪身出来，握枪大喝，站住，不许动！声音分明刮着寒风的粗冷。黑影没有理会他，似乎这一切在算定之中，其实枪中无弹空谷无援，用不着为咋呼迟疑，为首的一个还叫，先下了枪。欧阳图没有见过的气焰此时就这样了无顾忌地嚣张着，而且面对面。他被激得血脉贲张，突然把枪托往地上嘣地一磕纵身跳下哨楼，黑影这才戛然止步，他居然主动出击大概不在算定之内，还可能没想到他一戴眼镜的干部会从那么高的地方跳下来且直面来犯。这样的气势凛然不可侵，来人分明愣了。不过一瞬，来人相互对视一眼，哗啦啦围上来七八个，手中有棍棒有短刀有砖块有石头，一股脑朝欧阳图劈头盖脸而来。欧阳图腾身而起，如青海草原上空的鹰俯冲的姿势，一个瘦小些的人被他牢牢捞住，攥住那人脚腕呼呼抡将起来，那人便像哪吒的风火轮一样一圈一圈画着圆，一堆戴头套的连人带凶器纷纷伐倒，哎哟声冲到山脊上又弹回来，便在山谷中回应、舞蹈，尖过哨子的音调。欧阳图紧步上前，从地上挑起为首的那个胖子问，想下谁的枪。问一句朝那人砸一拳，那人就闷哼一声，哼得欧阳图性起，抬脚照那人踹将过去。

别打了，是我！那人突然求饶，欧阳图冷哼一声，打的就是你！拳头蓦然变作巴掌狠狠掴向那张蒙着头套的脸。那人原地滴溜溜转了几转，嘭，脸朝下狠狠砸去，地上有荒刺有枯根，还有砾石。

副队长，别打了，我们是二班的，不是不法分子！地上爬着的人这时一失声大叫，纷纷拉下头套给他看。欧阳图见了，连忙把那“为首的”头套扯下来，竟是“胖头陀”张大忠，不由又气又惊，你们搞什么鬼。战士们一个个爬起来扶张大忠，张大忠伤势不轻，哎哟哎哟着也不能减轻身上骨头散了架般的疼痛，脸上火烧火燎的，嘴角大块黑紫，一只鼻孔淌着血。欧阳图吓了一跳，战士们倘若不及早叫停，伤情岂止眼下这些。战士们也后怕起来，纷纷说，对不起，我们不知道副队长身手这样好，早知道这样好，我们？张大忠缓过劲儿来唧唧啾啾，今天晚上副队长的哨是我有意安排的。担负九中队的执勤任务，不管是谁都要过好‘三关’，那就是恐惧关，勇敢关，能力关。你想啊，在这样一个空荡荡的山沟中，你一个人执勤，胆小的哪个不怕呀，不怕是假。要勇敢，就要应对突发事件，应对的好与坏，那就是能力了。欧阳图摆摆手说，下一班谁的哨？白杰揉着脚脖子低声说，是我的哨，副队长。刚才欧阳图捞在手里当风火轮的白杰，不用说脚脖子了，脑袋在挨个撞倒七八个人后眩晕次第开放。欧阳图看看他说，调晚一班。秦渭南说我跟他换吧，我上这一班。欧阳图微点一下头，见张大忠被俩战士扶着一瘸一拐往回走，就说，有个专属于男人的关，叫耐受力。张大忠听了，胳膊甩一甩走到前头去，牙呲着，趔趔趄趄。欧阳图带秦渭南上了哨楼。

刘继马早饭后站到院子里看文书出黑板报，红的绿的涂得姹紫嫣红，粉笔字像叠好的被子一样齐整，就点点头，报道战士们写学习体会要体现得细些，最好有具体事例。文书笑嘻嘻说，要不，您给副队长说说，他划拉两笔这期板报都能生出花儿来。刘继马说会叫的母鸡不下蛋……你以前不是弄得挺好的嘛，别偷懒啊。见柳司务长拿了几张票来签字，折身进了队部。

赵泗水披两肩夕阳下哨回来被文书喊住，班长，麻烦瞅瞅欧阳副队长在不在班里，在了招呼一声。赵泗水横他一眼说，你自己不会看呀。文书好脾气地笑，说这不是忙嘛，刚才见副队长带部队训练回来，还没想起这事儿，轮到想这事儿也不知道人还在不在班里了，听说他总去库区蹓哒。赵泗水又横一眼，说啥叫蹓哒，你当欧阳副队长跟你一样闲呀，来了三五天库区跑了七八趟，搁你你成啊。人家是科班出身，你吭哧出痔疮来也就憋出一堆稀屎，还装大文人！文书将一双细眼睁得半圆，说那是那是，副队长一来就负责训练，又担负中队勤务值班，忙着哩！你老赵咋改脾气了，没服过谁呀，听口气这回太阳从西边高高升起了。赵泗水叹口气看看没人，说人硬气了鬼都怕，鬼都怕了他“胖头陀”不怯乎我就不姓赵。文书手里的粉笔掉地上浑然不觉，愣了好半天的神，这才哏儿哏儿压着声儿笑，一头的霞光蹦蹦跳跳。赵泗水也跟着笑，说我向特勤中队的战友打听了，听说欧阳副队长老家是河南温县的，河南温县听说过吧？没听说过温县也听说过县城东青风岭吧？嘁，你跟我一样日巴欻，怪不得也就混个文书当当，书读到狗肚子里了。文书朝他胸口捶两下了说，卖关子呀，你不说我问李宝丰去，他老家也是河南的，他一准知道。提到李宝丰，赵泗水照文书脑后一拍，说你敢威胁我。你还别说，李宝丰也真是硬汉子，说不尿“胖头陀”就不尿，咱比不上——青风岭上的陈家——

晚饭的号响了，队伍开始集合，赵泗水赶紧跑步回班。文书没有听清楚后面的话，只好收拾手头上的活儿。

3

走出饭堂刘继马给欧阳图说，老兵复员后人少勤务重，新兵下连前这段时间哨得查勤些，你辛苦点。欧阳图应了声说，有件事需要汇报，围绕储油区一米多高的铁丝网有几处被剪断，断痕陈旧，应早修补，以防患于未然。哨楼无一封闭，哨兵夜晚执勤无以御寒，山风从山沟蹿上来奇冷无比，降低战斗力。哨位无报警系统无照明设备，三级网形同虚设，事故隐患明显。

刘继马叹了口气，说目标单位太抠门，反映几回了就是不解决，我们想了很多办法，解决是有限的……去年为改善中队官兵生活问题，支队、大队领导出面多次找他们协商，口头上答应得挺顺溜，回头还是老样子……考虑到哨兵的安全问题，中队计划给库区每个哨位上安装报警器，可库里领导害怕发生事故，不让接电，所以哨位上都没有通电，当然不用装报警设施了，改用小喇叭，遇到风向调转，哨位又听不到，没办法，现在只有这样……说一句叹声气，末了头在肩上来回晃。

排长听见后嘟嘟囔囔，不接就不接吧，还说怕发生事故，真是谣传。欧阳图低头想了想说，再试试。排长把头甩得像刚出浴的小狗，说指导员原先也想来着，以为估计说的次数多了，磨不开面子，他们或多或少解决一点儿，哪怕一点儿也好，起码油库是他们的，安全得重视，可结果——照旧。刘继马愤愤的样子说，哼，油库是他们的，又不是他们个人的，交给咱了谁还管，过几天吧。说这话时虚瞄欧阳图一眼，意思是说也就介绍一下而已，走走过场，别指望谁拿你或你的啥话儿当回事儿，我们几任领导都解决不了的事，你有三头六臂呀。他当然听说欧阳图上夜哨被袭的事，二班每个人轻轻重重均受了伤，受了伤还不敢声张，该谁上哨谁还得上，训练时全员到场，连受伤最重的张大忠也只在班里趴半天就瘸着腿进山训练了。他乍听自然不相信，他知道二班的情况，张大忠不用说二班唯他马首是瞻，即使中队其他人也不敢不让着点儿，确切地说是让着他身后那位“叔叔”，几十双眼都盯他，死死的。他不相信从干政工转为军事干部的欧阳图能在二班住下去且让张大忠俯首帖耳。

向阳进二班的时候张大忠不在，秦渭南正做数学题，说副队长带上张班长进山查勤了。说道“查勤”两个字，哧哧笑了。向阳说张班长让副队长这么带下去，非掉膘不可。秦渭南嘿嘿直乐，还真叫你说准了，张班长这阵子黑是黑了，回来叫唤脚疼少了，前头脚底打的泡又磨成茧了。向阳说你们张班长听了副队长不少课吧，看着不一样了。秦渭南歪歪嘴说，张班长的脾气你不是不知道。向阳有些发愣，站在门上看窗外，窗外的风刮得正狂，把寒冷卷过来卷过去，卷到昏黄的日光下便和日光一起争吵，直吵得铺天盖地死去活来。向阳就想着山外长不成阔叶的树叶恐怕未必落尽，堆到地上的叶子也未必收去，未必收去的叶子肯定还不会太冷落了树枝。如果不在青海，花可能还是开着的，而且水润水润的。入伍一年多没出山，快忘记家乡的季节了。

向阳发愣的时候欧阳图和张大忠一前一后回班了，向阳说指导员叫张班长过去。欧阳图偏一偏头，张大忠就跟向阳出去了。秦渭南倒杯水端过来，瞅着欧阳图小心说副队长有道微积分题不会解，您闲了帮我看看。赵泗水肘子杵了杵他说你眼咋长沟子上了，没见这么上赶子追，也容人喘口气儿！欧阳图抄过秦渭南手里本子瞟一眼，就说你试试这种方式。笔在本子上点一下，秦渭南恍然大悟，敲着脑袋说笨死了。欧阳图说丢时间长，快撂荒了。秦渭南抖着手说副队长能早来一年我早考走了。声音里的颤让贾三平羡慕，说秦渭南考大学落榜，家里没钱供他再补习就当兵来了，其实他失掉的分数不多，努把力有希望上军校。我是真荒废掉了，想补都得踮着脚往前找初中老师，说不定还连带小学老师。赵泗水说你倒是去真找啊，不信你那些老师不流鼻血不撞墙！说得大家哈哈大笑，欧阳图也不由笑一下，也只一下，还是无声的。也就这转瞬的一笑，大家已很高兴了，笑声又往高里拔了拔，畅快，松弛，却是久违的。

啥事儿，恁高兴，李宝丰的头闪在门口，头背后还摞几张脸。一望见欧阳图都慌忙立正，脸红到耳根子，哧溜跑了一半，剩下一半讪讪说副队长，不知道您在，还当……欧阳图向他招招手，李宝丰拳提两腋疾跑进来，立正，敬礼。欧阳图从床头柜里取出一张光碟说，数据恢复程序。赵泗水又用肘子杵李宝丰说，你以前叫唤过啥数据，是不是就这个？又朝欧阳图说，中队的电脑连着三级网，这小子以前学艺不精，不懂还胡捣鼓瞎琢磨，电脑里老丢文档，又不敢去地方维修，弄得焦头烂额死去活来还挨指导员臭骂。欧阳图说常有的。又说电脑加个密吧。李宝丰捧着光碟想说什么，两道粗眉毛往一处凑了凑，脑子存储不多的词汇拨拉个遍也没中意一个，他很不想在他看来是真正文化人的欧阳图面前耍墨宝，喉咙里咕噜咕噜着终于什么也没咕噜出来，黑着脸皮傻傻笑着抬手敬个礼跑了。

张大忠进来的时候大家没有注意到，大家注意到的张大忠也注意到了，晚饭前这会儿班里人最齐全，围着欧阳图或坐或站或蹲，笑一阵儿，说一阵儿，像浪一样一波一波儿。欧阳图不多说话，嗯嗯两声算是回应了，只这象声词的回应，就如充气颇足的气球被轻轻一摁，反倒可着劲儿朝上跑，大伙儿的兴致就一波儿高过一波儿了。张大忠的失落如沤水塘久了的麻绳越挣越紧，勒得他呼吸急促还泛着酸臭味儿，他怎么都不服气连指导员见他都调集笑容，哪怕是临时调集的，也都是笑容可掬，他欧阳图一个破副职要权没权何敢拿他当空气。那晚夜哨张大忠平生第一次挨揍，脑子里一片空白，一片空白的张大忠在之后的半天里躺倒床上除了哼唧就是羞恼，哼唧和羞恼之后就憋气，暗恨自己这回瞅欧阳图眼睛咋就脱靶了，弄得遍体鳞伤还被人变着法儿整：嘴上说老班长比别人熟悉情况，山沟里陪着一天跑好几趟，脚底的血泡新一茬旧一茬往上摞，晚上热水泡脚疼得龇牙，也只当没见。张大忠其实有苦也不得不认了，谁让你占着班头的座儿？人住在班里，你不陪谁陪？好几天陪过去了，跟个恶煞星一样，也没见一回笑脸，你欧阳图以为自己是谁呀，不就打“喝喝陈沟水，就会跷跷腿”的武功乡来的嘛，也用不着拿我张大忠当个跟班似的练腿功吧，练完了练罢了回头和别人打成一片，不就是想镇住我吗孤立我吗？那就走着瞧！

白杰瞅瞅欧阳图，征询的眼神，心想人家叫上了阵你总不至于还按兵不动吧。白杰看了几天总看不懂这个欧阳副队长，出来进去和别的干部不一样，既不找谁个别谈话了解情况，也不向哪个主动示好，脸上总是一谭止水波澜不惊，只有那双眼睛却如CT机一样不声不响在另一间房子里计算数据，至于计算的结果谁也看不出猜不透，越是这样越叫人悬浮半空不踏实。看得出“胖头陀”也越来越心慌，他一定盼着和欧阳图有个面对面明火真枪交锋。赵泗水也瞅欧阳图，他知道张大忠是说给欧阳图听的，他也知道有指导员撑腰的张大忠打指导员房里回来底气又足了，底气又足的张大忠这样做一定有下文，搁以前他希望欧阳图去正面交火，那样肯定正中张大忠下怀，好戏总会登场。现在他很不情愿看戏，他宁可冷场，说副队长您还是教教李宝丰吧，他笨得猪一样，搞不好还弄坏碟子。张大忠毒刺一样的眼扎过来骂，屁股放裤裆里去，轮不到你来放屁！赵泗水的手揉着裤缝，陡然变作拳头叫，你个日巴欻，死胖子，占着茅坑不拉屎，老子受够了，你当部队是哪儿，啥龟不会还扮作爷儿，我呸！欧阳图摆摆手掏出手机按了接听，边往外走边说老头子的事儿你说具体些。所有人听见了“老头子”，所有人不知道这个“老头子”是谁，却知道鸣金收兵戏罢场，随着欧阳图的离开对手不复存在，没有对手的硝烟前脚接后脚地消散开去。

忽视是最大的轻蔑，张大忠清楚。进班时铆足的劲儿此时颓然撞到棉花墙，连弹回来的力气都消解得杳如黄鹤。

欧阳图站在院子的黑暗里嗯嗯啊啊，几句话断续游走到开着窗的几只耳膜，那几只耳朵直愣愣拃着。明白了，相机行事。撒手锏呀……最后再用，先礼后兵，个人资料提供多一个字，命中率越高。后面这话让张大忠牙咬得咯吱响，顾不得捣赵泗水鸟窝，想，查我呀，拿我当犯罪分子对待！

第二天，刘继马让向阳从山里找回带部队训练的欧阳图说，我叫通讯员把你铺盖搬司务长办公室了，通讯员先搬队部住吧。从山里找回来就为此事，欧阳图当然不相信，他知道刘继马肯定还有深意，就说已惯了，不搬了。刘继马干笑一声说中队长不在位训练这摊子全落你肩上了，身为副中队长，长期和战士混住咋成啊，不利于组织领导。欧阳图说张大忠来说什么话了吧。刘继马忽然叹一声，说怪我工作不细，张大忠的情况跟你没认真交底，他在中队只要不捅大娄子就算不错了，凭他和他叔叔的关系到跟前多一句嘴不是你我工作白辛苦了？干到今天都不容易。欧阳图走到门口听见站住说，一只老鼠害一锅粥，这锅粥馊味儿都出来了，眼睛闭住管用吗。这是欧阳图来中队后说得最多的话，这次话更如巴掌清脆响亮，刘继马说中队在我来后三年平安无事故，平安就是福，有福就不错了。欧阳图一个字一个字往外迸着说平安当然是福，部队平安更是福。后面这话刘继马听来吞了藜蒺一样咽不下吐不出，在欧阳图走出队部后喉咙眼儿还刺挠得难受，柳司务长喊报告进来请他签字，他瞟一眼票据没好气说这个月咋花这么多。柳司务长好脾气地一一翻后附的细目账表给他看，又说油库谭副经理日能得很，不给钱老哭穷还挑咱理儿，说老见咱这儿有个干部在执勤点来回走动，油库可是重地，生脸儿他们不放心。刘继马哼声部队的事管他啥事儿。又说我打电话约个时间吧。

搬到司务长办公室的欧阳图训练回来洗脸，脸上的土把脸盆里的水揉成了黄泥巴，排长跑出去换一盆清水后就站一边儿皱着两道黄眉毛汇报事儿，见柳司务长进来就住了口，听他说去油库一趟吧人家挑理儿了，那个谭副经理日能得很，经理刚退他主持工作，话难讲脸难看事更难办，经费的事说了没用趁早别提。欧阳图嗯嗯两声也不知是应着柳司务长还是应着排长，两人就望着他，欧阳图说训练就是训练，上哨就是上哨，谁捅娄子就处理谁。

排长离开后，柳司务长凑到欧阳图耳根说九中队老上不去根儿就在这儿，你从二班能全身而退就知道了。欧阳图冷哼，不见得。柳司务长竖着一根手指说，你别不信，人家为什么放你去二班？二班是剪毛车间，剪毛车间有剪毛匠人啊，没想到你欧阳副队的毛又粗又硬搞得钝老虎钳子，只好让你还俗了！欧阳图拍着他肩笑起来，一双眼居然月牙儿弯着，柳司务长啧啧赞女人要是有你这双眼就叫媚了。说这话时眼往外瞅，瞅的时候有些迷离。欧阳图说你小子失恋了吧。柳司务长哀叹一声，说这鸟巴拉除了当兵的保家卫国就只有鸟来拉屎了，母的还不来呢。鸟巴拉？欧阳图有些纳闷，他不知道驻地还有个藏语名字。柳司务长说战士们管这儿叫“鸟巴拉”，鸟不拉屎的地方。副队你都见了，除了营区种了几棵白杨树外，方圆几十里谁还见过高些的草根？有些平坦一点的地方牧民开垦出来种青稞，种完就走人，撂给老天爷打理，收割时候来几天，不要说双眼皮鸟不往这地方飞，就是手机信号也没有，今年移动公司睡醒了想起这一带还算不得无人区就竖了根杆子，手机才不用再当电子表使。现在人多现实，谁肯当天使往咱这地儿瞅！欧阳图说你别把女同胞都一棒子打死啊。柳司务长说谁想一棒子打死？问题是，想不一棒子打死都难。欧阳图眼睛瞅到他脸上来说，一朝被蛇咬得不轻噢。柳司务长说要是蛇咬一口两眼一闭心里干净。欧阳图听他说得怪反倒不好接茬，索性默然望他。柳司务长犹豫一下自己说了，原来去年探亲回家车上遇到一个大眼美女，相谈甚欢两情相悦，之后自然是书信频频电话煲粥，大眼美女来队看过自然没戏了，柳司务长虽不至于万念俱灰，到底覆情难收，至今想起还欲哭无泪。欧阳图问，后来呢，不会是相忘于江湖了吧。柳司务长说不忘又能怎样，我们都看重天长地久，曾经拥有那是混蛋事儿。欧阳图没说话，想说好男儿何患无妻的话又觉得跟没说一样，当年赵子龙这样说时或是没有爱上赵范嫂子，或是向刘备表忠心而已。想起凌云心便湿漉漉的，就说你要愿意我找同学给你物色。柳司务长说着谢了，都是大学生怕高攀不上。欧阳图说男子汉自矮三分就没得说了。柳司务长又嘿嘿笑，说这脾气带劲儿，我喜欢。

熄灯号响时柳司务长还在核对账目，听欧阳图在床上翻来覆去很歉意，说指导员查得细，一会儿就好。欧阳图转过脸对着他突然说，谭老头子人老心不老是吧。柳司务长嘿嘿笑说这是文人说法。说完突然觉得怪异，朝灯影后的欧阳图脸上瞧，摘掉眼镜的欧阳图眼睛其实很漂亮，少些文气多了英气，心里便想不明白中文科班出来的人搞起军事训练来有板有眼，十来个壮小伙子撂倒的，想问又怕唐突。

第二天早饭一过，刘继马说欧阳副队，时间和谭副经理约好了，就现在吧，你先安排一下训练。欧阳图把排长叫过去，一会儿回来说安排好了。刘继马说声好，戴上帽子和欧阳图出了营区。冬天的高原日光漂漂泊泊跟着粗粝的风抽打暴走的刘继马，他已经习惯了这种抽打，第一次四顾打量山区时心里升起过苍凉感可能还存储在记忆区里，只是现在很少想起来过。他就是从山区走出来的，只不过那里的山区绿树红花溪涧浅流还是有的，甚或见得到飞禽起起落落，不像这里比三毛的头还荒凉，荒凉到让人扳起脚脖子想咬。但那里的绿树红花溪涧浅流飞禽什么的不能改变日出而作日落而息的贫困，这里的荒凉却可以，一个苦孩子跌跌撞撞到今天不容易，身上的军装肩上的星星羡煞亲朋旧友，父母的头走在村里昂得越来越高，这是光荣，是无论如何不能随便丢掉的光荣。驻地的荒凉在刘继马眼里比绿树红花溪涧浅流飞禽更顺眼，更亲切。他不想把这种好心情和欧阳图分享，新兵蛋子扛着两颗星，轻轻松松不晓得一步一步挪到今天的艰难，不晓得艰难的人是不晓得天高地厚的，这种人欠磨炼。

暴走到目标单位经理办公室时，刘继马心情很好，他向大办公桌后那个头顶寸草不生的人介绍，这是我们中队新来的副中队长欧阳图，刚报到，应该早过来见谭经理，年底了，忙乎不得空，领导多谅解。脸上堆的笑很拥挤。欧阳图朝那人望过去，眼睛鱼泡似的鼓囊囊，让两只眼袋扯着，原本还算白净的脸像晒干的冬白菜，晒干的冬白菜上还种着几颗大小不一的黑豆，嘴角耷拉到腮帮子，模样像极了垂垂老矣的老朽。即使是老太监，欧阳图礼节性地抬手敬个礼。谭副经理眯着鱼泡似的眼欠欠身，伸出胖手朝下压几压算是请坐的意思。刘继马便坐对面的沙发，欧阳图趸到角落里放电脑的一张桌后坐了。一个中队，还一副职，他压根没朝欧阳图这里扫过一眼，冲刘继马咳了咳懒懒说，啊，就这样吧，中午吃个便饭，也不白来一趟。欧阳图就看刘继马，期待在眼里舞蹈，刘继马犹豫一下说前面说的事儿请您还是解决一下，支队领导也很关注。谭副经理秃眉皱了皱，说指导员啊你不了解油库情况，军民鱼水情嘛，有可能的话会不解决吗，油库前途未卜，是撤还是扩建，总公司没有定下来，投资的事也得等等啊。再说，全球金融危机，油库经济也紧张，你看我们公司的职工一个月才发千八百块钱，比你们吃皇粮的差远了。

刘继马只好说哨位上电铃的事经理您看能不能解决，我们不能接明线，可以接地线，上级也有这样的要求，不能再拖了，拖下去存在的执勤安全隐患太多了。谭副经理明显不耐烦了，说二十多年了，没有接电，没有安装报警器，不照样过来了，有什么隐患？没有啊。现在有什么必要接嘛，油库重地电是最不安全的隐患，你不怕发生事故我还怕呢，这事关油库存亡的大事！刘继马说现在情况不同以往，恐怖事件增多，外部环境更复杂。谭副经理一摆手，说既然如此，这事和我们就更没关系了，你们想办法提高哨兵的战斗能力吧。我们地方老百姓最佩服军人发扬的这种吃苦耐劳的革命乐观主义精神。

回到队部刘继马把帽子狠狠摔桌上，说，钱不解决还听他上革命传统教育课。又冲欧阳图叫，怎么样？不是你急慌慌沉不住气我吃饱了撑的送上门听这堂课！欧阳图看看他，扔一句，与虎谋皮谈何容易。刘继马更气了，叫着你知道这种结果还捣什么乱！向阳暗朝欧阳图摆手，示意他不要再说。欧阳图却望住那张涨成猪肝的脸说，不容易也要谋。刘继马一双血红的眼点到欧阳图的鼻尖上来，一字一顿地说，那你去好好谋吧，我不奉陪。欧阳图抽身出去，正撞上往里进的柳司务长，柳司务长望里瞅瞅刘继马又瞅瞅欧阳图，心明如镜，便不再进去，跟着欧阳图回办公室，才说，欧阳副队，说好了不提要钱的事咋又提了？你不知道这是伤脑筋的事儿？欧阳图笑一下说是指导员提的。柳司务长笑说还不一样嘛，副队没那意思，指导员也不见得会装英雄……欧阳图不说话了，瞅桌上的账目表发呆。

中午的时候谭副经理打电话给刘继马，请你们的网管员再过来一趟，电脑出了点毛病。刘继马气还没消，说小战士瞎捣鼓可以，您那是台新电脑，贵着呢别叫他弄坏了，可惜！谭副经理口气软了许多，网管员我放心，弄坏不了。刘继马想说用人的时候笑面虎办事的时候东北虎，拿他一手也不顶事，倒叫他言三语四不值当，就让向阳去网管室通知李宝丰。

晚饭的时候欧阳图说再考虑去油库一趟。刘继马瞅他的眼神如 X 光似的说，我早上闹的一脸灰到现在没洗干净，你觉着好看，想再让人家画一张脸谱？欧阳图笑说想，画得好看。刘继马拿筷子敲碗说好看你就一个人去画吧。又问李宝丰销假没有，欧阳图说销假了，晚饭前就回来了。刘继马又问电脑修利索了？欧阳图摇头，难度大。刘继马叹气说前头咱帮他几回了，就是为拉好关系好办事，没承想他只让拉磨不给喂料，帮着啥劲儿。又说你说的对，与虎谋皮不成事，只是这张虎皮原是目标单位早该配备的，他死拖活拖不办怕是另有文章吧。又交代你去瞅瞅咋回事，能解决就帮他解决，咱风格得高些儿，我就不去了——带上李宝丰吧，多学点东西。欧阳图说也好。

欧阳图走后，刘继马给柳司务长说，他成不成啊，也不交个底儿。柳司务长认真地想了想说，我看悬，又不是电脑专业的。刘继马说我那么一说，他真就那么一应，谦虚话儿都没有，要是解决不了，丢的是咱中队脸。刘继马又拿一根指头点桌子，重重的，说目标单位也为我们投入了精力、财力、物力，只是受到当地自然条件的很大制约，执勤工作是大事，我们不能有任何马虎！我们用不着再就执勤上的事和目标单位磨嘴皮子。排长发起牢骚，说改革开放多少年了，中国的经济水平提高那么快，同样是高原部队，几十个中队都住上了新营房，喝上了自来水，吃上了新鲜蔬菜，我们呢？喝的是涝坝水，住的是七八十年代的土坯房，总队领导好像把工作重点放在城区和草原部队，把这儿——刘继马赶紧制止，好了好了，注意别乱放炮。排长的嘴张了张最后合上了，米粒粘在嘴角，用手背狠狠一抹，走出去看天，天上云彩厚厚的俨然浓荫，冲下来的日头橙红橙红的挤挤撞撞，像角力一样。李宝丰也在看天，站在青瓦房的檐下。排长走过来问这么远的路跑来跑去不累呀，今晚自主学习你可以歇歇。秦渭南挠挠头指着天说，记得谁写过一句话叫“黛色参天”二千尺，看见这天颜色就想起来了，就是不知道为啥要说是二千尺，从咱这儿到天上不止二千尺吧，不然“神舟七号”来回要恁长时间哩？排长瞅他一脸茫然哈哈大笑，笑了后说我也不知道你说的那句话，要知道的话我就当欧阳副队了。秦渭南狠狠点头说我就服气咱副队，书读得多不死读书，功夫那么好不显摆。排长想起欧阳图刚才离开饭桌后指导员的神情，自己心里也没数，没数归没数，他相信欧阳图就如相信张大忠未必不能调教好一样，反正柳司务长说过“又不是电脑专业的”就再没有吭声，他知道柳司务长心里很有数。

刘继马回到队部把张大忠叫来，说副队长从你班里搬出来了，别太自由了，别给我捅娄子。说过这话又觉得他接受不了，又笑说为你姐姐过生日请假说不过去，你看打电话过去行不行，就说咱中队正搞守卫勤务安全问题教育。说着指指桌子上的电话，用这部吧。张大忠把脖子往左后方扭得青筋暴动，说不是你把他杵我班里，我会哑巴吃黄连？刘继马拉长脸用拳头捣得桌子呯呯响，说注意说话分寸。挨顿打你活该，谁教你去欺负中队干部了，我没过问倒还有理了，依我看打得还算轻。起身打开门喊通讯员你来，通知排长组织班长讨论。向阳应着咚咚跑远了。刘继马把上衣扣子一个一个解开，又一个一个系上，慢腾腾的，好像每个扣子都涩着手。他知道张大忠一定杵在那里吹胡子瞪眼，他就是不抬头，他就是想让张大忠知道他刘继马的迁就也是有底线的。说欧阳图住班里你当班长不好管理，其实就是人家手腕高，你不是个儿，现在人也搬出来了，你还在这里充老大，太过分了吧！当张大忠囔囔着摔门出去了，刘继马暗暗松了口气。

向阳进来倒水的时候偷偷瞅刘继马，且喜且惊，刘继马很是受用，心情就像花儿沐微雨一样灿烂、清爽。

刘继马是带着灿烂和清爽走进会场的，排长汇报说，大家都认为不能等、靠、要了，我们必须自己动手！刘继马问怎么动手？排长说报警是头等大事，报不了警，执勤目标和哨兵的安全一定会出问题。我们利用现有条件可以拿手电筒联络、报警，具体操作是这样的：领班员拿手电筒每隔二十分钟与每个哨位联络一次，当领班员的手电筒照到哨位时，哨兵也要亮起手电筒来，这样说明联系上了，执勤正常；当遇意外情况发生，哨兵向下一个哨位断续照亮，依次进行，直到把报警信号传到一号哨，一号哨再按以前的规定吹响报警哨——营区完全可以听得到的，中队听到报警就可以出动了。其次，被雨水冲刷的地方和破了的铁丝网，我们自己动手修补。再次，把执勤分析作为一项中队的制度确定下来，每周议勤一次。排长汇报完和与会人员一样望着刘继马，期待着惯有的肯定，他们便会迅速行动起来。刘继马低头沉吟，大家的热情也跟着沉吟。排长像营区的白杨树一样挺立着，他不知道刘继马为什么突然犹豫起来，以前可不是这样，不管大家对与否，先亮出来的是笑容满面，然后先肯定后否定，或者先肯定后鼓励，从不会这么久一言不发。排长在等待中似乎明白些什么，开始吞吞吐吐说执勤这事要不等副中队长回来再议议？刘继马眉毛仿佛跳了跳，笑着点头说大家的想法很好，后面两个提议我看可以。排长这才笑着说其实大家对第一个提议还存在异议，如果这样报警的话领班员岂不是跟打更的一样？精力有限。何况，如果一个以上哨位遇到突发事件，这样的报警方式既不及时又不准确，逢着月圆的时候隐患多多。隐患多多还跟我耍贫嘴？刘继马似怒似笑地乜斜排长一眼走出会场，临出门时说一句散会吧，却突然感觉有一道冰锥一样冷冷的眼光嗖地扎过来，分明用了十成力道，听得到所扎之处一个一个血窟窿咕嘟咕嘟往外涌着血，由不得刘继马脊背生寒，不用看就清楚到底是谁在使用冰锥发射器。他不能再回头，捂着血窟窿出去了，步子迈得有些软。

刘继马回到队部喝口水稳了稳神，有些怀疑对张大忠的态度，望着桌上那部红色电话发愣，他拿不定主意是否给电话那头的“阿姨”先汇报一下，汇报一下也许副作用会降低一些，虽不敢奢望消弭。这是头一回像犯了错的小学生去见老师的心情，以前汇报的词用不着费神思忖，那头发出的笑声的长短是预料中的，听到这样的笑声他便觉得如打通了筋脉一样通体康泰。一向分寸感拿捏纯熟的他鬼使神差在一个错误的时间面对一个错误的人充了一次很大的一瓣蒜，都是这个欧阳图闹的，刘继马敲着脑袋，懊恼且慌乱。

敲脑袋的刘继马没有发现欧阳图站门上眼神狐疑。门是虚掩着的，刘继马头耷拉着顾及不到别处，那部红色电话机像火一样烈烈燃烧，火苗噼噼啪啪轰然舔舐提话筒的勇气和像小学生背诵得滚瓜烂熟的课文，虽然那篇课文在“阿姨”身上屡试不爽，眼下却错别字和病句满篇。欧阳图一动不动凝神望着，直到向阳来准备睡前的洗漱用具。向阳奇怪欧阳图站立的位置，顺着欧阳图的目光往里扫，就把欧阳图悄悄拉一边又悄悄说了一些话，声音小得几乎让欧阳图听得哆哆嗦嗦，最后还是启动想象力把内容串完整了。从欧阳图搬进二班又安然搬回司务长室，二班里发生的事，严格来说是发生在张大忠身上的事，让这个小通讯员不能不对眼前看似斯文话比金贵的副队长暗暗折服，折服中更多几成敬重。

欧阳图重新站到队部门口，报告，声音很大。刘继马急忙站起身，说着来来来，我当你龙王那里招驸马去了。热情得一反常态，向阳瞪着眼快速搜索记忆，记忆文件夹频告空白。向阳先在刘继马杯里添上水，再给欧阳图倒了一杯，端端正正捧给他。刘继马说见着他了？欧阳图说让司务长明早到油库财务室去一趟。再说一遍，刘继马揉搓揉搓耳朵，开始怀疑听力。欧阳图又说了一遍，刘继马扭头瞪住向阳说你把欧阳副队的话说一遍。向阳一边重复一边望向欧阳图。刘继马眼睛眯缝着，头垂下去，越垂越低，低垂得让坐在对面的欧阳图看清了脑后拃着的几根白发，白发闪银，眼巴巴看着主人蓦然抬起头，目光一头撞向欧阳图，想撞进那一块如拳头大小的地方一探究竟。他听说比干心有七窍号为玲珑心，所以聪明无匹，他想看看那块地方是否也有七窍，不然，耗多少时间多少口水解决不了的事这个牛犊子手到擒来，他有些不服气，就装作轻松将身子往椅子里放舒服些，说说看，那谭副经理怎么改变主意的。欧阳图解读肢体语言总胜于有声语言，这是他的天分，说他大概良心发现吧，咱们这么总帮他。说了这话并不想再说下去，就说晚了，夜里还得查勤，敬个礼推门而去，撂下身后送他出来的一路茫茫失落和悲凉。

第二天，柳司务长从油库回来掮着风尘也握着划拨下来的经费，中队像过年一样，欧阳图的身影出现在哪里哪里分明激射闪得发亮的光。刘继马除了安排这笔经费的用途外，眼光总也亮不起来反添不少黯然。之后的几周，排长带着几个班的战士修补好了被雨水冲刷的地方和断开了的铁丝网，还修整了哨楼。油库找来施工队从油库到中队铺设一条自来水管道。这段路并不长，来回五六公里，坑坑坑洼洼，是中队搞五公里越野训练时踏出来的道儿。自来水从这条道儿奔袭而来且气喘吁吁忙忙碌碌洗菜蒸饭，整个中队弥漫着香气。夜间的哨位散落山谷星星点点却配备齐全，哨兵走动在夜色里相互间突然有了近在咫尺的温暖，孤独跳脚遁去。

4

这阵子柳司务长里里外外飞着忙，像突然改装过的发动机动静小马力大，进进出出不带笑不看欧阳图，笑的样子像追光灯一样躲无可躲，有一天终于说副队是咋拿下谭副经理的，要知道支队领导的账他都不买。欧阳图还是那句大概良心发现了吧。柳司务长摇头不信，说我猜猜看，副队那天晚饭后走的时候带着李宝丰，我估计谭副经理尾巴上的毛可能被副队攥到了，这叫常走夜路总会遇鬼。武功讲究与君子交手击为不击，与小人交手不击为击。欧阳图笑得很玄话也说得玄，柳司务长仿佛彻底明白了，翘指示敬，说高，还是你高，新形势下老办法不顶事了。欧阳图摇头说你想歪了，之后就看柳司务长粉丝一样的笑，不免唏嘘。

和柳司务长一样，中队几乎人人都要逮住李宝丰挖至少一次话，毕竟这事怎么办妥没有人明白，欧阳图如何拿下谭副经理是胜之不武还是蛇打七寸，李宝丰肯定最清楚。李宝丰总是那句话，人都是知恩图报的。怎么样的恩能让谭副经理如此痛快，他没有说。大家纷纷揣摸事实真相时，谭副经理亲自来到九中队邀请欧阳图，说下月女儿结婚务请他出席，眼睛还是鱼泡似的鼓囊囊，只是脸上的笑很真诚，笑着拍刘继马肩说，多些欧阳同志这样的人才，部队之幸啊。刘继马点头称是。谭副经理走时只握欧阳图的手告辞，说今天算是回访，私人回访，以后不计公事私事只要你欧阳兄弟开口，没二话。虚瞟一眼刘继马自己开车走了。

谭副经理的到来着实让刘继马难堪，这种特别礼遇怎么能越过他指导员直接指向下属呢？更受不了欧阳图坦然以对的神情。他叫来李宝丰，以前也想过叫最终没有叫，就是不想让欧阳图觉得赖他之力才解决了经费的事，即使心里很想知道真相。

李宝丰喊报告的声音扯碎刘继马的视线，说先找你谈谈吧，上级组织准备考察考察副中队长，我们中队情况了解多些便于掌握得更为客观。李宝丰叫声娘哟，提升的事吧？好事唉。刘继马闷闷说，说说，怎么看副中队长这个人？那还用说？人正直、热心、能力强、肚量大、不玩虚招呼，是个实在人，李宝丰掰手指头算。刘继马中指敲敲桌面打断，说具体些。李宝丰说，指导员你看上次排值哨的事儿，搁别人，哑巴亏吃就吃了谁能咋的，也就是遇着副队，那身手，那涵养，事儿呒追究下去吧，还呒把谁咋的，战士俩字：服气。刘继马瞪过来说陈谷子烂芝麻不提也罢，说说最近的事儿。李宝丰眼一暗，突然嗫嗫起来，副队不让说。刘继马想了想说，你不说我也知道，跟人家搞不正当交易，丢自个儿人事小，部队的脸可丢不起，支队领导要是追究这事儿责任，谁也担不了。李宝丰急了，眼睛瞪得溜圆，说指导员嗳，可不敢这样说。李宝丰脖颈挣得黑红，青筋暴现蛇行而出。这一句话哆嗦出来，让刘继马很不满意，眉头蹙得紧紧得揉搓不开，说着这样吧，既然你不想对欧阳副中队长负责，等上面派调查组下来吧，快得很。说完就动手整理案头，拿眼睃了睃李宝丰，李宝丰正咬下唇，下唇咬烂了那扇门仿佛会自动开启。刘继马就叹了声，人啊，邪着哩，一根筋往岔路走神仙也抓瞎。帽子往头顶一扣朝门外走，眼风撞了撞李宝丰，李宝丰腾地横过身子，双臂揸成半圆形顶到门上，鱼泡一样鼓起眼珠子喊，副队真呒弄啥啊。于是刘继马等来了那个真相，那个真相就是李宝丰离开后让他心情颓然，他终于知道那个上午带欧阳图去见谭副经理是何其重要。谭副经理办公室的豪华气派在刘继马眼里疯长出手来，摸索屋里一茬新的所有设备，这些设备耗资不菲，其他办公室在经过的刹那扫描到同样信号。他没有往深里想，油库早已实现无纸化办公，一切信息的存储都在电脑里，都在电脑里未必万无一失。谭副经理叫李宝丰修电脑，李宝丰去修了没有修好，没有修好的李宝丰提起了欧阳图，谭副经理忘了早上才见过的那个年轻人，或许他根本就不打算记忆，他那时连扫一下的想法都没有。回想起那个年轻人的那副斯文模样。他杵在李宝丰身后，没有任何表情，说九中队副中队长欧阳图。谭副经理嗯一声算是打招呼，招呼过后换他就杵到了欧阳图身后，欧阳图手往鼠标按下去的一瞬他意识到了这个人的特别。欧阳图的手指在键盘上飞舞过一阵后推椅而起，说这是私人电脑，私人电脑联网不合适。“不合适”仨字滑得快速且轻捷，谭副经理分明读出了刻意以及欧阳图的善意。谭副经理仔细且警觉地瞅了瞅欧阳图，欧阳图眼神很有内容地弹过来，闪身走开。

电脑里存储着公司下达的文件，文件关于油库明年扩建的信息，信息还包括划拨的经费数额。还有电脑早已小心删除干净的私密数据此时却赫然一一恢复出场，出场时灯光闪烁，风声鹤唳。谭副经理的汗轰然涌出，凉冰冰寒丝丝。他稳住神问，想不想看。欧阳图望一眼窗外空荡荡的油库，晚霞把自己的美丽正撕扯得绵长绵长，背过身被数个山峰划成深黛，油库就隐在深黛里，安静，诡秘。他感到了谭副经理的有气无力，说为什么看，声音淡然若素。谭副经理被这种神情震住了，说你是个君子，真君子，君子是不应该受忽略的。伸手碰了碰欧阳图肩，和他一起陷进沙发。谭副经理说了很多，欧阳图认真地听，偶有颔首，偶见皱鼻，大多时候双唇紧闭，一言不发，谭副经理就说了实话，不是不划这笔经费，不是没有这笔钱，唯一个后门兵马首是瞻的中队，会有什么出息！这样的部队谁放心！你今天来了，一切会有不同。欧阳图起身的时候笑笑，握了他的手，说被人信任是一种压力，我会记得压力的。

欧阳图走出门很远，谭副经理手上被他握过的重量还在，喟然长叹，这才是军人，不过，此人很有头脑，很懂谈判。

欧阳图回中队的路上李宝丰跳脚拍手大笑，说副队真能耐，今天这事办得，带劲！欧阳图却翻看手机上收到的几条短信，凌云的，短信说她一个同学说她小姨和谭副经理是一个系统的，业务上常有往来，说不定可以说上话。要不打个招呼？又说别一根筋，试了说不定有希望，不试怎么知道有希望，别灰心。欧阳图回了条短信：玉笙吹彻，哪管晚来风急；清茶香室，何用浮云雕庸。他不愿意读书读成圣女的凌云头顶的祥云斑斑驳驳，如有可能，他希望那朵祥云伴她终生，也陪伴自己终老，不弃不离。但谈何容易！欧阳图没有望向身后，他相信谭副经理一直站在身后，且和暮霭久久握手。

李宝丰急切切想说明白，刘继马也只听了个酸云醋雾。他在周安全分析会上说百日安全无事故到了倒计时阶段，取消擒敌术、射击课目，确保训练安全势在必行。说完往欧阳图这里瞅，说副队长抓落实吧。欧阳图没有马上应声，顿了顿长吁一口气说那就刀枪入库马放南山吧。刘继马认真说体能训练还要继续的，一天两次全副武装，增强体质。排长小声说训练场地本来受限，平时训练的课目几乎就剩下了体能，疯牛野驴一样在荒山野岭狂奔——刘继马朝排长看了一眼，排长读出了责备。欧阳图和柳司务长听见“疯牛野驴”四字，“噗”地笑出声，欧阳图这一灿齿笑，排长也跟着龇牙笑，刘继马黑着脸敲桌子说我意思不是修佛龛拜香火供这些爷儿，三十六拜都拜了就差这一哆嗦，咱要是在支队冒这个泡儿亏不亏！欧阳图说，咱们是不是还可以搞点学习，比如可以利用网络学习室的条件打打 CS 游戏——什么，游戏，刘继马脑门上的青筋突突弹跳。欧阳图说，别误会，这种游戏虽说是美国开发的软件，却可以利用局域网络优势练习团队作战指挥协作能力，另外，还可以学习一些诸如网上查询、报警或者展开专题讨论等。刘继马松口气，说是这样啊，李宝丰这小子还弄不了吧，搁搁再说——你上次提到的“快乐训练法”我看也放放，训练就是训练，一趟五公里武装越野难不成还跑出一群快乐男生？能死了！虚招儿少玩儿吧，实打实训练是硬道理。说完先离开了会议室，悻悻地。

柳司务长和排长往欧阳图脸上看，那张脸没有任何表情。

一语成谶——五公里全副武装训练一天早晚两次，金黄色或橙红色的光晕越来越亮或越来越暗，铺到秃山荒坡上像一道五彩谱系，战士们便骑着这道五彩谱系滚动着，如五线谱上此起彼伏的豆芽，单薄，虚疲。刘继马站在营门口眯眼望过去，很为此得意。他这时格外气定神闲，看欧阳图带着部队奔跑的样子像鹿一样，不过这头鹿显得更斯文，斯文的鹿拖着另一只显然熊一样肥厚的手，被拖着的那个人居然是“胖头陀”张大忠，便皱了眉。张大忠猪肝一样的脸气喘如牛，深一脚浅一脚画无序线条，画到后来终于从欧阳图的手里滑坐下去，像中了麻药枪的大象一样缓慢地却是沉沉地将笨重垂落飞扬的尘土。刘继马急了，朝向阳一摆手，快快快，背回来。向阳犹豫一下还是飞奔过去，张大忠的肥肉颤抖在向阳的后背，向阳蹒跚几下轰然倒地，这次是两个人，向阳垫压在下面，听得见闷雷一样的喊声。刘继马、欧阳图从不同方向往同一地点飞步奔跑。

卫生员随着大队派来的吉普车呼啸而去。下午从医院打来的电话让刘继马一如受了鹿杖客的玄冥神掌。医院说向阳的一根肋骨断裂，胸部骨裂，左肘部粉碎性骨折。医院的电话来后没有一小时，大队部就来电说支队领导很重视，严查到底，谁的责任谁负。六神无主的刘继马土灰一样的脸在斜阳下泛着菜色，他无暇去想这么短的时间支队就知道了这件事是谁反映上去的，他叫来了张大忠说，向阳为你受了伤，你看怎么办？张大忠歪头横眼说，这个娄子不是我捅的，我也决定不了体能训练的强度。刘继马气得说，话不能这么说，不是我叫向阳背你回来你还不得拖死？张大忠说拉倒吧你，就向阳瘦肌麻秆样儿还背我？出洋相！刘继马那张脸渐暗渐糙，和地上的水泥一样。张大忠动一动嘴，说我明白你的意思，我再给我婶……叔叔打电话试试看。

支队的决定还没有下来，刘继马开始调整训练计划，一天两次的五公里武装越野减半。

欧阳图打电话托凌云抽空去总队医院看看向阳，柳司务长说替他也问候问候，说这小子机灵实在，几天不来跟前晃还想得紧，这份罪咋落他头上。秦渭南来找欧阳图，说二班好些人凑钱往贾三平家寄，贾三平家在省城，他让他妈妈替大家去瞅向阳。柳司务长和欧阳图心有些潮。

住一班的排长被人推醒，查勤，吹进耳里的热气痒痒地。他睁眼看床前站个人，两点微光在黑夜里放大，是欧阳图。

冬天高原冻得夜晚瑟缩进寒风里直跺脚，寒风如刀。出门的时候就着手电看表：两点半。

外面的月光水一样洗白黑夜，两个人就在这种白里皴染成水墨里的浓。砾石路泛着亮光，弯弯曲曲游走在山沟峰顶，像浣过的白纱。欧阳图喟然轻叹，什么时候丢了看月的眼！排长没听清楚，确切地说是没听懂，环顾四周白晃晃的，身子缩了缩。

一号哨哨兵远远问口令，排长应了，哨兵收起枪敬个礼，报告一切正常。排长拿眼神请示欧阳图，欧阳图摆一下头往前走去。

远远看见二号哨，排长低声打趣，说副队这几号哨哇记不记得。欧阳图嘿嘿笑，学会耍贫嘴呀。新修过的哨楼，除了瞭望孔外其他位置都用耐火砖封固，在月光下森然壁立。哨位越来越近，过道上看不到哨兵的身影，听不到哨楼瞭望孔内喊话，排长大步上前准备吼叫，嘴被欧阳图大手封住了。哨楼默然，孤独，寂静。走近了看清楚瞭望孔被两块石头堵塞得严严实实，排长气大了，心想谁这么大胆，躲进哨楼里还罢了，竟然堵塞瞭望孔，这和脱哨有何分别！他看看欧阳图，欧阳图的脸色在月光下泛着青瓷般的颜色。哨楼门虚掩，像丢失了一角的夜。欧阳图上前扭开门，一股热气一头撞将出来，他毫无防备，本能往后撤开半步。哨楼里亮着灯，灯下一只电炉火球一样滚动过来刺目白光，白光热烘烘的，裹着皮大衣依着墙根儿张大忠张着大嘴呼噜呼噜，口水从嘴角一路闪着亮光拖下来踱到衣襟，洇成一大片不规则的暗色。八一式自动步枪靠墙边幽幽望向门外的两个人，有些意外。排长犹疑了一下，此时看清是张大忠，他就缩了缩肩把手往那颗胖头揉了揉，像团了发窖的面。欧阳图乜斜了排长一眼，默然提枪上肩，忽然大喝：张大忠，给我站起来！喝声像暴怒的狮子，张大忠惊醒后撞到一双沉鸷如鹰幽如深涧的刀光锥旋着扎过来，他猝不及防滑稽地抖了抖那颗胖头，身子揉着墙噌地拔起来，如旱地的萝卜，皱巴，萎缩。当他两只脚好容易找到彼此的依靠，欧阳图又喝，你是班长，这样说不严重吧！张大忠的腿软了软，望向排长，排长像失航的船漂漂泊泊终于找到了泊位一样爽然挺直身体，目不转瞬望欧阳图的眼神像粉丝们看见偶像的狂喊，排山倒海。

早饭后，欧阳图跟刘继马到队部说，召集个支部会，议件事儿。刘继马问就现在，啥事儿呀。欧阳图说得淡然，也就执勤训练安全一摊子事吧。刘继马点头说好啊。叫文书通知排长和柳司务长到队部开会。欧阳图到九中队后头一回要求召集会议，刘继马隐隐有一种不安，这种不安在排长和柳司务长进来坐定后越加强烈。他不知道欧阳图葫芦里想卖什么药，但人家说是为执勤训练安全的事开会讨论，无法推拒，而不安恰是来自他无法抗拒且无法把握的脸上极少有表情的表情。他仔细扫了每个人几眼，正是这样扫来扫去，他发现排长的眼神里有一种亮光。

欧阳图说话还是一贯的简洁：今晨两点五十一分，带排长查勤发现二号哨瞭望孔人为堵塞，哨兵闭门睡哨。什么什么，刘继马吓得腾地跳起，问，谁的哨。张大忠，排长一脸正色。哦，刘继马的上唇怎么也找不到和下唇相贴合的感觉。怕鬼鬼上门，他怎么去处理张大忠？他从来没有这么做过甚至连想都没有想过。

欧阳图可看着他呢。要想提高中队的士气，得拿张大忠下手了。刘继马慢慢地坐下，过了半天，才说，这事容我再想想。至于怎么处理张大忠，大家考虑考虑，都得有个意见。下次会上每个支委都得表态。

刘继马转身走了。

他的背影在光尘里渐次模糊，欧阳图期待的眼神朝渐次模糊的背影投射过去，很复杂很潮湿，不过刘继马没看到，他的眼睛有些发酸，发酸的视线里真的看到了参天黛色和簌簌摇动的格桑花。

二姐飞天

1

我叫金光，我爸叫程子汉，我妈叫梁哇斗，我有四个姐姐，都不是省油灯。

12 年后，瘦猴大老黄举起凳子朝我砸过来时，我觉得我这条命肯定要报销了，他是呲着大门牙瞪着斗鸡眼要置我于死地。因为什么打架我已经不记得了，相信他也记不得了，但当时都觉得不动手根本没法活下去。他比我还二，那一凳子直接把我砸进医院，头上的血从学校流到了急诊室。我昏死的几个小时里，他已经被他爸老暴打了一顿，打得鼻青脸肿。他们肯定是吓得半死，给我买了一网兜吃的，从手术室一直跟到病房，直到我醒来。我醒来先看到的不是他们，他们还没有那个待遇，我看见我妈妈哭肿的眼睛和我爸爸血红的眼仁。我头上缝的针脚肯定像蝎子，因为三姐探花只看了一眼，就哆哆嗦嗦，脸白得跟死人一样——

她让蝎子蜇过。

出院后，妈妈死活不让我再上学了，要不是十四五郎当岁实在太老，她决计要重新把我塞回肚子里去。爸爸愁得白了好几根头发，在我二姐飞天跑回来看我时，好像一下子松了一口气，他问二姐："厂子要撤，到处乱蓬蓬的，我跟你妈合计着叫金光提前到宁城上学，能不能联系个学校？"妈妈白了爸爸一眼，说："啥能不能，能联系成得联系，联系不成也得联系，人命关天的事，老程家可就这一条根——可怜你弟弟受恁大罪。你是没见到哇，浑身都是血，脸白得没一点儿血色。老黄家的兔仔子，恶着哩！"爸爸说："你这个人呐，急性子！老二大学毕业才分配，啥人也不认识，找谁去？"妈妈开始抹泪，哭着说："再作难，也得赶紧找。"二姐飞天站在床尾手扶铁栏杆，半天不吭气。妈妈补了一句："不行先插班。"二姐飞天就抬起头，看看爸爸，又看看我。

我不知道二姐飞天做了多大难，反正我一出院就办转学手续，在厂子没撤销之前，我的名字连同人先从厂里撤销了。

离开厂区以后，我总是想到它的好，要不是让瘦猴大老黄把我搞伤心了，我还能多留一阵儿，还能看着半年后它在撤掉时多么不成体统和多么兵荒马乱，和我的同学老师们告个别什么的，如果能照张相就更好了，毕竟好多人这辈子不一定能再见上一面。但我没能看到，这一方面都怪瘦猴大老黄，太讨厌了！后来听爸爸说上头下来文件，在全国有几个定点安置的城市，除了宁城，其他城市都不在高原，气候相当不错，不像厂里一年到头尽刮大风，不歇气地打呼噜，三伏天里下的冰雹能把牦牛砸得像得了羊角风一样，满草地找墙撞。但也允许分散安置，如果想叶落归根、认祖归宗什么的，都没有问题。据说规定男人五十岁一律退休，女人四十五岁，四十岁也可以，其余达不到这个条件的在职人员，根据个人意愿，组织安排工作，安排后，还能带父母去他们工作的城市。

我们家五个孩子或者上学或已分配外地，都不在厂里工作，自然享受不了这个待遇。爸爸选择留在宁城，这在以后短短三年时间，就印证了当初做这个决定是多么英明，没做这个决定的多么不英明！我们不得不佩服爸爸在重大问题上考虑很周全，很科学。爸爸当时和妈妈商量："留宁城吧。我不满十八岁出来当兵，后来支边到这儿，几十年了，没法下高原了。"这句话说了不到一年，四面八方传来消息，那些下高原去的人，得白血病、各种癌症的不算，从心脏病、肺病上走了好几个。爸爸说："高原上生活惯了，又干这个工作，一下子下去，三年内能习惯就没事，不习惯就报销。"当然，还有涨工资、补待遇等事情，有厚有薄。

一时的正确并不意味着永远正确，这是我现在明白的道理，那时我不明白，可二姐飞天明白，可能她早就明白了。多年以后有一回进大院受到的惊吓，就证明爸爸的决定还是有瑕疵的。她当时以为穿越了，穿越到了红旗飘飘的"文化大革命"，院子唯一的一条大路两边，每棵树干上都斜贴着标语，白纸黑字，就差戴红袖章的红卫兵小将举红宝书高呼了。妈妈告诉她上头出了贪官，不执行中央文件，把补给厂里老人们的钱贪污了。二姐飞天问："是不是真的？"妈妈紧拽二姐飞天的衣袖，说："快别让你爸听见，骂你哩。别的安置点都补发过了，就除了咱宁城大院，都是离退休人员，工资相差两倍还多。这都啥年月了，物价翻了几番了，工资还是撤厂时候那么多，双职工还好点儿，单职工家庭都是一大家子人，这点儿也就够喝稀饭吃咸菜的。楼上你周叔叔，半夜愁得睡不着，绕楼转圈儿，孩子们四五个，都没工作，还不得吃他？哪够啊。"二姐飞天问："不是找省里反映了吗？"妈妈"喊"了一声，说："别提了，咱不归人家省里管，工资都是上头拨款，省里涨了几番钱，没咱们份儿。这一帮子厂里老人，为国家作了恁大贡献，种出恁大蘑菇云，到头来让这帮贪官王八蛋们坑了！"妈妈说着说着就来气，说："这不，好多家凑了几回钱上访，那些钱谁不是从牙缝里挤出来的？上头也来了几茬工作组安抚离退休人员，你爸和你叔叔伯伯们搬小马扎碰几次头了，看上头把问题能解决多少，不解决还要上访。"二姐飞天就不吭声了，过了一会儿瞅着窗外说："今天这风，像得了哮喘病。"妈妈跟着叹一声："比着厂里，好到天上去了。那儿的风，刮起来像地震，房子都跟着晃荡。这地儿，养小不养老。"二姐飞天想起什么来，笑了一下说："刚到厂里，不知道风厉害，顶着风去上学，脖子得使劲儿往前抻，像老牛拉车，老三总笑我，她的样子其实更难看。"妈妈也笑起来，说："啥老牛，你爸给你们解决户口时候你还不到十二岁哩，金光也才几岁，吃屎孩子。"

二姐真是变了不少，搁以前，她是不可能陪妈妈唠叨这许多闲话的，她总是闷头不响独来独往，心里很是不耐烦俗事的，包括像我们这样的烟火俗人，除了奶奶。她是奶奶带大的，自然和奶奶亲。她心里头应该有怨的，对于把他一个人放老家陪奶奶这件事。当时，爸妈带上大姐、三姐西进青海，当然也没带我，我和四姐还在天上一个什么园子里陪仙姑们摘蟠桃呢。我不明白奶奶为什么也没有去，但我听爸爸后来说是因为二姐总是病快快，从小病多，瘦得像只小猴子，青海那边条件太艰苦，怕她不适应。我知道她根本不这样想，一直认为爹妈偏心大姐、三姐。她这样想毫不讲理，奶奶对她的好直到我这一大根程家香烟限量生产出来以后，还有十分清楚的蛛丝马迹。村里谁都知道奶奶疼二姐，打扮得齐整陪奶奶出席红白流水席的孙女，总是她，这在一年到头吃不到荤腥的农村来讲，是要在梦里笑破肚皮的好事。三姐说包括大伯家已经出生的孩子算在内，八个孙女中奶奶只宠二姐，连孙女们打个架也能拉偏架，不用说每次做饭，把稀饭锅底最浓稠的部分常常偷偷挖给二姐，玉米小麦缸里埋的柿子、番茄、花生等好吃的，没人的时候就拿出来，二姐吃得令人发指。连姑姑都说奶奶偏心，因为她家的三个女儿一来就嘁嘁喳喳，奶奶嫌吵，说女孩儿家闹哄哄的，不如二姐文静，话少。二姐话少是真的，若说她文静，鬼才相信，那是从小就没病好的时候，不是吃药住院，就是准备吃药住院，没有多余的气力打打闹闹惹是生非，不文静咋办？

不管怎样，奶奶去世，二姐长大，后来结婚了，开始和爹妈有说话的想法了。那时，我有一件事成熟得不得了，因为我突然冒出个念头，想着以后自己有了孩子，一定要自己带在身边，不管多忙，自己带的，总是亲自己。可事情从来不把正确这个词汇固定汇率，有时候贬值的速度令人脑出血。我没想到，让铁塔追着山跑这份工作一直在等着一个小男孩长成男人，然后就交给他，一直不打算收回。这个男人就是我。

但是，许多年以前，我爸像薅萝卜一样从豫中一个村庄里，把他套娃一样的五个孩子一个个薅到城里，我那时还不是一个男人——是一个开裆裤不再穿的小男孩，长着有我们程家男人一样的小眼睛，但远远没有大伯的脑瓜子好使，也没有我爸的高大帅气，要命的是我却有一双罗圈腿，这使得我走路永远做不到像我爸那样的健步如飞。但我妈妈喜欢得要命，说这样显得稳重，稳重的人将来有出息，跑跑嗒嗒之类的事是我爸那样的人干的，戏里唱的，走路一步三摇的不是国公就是侯爷。真可惜了，我生的时代太不对，否则，我妈一准会陪儿寒窗苦读，常常到村边望眼欲穿地等他儿金榜高中的消息。说不定，因为我，我妈还能捞着一个恩赐诰命夫人当当。是我对不起我妈。

我妈心气儿高，那是有道理的，在我舅舅出生前的十八年里，我外爷外婆膝下只有她一个女儿——我真不习惯把外爷外婆叫成姥爷姥姥，可现在人都这么叫，我老家可不是这样。我的外公外婆疼她就像我爹妈疼我一样，可能更甚，因为我用穿着小皮鞋的脚踢得我姐姐们的腿脚乌紫乌紫的事，四个姐姐特别不够意思地把我告发了。我爸把我老鹰拎小鸡一样拎到里屋，根本不管我怎样用绝望的眼神寻觅奶奶和妈妈的身影，只有她们才是我救苦救难的活菩萨，但她们恰恰少有地一起出门。

我爸反锁上门，像贾宝玉他爹似的怒火扑腾，用皮带把跪在地上的我呼呼生风地抽。我外爷外婆决计是不会抽我妈的，不但不抽，用我妈的话说，他们把我妈养得像地主家小姐，喝水怕烫着，吃饭怕噎着，当真成了琉璃叶噔儿。但我妈很聪明，上学当班长，在家里是拿事儿的人，外爷外婆都听她的，所以后来嫁给我爸后，也当着我奶奶、我爸爸的家。那时候爷爷早走了，在我妈嫁过去之前就走了，是喉咙上的病。奶奶是个开通的人，除了大伯母满大街骂她，村里谁都夸她好，到底年轻守寡，一个人拉扯大两儿一女不容易，娶上两房儿媳妇更不容易，女儿也嫁出去了。值得夸口的是，我爸还不再当泥腿子，参军出去后到了一个很远的秘密厂子当工人，吃皇粮了，街坊谁不说程家坟头上的蒿子动了！奶奶脸上有光，妈妈也不乏得意，但她总说："我们是娃娃亲。"

当初是怎么指腹为婚的我没问过谁，但这肯定是我爷爷的功劳。这不等于说我对梁家前辈们不充满敬意，恰恰因为这件事我认为我外爷外婆有大战略家眼光，怎么也没想到程家这邋里邋遢的穷小子会是潜力股，三十年的长河完成了鲤鱼跃龙门的理想，把他们的宝贝女儿以及外孙外孙女们连根拔起，举家西迁，成了城里人。我对外爷外婆作为富户没有悔婚实在佩服得四脚着天，一诺千金的诚信多可贵。我想我妈懂事后未必对我爸相当满意，这是有根据的，是我妈说自己从小念书念得好当上班长，每天都是代替老师点名，不管我爸甩不甩他的清水鼻涕来上学，我妈都不点这个"程子汉"，不点也就罢了，还在名字后面画一个相当欺负人的差瓜蛋。

我们举家西迁是在一个冬天，还没过年，现在来看，头次坐上火车的兴奋很快被住上没有猪满院子跑的干净楼房推上癫狂——住上我爸工作的二楼。白床单，玻璃窗，钢丝床，麻子水泥地，一间住两个人，除了我爹妈在楼下住，我们和奶奶占了三间，一共住三天。这三天里吃饭就下楼，妈妈已经做好，大米白饭随便吃，高压锅里香喷喷的牛羊肉可以直接用筷子插起来当馍馍吃。这幢楼里到处干干净净，到处有出出进进的人给我们笑脸，到处是一间挨一间的小房子，房子里有人或者没人。我们被告诫，除了上班时候，我们是可以楼上楼下到处疯跑的。我们和奶奶都以为永远可以暖暖和和住这里，永远可以开开心心。但第四天的早上，外面风像刀子一样切割我小脸的早上，我们被一辆四下跑风的绿色吉普车装上去，又卸下来，卸在一处红砖油毛毡顶的平房前。两条铁轨在平房前六七米、后半米不到的地方出现，火车通过的时候我们的房子跟着摇晃。左挨一条柏油路，右边十米左右的地方有一座圆形水房，水房外一条水管，我们就在那里挑水。当然，我和四姐探果都太小，主要是大姐探枝、二姐飞天和三姐探花挑。

这个地方叫扳道岔，离有楼房的总厂区距离不近。管扳道工作的是柏油路对面的那间小房子里的叔叔，他姓什么我记不起来了，一个人住，他没我们好运，他的户口还没有解决，他家里人便不能吃商品粮。他的工作简单得要死，只在火车通过前，将两根画着黑白条纹木杠子从两边放平，挡住行人或者车辆。爸说就是他给我们借了这处房子。

这处房子只有两大间一小间，一小间做厨房，我跟爹妈住小一点儿的那间，奶奶带着我四个姐姐住最大一间，房子里打了通炕，五个人睡，并不见得挤，有时我也跟姐姐们凑凑热闹。凑热闹这件事让我总是很没面子地收场。比如今天晚上我就挤在三姐和四姐中间，奶奶要搂我过去，我死活踢腾四肢不依，奶奶就发狠说："你当那热闹是好凑的？没你便宜占。"奶奶说得对，但又不对，我睡哪儿也是有基本考虑的，比如二姐那边我就不去，我的脚还没踩她头发几下，她就不干了，她不干了就掐我，我就狼嗥似地跳开。

现在，我暖和和地和三姐挤一个被窝，三姐就抱着我胳膊亲，叫："老五妮儿。"我就翻给她看眼仁有多么白，让她知道这样叫我我气得够呛，就算我最小，我在家里的地位可是最高的，我是老程家唯一的根儿，跟你们挤一头睡是给你们面子。你们这些丫头片子，别看都出生到我前面，可爹妈盼的是我，你们是加了塞儿进来的。我这样想的时候稍稍有点儿心虚，我瞟一眼二姐飞天，她把头整个埋进被窝里，好像睡着了。奶奶真是疼她，就算我在大家的欢呼声中横空出世，奶奶也还是偏她比别的姐姐们多点儿，多多少，我说不准，反正她给奶奶梳头时候总被夸手巧，妈妈也说："你奶奶没白疼你！"奶奶的头发很长，花白的颜色，不太多，能看得到头皮，在脑后绾成一个小髻，用黑网兜一样的东西罩住。奶奶的头发总是梳得一丝儿不乱。

半夜，我突然被一声尖叫吓醒，然后所有人都醒了。三姐探花穿着大花裤衩跳起来，拿脚踢我脸："讨厌死了，老五妮儿尿床了，老五妮儿尿床了！"

2

我们搬到扳道岔后没几天就下雪了，没见过的大。早晨没睁眼，窗外就亮得不同寻常，薄薄的窗帘透着寒气，隐约见到窗玻璃上结着一层非常厚的霜花。屋子中间的大电炉子已经通上电，憋了一夜的力气，正把一壶水烧得发出咝咝声响。我摸了摸屁股底下，没尿床，被单暖乎乎、干巴巴。昨晚和大姐探枝睡一个被窝，这会儿她正挥着大扫帚扫地，两条黑粗的大辫子在她胸前跳舞。二姐站在门后的小镜子前梳头，她把脸仰得老高，斜着眼从镜子里端详辫子是否编得正，想必觉得不够理想，又把编好的辫子打散，木梳子一下一下把长头发往下拽。二姐飞天的手其实真的巧，她的辫子总是好看一些，要是高兴的话，能把三姐探花的头发编出花来，只不过这种时候比较少。我想啥时候再拽拽那两根黑亮黑亮的大辫子，要是不怕再被爆揍的话。

三姐和四姐都从被窝里伸出毛茸茸的头，朝窗外看，三姐探花“噢”一声一下子坐起来，开始很快地找她的棉袄棉裤，一边催四姐探果：“好大的雪噢，好大！”奶奶已经挽着胳膊端着高压锅进来，一股很浓的牛肉香味能勾出馋虫来，我便把手伸得老长，二姐一木梳打过来，把被子从我身上一掀，恶狠狠瞅我说：“起来吃。”我鼻子一酸，准备张开大嘴哭给奶奶听，或者妈妈。二姐突然朝窗外说：“果果，捏雪球好不好？”四姐探果说声“好”，扣着扣子下炕找鞋子穿。我蹦了起来，张着手往下跳，怕迟了撵不上她们。奶奶丢下锅逮住我，大姐帮着给我穿衣服，说："哄你哩，饭还没吃，捏啥雪球。吃了饭去。"

三姐探花那声狼嗥一点儿算不上没见过世面，雪大得差点让我又吓尿裤子。走到屋门口，要不是门口半身高的旧砖院墙挡着，我会扑进雪窝里打几个滚儿、翻几个跟头。这堵院墙也只让我犹豫了不到眨两遍眼的工夫，就扑进雪窝里了。雪可真厚，埋到膝盖深，可还在下，像弹棉花的人得了失心疯，不要命地往外扔，扔得满世界都是。我倒在雪里打滚儿，咯咯咯地笑，要是大姐在，一准又说我笑得像老母鸡下蛋。"呸"，我吐了口唾沫。滚在雪窝里，仰脸看满天的雪，雪下我一脸，又笑。四姐探果袖手倚着门，看着我笑。三姐也跑出来了，一个劲儿跳脚，不停去雪里团雪球，然后扔给我，叫："你也扔我，扔我。"二姐拿着一把小铲子，不笑，不跳，也不叫，已经在院门口堆成一个小小雪人，她这会儿正抓一把雪手里团着，准备安装鼻子，不成想一个雪球飞过来，雪人的脸打出一个坑来。二姐跑过来捉我，我挣扎着叫："不是我，不是我。"十分无耻地把手指向三姐探花。二姐飞天转身去捉三姐探花，三姐探花身子一矮，从二姐飞天的鹰爪下逃脱。她们俩满院子追着跑，我猫着腰坏坏地笑着跟在后头打黑枪，不管打着谁，都当是对方干的。三姐便不停尖叫，不停张牙舞爪，一肘子顶到了我的头上。

在妈妈骂二姐和三姐的时候，雪停了，有个阿姨的声音从院门口传进屋："哇斗，哇斗嫂子在家吗？哈哈哈……"妈妈马上迎出去，立刻就听到了妈妈笑着朝奶奶喊："娘，你看谁看你来了，富贵家的，田来他娘。"奶奶笑着从屋里走出来，田来他娘嘎嘎笑着抓住了奶奶的手，叫着“大娘”一起进屋，我妈妈手里也牵着一个男孩，长得不黑，跟二姐差不多大小，跟我们说他是“来来哥”。

田来他娘又胖又矮，话没说清楚几句，一直在大笑，边笑边说，边说边笑，坐了半天，奶奶才算弄明白她的来意：专门请奶奶去她家吃饭，这个星期天，孩子们一起去。妈妈说：“那咋好意思呢？老的老小的小，一干子人，老田在厂机关上班，收收发发的一睁眼忙到黑，操心着呢，星期天得歇歇。”田来他娘边拍腿笑边说：“歇……歇啥哩，上班也没啥事，跟老程哥差……差不多工作，老程哥当保管……员，老田……就是发……发报纸，烧烧水……水，能累着啥。大娘老远来……来了，应……应当的。再说了，咱老田跟老……老程不是近老乡……乡嘛，一块当的兵，吃喝不论，客气……气啥哩？”看得出奶奶很高兴，摸着田来的头问多大，然后扭头看看我三姐探花，笑着说：“跟俺三妮同岁。”又站起来去高压锅里给田来捞肉吃，一打开锅盖，看一眼马上又盖住了，我知道里面的肉连上汤，早让我们扫进肚子了。

田来到厨房教我扔石子，三姐四姐都跟过来，一开始大家还羞口话不多，不大一会儿就熟了，临走的时候已经熟透了，他说：“等天热吧，下过雨后咱们一起到草原上玩，我知道哪里能采到蘑菇，采蘑菇要找蘑菇圈，围着蘑菇圈采，半天都采不完。”我们姐弟仨瞪大了眼睛，就问：“啥时候天热？”田来扳扳指头，说：“每年六月份吧，六月份。”田来他娘就笑他，说：“别……别听他吹……吹牛，六月份还下冰雹哩。”

田来和他娘走后，三姐探花就问妈妈：“冰雹是啥样儿？”三姐探花抢着说："我见过我见过，那回爸没带你来，我和大姐一下火车正下冰雹，有那么大的……有那么大的。"说着，比画着冰雹大小。大姐想起什么就笑起来，说："老黑花让一个小冰雹砸鼻子上了，哭一路。你看她鼻梁骨，低一块儿！"四姐探果当真趴三姐探花脸上去看，我也踮脚尖凑热闹。"老黑花"是三姐探花的外号，是小姨起的，为这事三姐探花对小姨蛮有意见。果然，三姐探花听见大姐探枝唤她外号，就挥手把我和四姐探果拨拉开，瞪一眼大姐探枝，说："就你会说话。"悻悻出门了，我拽着她衣角也跟出去，我知道她生不了啥气，她是想去把二姐飞天的雪人垒好，要不二姐飞天是要记仇的。别看二姐飞天通常不吭不哈，心里能憋事得很。奶奶说她俩在我刚会说话的时候生一场大气，一年都互相不搭理，气得妈妈舞着菜刀把她们吓唬了一顿。那是因着大舅结婚这件事，二姐飞天要穿大姐探枝那件白底印满蝴蝶的新褂子，大姐探枝不依，两个人扭到一起，要不是奶奶拉偏架，二姐非吃亏不可。后来大姐探枝说妈妈给二姐飞天也做了一件，她放了自己的要穿别人的。二姐可不这样说，她说妈妈做了三件新褂子，一件是白底蝴蝶，两件是青底大花，第一件给了大姐探枝穿，后两件给她和三姐探花穿。她不爱太花哨的颜色，是喜欢素色的，想借半天，大姐抠门得很，都穿上了，非要脱下来，成心闹别扭。当然，这些话二姐飞天当初是没有说的，差不多是在爸爸退休以后，至于因为什么聊起这事儿，忘了。

其实，我们都没有意识到二姐飞天已经生气了，除了奶奶。奶奶跟到二姐飞天生气的房檐下，悄悄说："你咋忘了，你小时候多病多灾老生病，这地方气候差，哪敢让你来哩。”二姐只认死理：爹妈上回来青海没带她，偏心老大老三。

天黑前爸爸下班回来，妈妈蒸了满满一高压锅土豆，盖子打开的时候，土豆一个个都张着大嘴。我抓起一根筷子就往锅里插去，二姐飞天的筷子十分无情地敲我的手，然后把我准备下手的一个嘴巴张得最大的土豆插出来，嘴对着土豆吹了几口气，然后递给奶奶。奶奶不舍得，剥了皮，醮上一层厚厚的白糖，来喂我。妈妈正在给妈妈说田来他娘来家的事，说：“田来他娘还上过高中哩，连句话都说不全乎，听得咱娘一头糨糊。”爸爸瞅瞅我们，我们正吵得热闹，就说：“桂花在老家当过小学老师，比老田文化高，厂里刚下来文件，家属们要是解决户口前参加工作的，厂里也想办法安排工作。田富贵正在申请。”妈妈马上不吭气了，过了一会儿，问：“参加青年突击队算不算？”爸爸喝口水，说：“我问了，不算，得是城镇户口。桂花是城镇户口。”妈妈撇撇嘴，说：“我这辈子就是窝蜷的鸟。”我们才知道田来他娘叫桂花，就悄悄问大姐探枝：“啥是窝蜷的鸟。”大姐探枝想了想，告诉我：“飞不起来呗。”

吃完饭后，爸爸盘腿坐炕上跟奶奶说话，我们都支着耳朵听。这时候，火车呼隆隆过来了，响着汽笛，奶奶赶紧抱起面前那只印着荷叶的搪瓷茶缸，顺手把我也揽进怀里，姐姐们都把手指捣进耳朵眼儿。窗外早就黑了，风刮得分明比白天还大，玻璃上的窗花没有了形状，结了厚冰。我们都坐进被窝里，屋里太冷，三千瓦的大电炉坐在跟前才有热气，但妈妈不让靠近烤，怕夜里着火，说她们上次来青海探亲住在三角城，就亲眼见有一户人家的房子烧着了，火苗子蹿得老高，连累那一排房子都遭殃。我们当然害怕，实在冷了烤烤手，只有二姐最怕冷，围坐在电炉前很少离开，把一张小白脸烤得红薯似的。

大姐探枝帮妈妈收拾完厨房里的事，也坐过来。

爸爸跟奶奶说："那边有个发电厂，烧煤，都得靠火车从外面运。让娘住这儿，不安静。"奶奶说："不碍事。年纪大了，觉少。"妈妈进来说："娘，您儿子瞅着个地方，在消防队菜地边上，想到天暖和了盖几间平房，离厂区近，看电影也近。好多家属都在那儿住，您出门也有个说话的，不像这儿，荒郊野外的，又吵。"爸爸说："其实房子也分了，在乙区，就是海晏，上下班要坐火车，我就考虑着甲区生活方便，教育质量也好，但这边的房子要分还得等几年。"奶奶就担心："盖房子得请泥瓦匠吧？"爸爸说："不用您操心，您就把这几个孩子管好就行了。盖房子的事找几个老乡朋友帮帮忙，就管他们吃吃饭，抽口烟。"妈妈点点头说："他们该出力了！咱没来的时候，您儿子见天帮他们忙，就像乔成，山西人，又不是咱近老乡，部队上战友，上回跟您儿子出差，还去了咱家，您给他一碗烧八个荷包蛋，细高挑儿——他没解决成户口，把老婆孩子都带来了，粮食不够吃，您儿子自己见天喝稀汤，把粮票、菜票、布票，都拿过去了，单位过节发点儿鱼呀虾呀的，也好过他家了。还有田富贵，宝林庄的，户口比咱解决得早，他家四个孩子，俩孩儿俩妮儿，布票不够，还不是您儿子接济的？还有李红军，双职工，住乙区，他们四个好得一个头似的，轮咱家有事，还不得出把力？"奶奶松了口气。

临睡的时候爸爸过来说：“大妮二妮，下星期天学校组织转学考试，你们这几天好好看看书，到时候分个好班。”三姐探花从被子里露出头问：“那我呢？”爸爸说：“你不用考试，人家说了，低年级没有分快慢班，直接插班。”“噢，”三姐探花又缩回被窝里。四姐探果问：“那蘑菇圈儿在哪儿？”爸爸已经走回小房间了，没有听见。

今晚我和大姐探枝挤一头睡。二姐飞天本来一直和奶奶一条被子睡，不知道怎么了，她要跟四姐探果换。奶奶用指头在二姐飞天额头上轻弹了一下，把她拽进怀里挠她疙肢窝，二姐飞天滚进被子里，像在笑，又像哼唧，但不再提换的话了。

雪还没化干净，地上还结着冰，风也让我走起路来趔趔趄趄像个小脚老婆婆，就像我奶奶那样的小脚，但我已经高兴得像只傻麻雀。今天是第一次出门，我斜在爸爸的自行车前梁上，奶奶坐在后座。车在一处灰蒙蒙的大房子前停下，有好多的台阶通上去。爸爸说这是厂区的电影院，他单位头儿给了一张票，请奶奶看，电影名字说了，我没记住。这回奶奶不带二姐飞天了，换了带我。爸爸把奶奶和我领上台阶，台阶上有好多大门，装着大玻璃，有一扇门开着，门口站着一男一女，爸爸就给他们说了好话，那男的好像朝奶奶和我看了看，但那女的使劲摇头摆手，爸爸只好给奶奶说：“票就一张，您带五儿进去看吧，演完了我来接您。”我们进去的时候那女的还拿一条绳子一样的东西上下量我，我就踮起脚尖，好让自己看起来高一些，爸爸就朝我屁股上拍了一下。

门里面大得不像话，我从没见过，奶奶也应该没见过，因为她一进来就不敢迈腿了，地上抹得镜子一样晃着我们的眼。有一尊白石头刻的人像穿着大氅站在中间，从二楼往下正好看到脑后勺。奶奶也看见了，低声告诉我："毛主席！"我"哦"着，怪不得在哪里见过的，谁家都贴着画哩。爸爸说票在楼上，双号，从双号门进去。我不识字，我奶奶也不识字。我们最后还是被门口那男的带进去的，我们的座位挨着栏杆，栏杆前面是空的，有一块很大的白布挂在楼下的后墙上。奶奶把我的手捏得生疼，不让我到处跑。我抬头看头顶，天花板上的灯很漂亮，像蜗牛的房子拧了一圈又一圈。

从电影院出来，太阳快落山了，往回走时，风刮得太大，爸爸只能推着车子走，奶奶把翻毛皮帽护耳给我放下来绑好。奶奶说："这地儿咋老刮风哩，喘气都不匀。"爸爸说："海拔三千多米呢，比咱老家高好多。有个顺口溜，就是说这儿的气候。"我第一次听到有这样一个顺口溜：青海好青海好，青海气候受不了，冬天甩胳膊，风吹石头跑。现在想起来爸爸真是个粗心人，他压根没想到奶奶说那句话背后有什么意思，到底六十多岁的人了，高原反应像个没礼貌的孩子，专挑上岁数的和小女孩儿欺负。三姐探花那天在雪地上跑了一会儿，田来他娘还没走，就蹲地上张着大嘴喘，脸跟紫萝卜一样。

快到家的时候，我看见两个穿皮袍的女的骑着马从旁边河滩底下拐到马路上来，长头发飞到脑后，一条胳膊光溜溜甩在外面。我就嘎嘎笑得又像准备下蛋的老母鸡，把手指出老长，大喊："姨！"奶奶在车后吆喝："甭张嘴，冷气都喝肚里去了，晚上又肚疼。"爸爸告诉我："他们是藏族叔叔，兴留长头发，要是阿姨，编一头小辫子，谁编得越多谁越标致。"

3

站在田叔叔家门前，一抬脸就能看见电影院灰不楚楚的楼顶，我告诉田去："我们看了电影来。"田去是田来的弟弟，但个子比田来高出半个头，也会亲热人，他给我看他的小人书，还带我到院子里找好几个小孩儿玩。当中有个小男孩姓黄，瘦条儿，眼睛快长到眼眶外面了，有些凶巴巴的，大家都叫他大老黄。他问我："啥电影？"我摇摇头，田去就说："不知……知道没关系，到里面……面见识见识，这个电影院在世界上都数……数得……得着，椅子软和，像……沙发。"我没坐过沙发，不知道咋样软和，但电影院里的椅子比火车上的要舒服。大老黄追着我问："你看电影院像个啥？"我瞅瞅电影院，再瞅瞅地，地上连根草都没有长，我想起在老家院子里那棵石榴树，还有墙头上栽的一排指甲花，红的、白的、紫的、粉的，一到晚上闲下来，姐姐们总要摘一捧下来，放进捣蒜的石臼，加上一点儿白矾，捣成烂泥一样的糊糊，不拘用什么把它挑到指甲盖上，裹上桑叶，像扎口袋似的用线头捆紧，睡一晚上，指甲盖就红了，洗都洗不掉。

在我想的时候，我没留意大老黄突然用力推了我一把，还发出铁铲刮锅底似的大笑，边跳脚边拍巴掌喊："土包子，傻瓜蛋，土包子，傻瓜蛋！"几个小孩儿也跟着他笑，田去马上拉起我，伸着脖子说："人……人家刚……刚来，别……别欺负……负人，看我……告……告你爸！"他一着急，越发说不囫囵了，那些小孩就一起喊："小结巴，吃舌头，没出息！小结巴，吃舌头，没出息！"

也许黑暗中有一种力量我永远不明白，每次跟大老黄交手，二姐飞天总会非常及时地出来搭救我，从这次开始。当时我和田去被他们欺负的时候，二姐飞天出现了。我猜她是从窗户里看到的，她总是喜欢一边往玻璃上哈热气一边用手指头画画，如果她后来不是要考大学，如果考大学不是可以让家里人扬眉吐气，如果扬眉吐气不是一种特别好的感觉，我相信二姐飞天会是一个相当不错的画家，有可能还是一个音乐家，谁知道呢。她当时冲出来凶得像只老鹰，叉着腰，指着大老黄就开火了，她骂大老黄是瘦狗，她要去找他爸，让他爸把他屁股打肿。

我和田去眼看着大老黄夹着尾巴逃走了。

以后，我给二姐飞天起个外号，叫老鹰。给大老黄起的外号，叫瘦狗大老黄！二姐真有才！

我们仨回屋时，看见田来站在门口，告诉我："像拖拉机，以后谁问你就说这个。"我看见二姐飞天眼皮往上翻着，不说话，一偏头，进屋了。

那天包的是饺子，饺子快出锅的时候，乔伯伯一家也来了，妈妈抻着满是面粉的手叫着"乔嫂"，盛一大碗饺子端她面前。我和田去的妹妹红翠瞅着那碗冒着热气的饺子咬指头，妈妈交代过我，别像饿了好几天的样子，让人看不起，所以我把咽口水换成咬指头。我希望长得和乔伯伯一样瘦条儿个子但穿着灯芯绒裤子的乔阿姨，会给我尝一个。想起这个，我的手差点从肚子里长出来，伸向那碗热腾腾的饺子。那是一碗羊肉饺子，只拌一点点大葱，我看见的。

乔阿姨没往我这儿瞅，也没往红翠那儿瞅，低头就往嘴里扒拉，肯定是烫着嘴了，她马上吐出来，吐到了满是饺子的碗里。乔伯伯就说她："你看看你，在家刚吃一碗猪头肉，有恁饿！"乔阿姨瞟过去一眼，把碗往外一推，扯着喉咙就喊："你尝尝，你尝尝，嘴都燎出泡了——你吃吧，我不吃了。"把他儿子乔涛子一拽，起身就要往外走。田叔叔已经堵在门口了，叫："桂花、哇斗，拉住嫂子。"乔伯伯把身子陷进椅子里，将一根手指伸向房顶，闷着声儿说："富贵，别管，走就走吧。丢人！"但妈妈和桂花阿姨拽住乔阿姨的手，往那碗饺子边上拉。乔阿姨倒也听话，边把屁股往椅子上坠着边说："你让我走，我就走了？我不跟你一样。"妈妈附和着："对对，不跟乔哥一样。"爸爸听见，瞪了妈妈一眼。

乔阿姨边吃边喂乔涛子，乔涛子嫌她吐过不张嘴，乔阿姨拧他耳朵骂，还对奶奶说："大娘，你说这孩子是不是叫老乔惯的了，家里啥好吃的都尽着他，出来见啥都不稀罕，要是换到孩子多的家，还不跟小猪娃似的拱，只嫌嘴小牙不快啊？"奶奶没应她，只望向乔涛子说："吃吧孩子，你娘喂你哩。"乔涛子张了嘴，挤着鼻子。二姐这时拽住我往外走，临出门时扭头呸了一口。

说实在的，听乔阿姨张嘴说话着实吓着了大家，回家的路上大姐问妈妈：“乔阿姨说话咋像男人，粗门大嗓的。”妈妈当时很清楚地冷笑了一声，说：“老家你伯母也是。”大姐突然说了一句：“可伯母会生孩子啊，她家涛子是养人家的。”奶奶就回头吆喝：“小闺女家知道个啥，别出去乱说。”大姐就不吭声了，但妈妈说：“娘，您也听见了，嫌咱孩子多啊，家里吃得不好——那谁知道谁家里过得咋样，咱也不能揭开人家锅盖瞅瞅。他们家户口没解决成，眼气咱哩，就靠老乔哥一个人粮票，能吃到啥，过过嘴瘾罢了，其实空筒一个。”爸爸扭头又瞪妈妈，沉着声说：“跟娘说这些弄啥哩，孩子都在，听着多不好。你今儿顺着乔嫂说那句就不合适……”

这些话当时都压在心里，没人说出来，没人说出来不等于田叔叔没察觉到，他是一个聪明人，不笑不看人，看人满脸笑。本来是桂花阿姨忙的事，田叔叔抹桌子摆板凳忙得热气腾腾，看起来更利索。田叔叔把一碗饺子端到奶奶手里，笑着说：“桂花茶饭不中，做不了啥菜，包锅饺子省事，大娘别嫌简单。”桂花阿姨听见，嘎嘎地笑，说：“俺爸妈就生俺一个就走……了，没人教俺…咋做饭菜。”奶奶就说：“好着哩。”先拣一个，用嘴吹一吹，拿眼四下里瞟，我的小嘴张得好大，一口吞下去，香味立刻收服了我。田叔叔买了酒，拌了三个小菜：猪耳丝、萝卜、皮蛋，炸了一个花生米。

那天奶奶还是开心的，喝了两口酒，是乔伯伯和田叔叔两家敬她的。他们跟她说了很多话，乔伯伯专门在敬酒的时候说下次去他家，煮面吃，是地道的山西面。奶奶自然是高兴的，但回到家后，她躺炕上等天亮等了一晚上，第二天早上没吃饭，睡到妈妈起床。这是少见的，奶奶通常是第一个起床，等她把米淘好盖到锅里，妈妈才起来。妈妈就问她哪儿不舒服，奶奶说："是不是喝酒喝的，心里突突了一夜，老是觉着慌。"妈妈这才想起来，赶忙去抽屉了找了一会儿，端杯水过来，给奶奶喂了几片东西，说："夜里不舒服就叫，这种地方，跟在老家不一样，又是上了岁数的人，可不是闹着玩儿的。"又用手挨个敲四个姐姐的脑壳儿，训她们："夜里睡得那么死，让人抬走都不知道。"我把头缩进被子里，虽然知道那根手指决计敲不到这儿。

我还记着蘑菇圈的事，问田来什么时候带我们去，但田来好像已经忘了，我和三姐探花、四姐探果费了好多口水提醒，他才想起："这鬼地方谁知道啥时候下雨呢，谁知道哪天暖和起来呢，蘑菇圈离这儿远着呢，得骑自行车去，你们会骑吗？"我们都不会骑，家里只有一辆自行车，爸爸要骑着上班去。我们就摇头，他摇晃着头又摇晃着身体，脚尖踢着地上的石子，斜眼皱眉毛，说："先学会骑车子吧，那地方，走路的话天黑也到不了。"三姐瞪大眼问："咋办呢这？"田来的脚尖已经把地上踢出一个小坑儿，他就瞅着小坑儿用脚一下一下蹬，说："先学骑车子，会了再去。"我朝俩姐姐看，俩姐姐脸上和我一样表情。

有机会到扳道工叔叔那里玩还是天黑后的事，在这之前，爹妈告诫我们不要随便跑到他家去，这里不像在老家，那样做没教养。那天爸爸没回来吃饭，奶奶也不在。妈妈说："到对面去了，人家叫了好几回。"

三姐探花问："为啥不叫咱？"妈妈就点着她脑门子说："哪儿都要有你？"三姐探花便笑了，指指二姐飞天，又指指我，说："也没带他俩。"四姐探果跟着傻头傻脑笑，我把饭碗一推，撒腿就跑出去，妈妈在后面直着声儿叫："过马路看车。"我根本不管，帽子也不戴，直接把自己撂进黑暗里。

如果没有火车通过，下班后的扳道岔不大能看见人，我总共见过一回。那时候天还没有黑，日头在电影院上面一扭，就沉下去了，一个骑马的藏族小姐姐，赶着一大群羊正穿马路。她打着口哨，一肩膀的小辫子甩来甩去。羊们相当听话，不大一会儿，都拐下马路，朝远处的草地走了，那边的霞光把羊群照出了云朵的样子。

我的运气在治好小儿麻痹毛病后就没好过，我很好奇扳道工叔叔家里是什么样子，但走出院子不远，这个借口就中弹了。就这么几步路，爸爸扶着奶奶的胳膊回来了，那个黑脸叔叔搀着爸爸，爸爸一直哈哈大笑。

爸爸经常是高兴的，极少见他黑脸，但黑起脸是想当可怕的，这在我再大一点儿变得调皮踧扈的时候，就领教了。除了四姐探果，另外三个姐姐倒是很早就对爸爸没有好印象，二姐飞天更甚，她虽然不大说话，但心里是有数的，她只跟奶奶亲。说起那年秋天，还下着雨，三个姐姐就非常讨厌姑夫，他不该提他那只该死的兔子。那时四姐探果刚学会走路，满院子追着小鸡跑，不管留不留心，摔个嘴啃泥是她常做的运动。而我，还在天上一个什么园子里陪仙姑们摘蟠桃呢。爸爸探家回来，这时，姑夫就来了，冒着雨来，他其实也没啥事，没一点点啥事是冤枉他，他说他家的老兔子新下了一窝小兔子，好几只，问奶奶想不想养一两只。他这话问得就是找抽，只吃草就可以膘肥体壮能让家里开荤腥的事还用问吗，那是根本不用问带来就是了的事，但他没有带来，我这个姑夫真是让人无话可说。爸爸就挨个问我那三个竖着耳朵听的姐姐，谁跟姑夫去抱兔仔，我那三个不是省油灯的姐姐都一边猛摇头一边十分干脆地回答："我不去。"她们不想去是有道理的，外面的雨下得欻欻作响，院子里冒着大大小小的气泡，而姑夫的脚上腿上的泥巴更让她们有了咬紧牙关的理由。爸爸当时抱着四姐探果，四姐探果眼睁睁看着爸爸抬起了三次脚，每抬一次都踢到她其中的一个姐姐的屁股上，她们被卷进雨水里。于是，我的三个倔强的姐姐哭着跑回外婆家，诉说她们的爸爸怎样可恨，然后就盼他早点回青海去。外婆就笑她们"傻孩子"，小姨很偏心地把除了二外甥女飞天之外的其他两个外甥女拉进里屋洗脸梳头。

现在爸爸笑成这样，四个姐姐都睁着自己大大小小的眼睛，在炕角的黑影里把膀子抱得紧紧的，不敢吭声，在听到奶奶和妈妈送叔叔出门，叔叔有句话才让她们松了一口气。叔叔说："就一瓶啤酒，两个人喝，就成这样，酒量不咋地。"

爸爸在他睡着前跟妈妈说的最后一句话是："这家伙真够意思，给咱搞到好几捆油毛毡，苫房顶差不多了。"我抢着问："他有辆自行车，借咱蹬蹬咋样？"爸爸就用呼噜回答我。妈妈问："借车子弄啥？"我说：

“学学呗。”妈妈就回头瞅大姐二姐，问：“又是你们教的！”大姐二姐正在被窝里读书，也就没想到这事怀疑她们。奶奶说话了：“大妮她娘，老大老二忙着学习考试哩，顾不上学蹬车子。”三姐已经把头缩进了被筒装睡。奶奶一这么说，妈妈也就不追究了，给我洗脚的时候说：“还没车子大梁高，学啥车子，你这腿刚治好，可不敢摔着。”我嘴一撇想哭：“那我啥时候去跟哥哥找蘑菇圈？”妈妈问：“谁？”我就告诉她田来说的话。妈妈就不吭声，把我抱进被子里告诉我：“这种地方不是哪儿有蘑菇圈都能采的，采了也不见得能吃。给你说多少回了，路边有扔的新崭崭东西，再好也不能拾回来，脏东西。”我问：“叫啥弄脏了？”妈妈说：“问你爸去。”我朝爸爸看去，他的脸红得像紫茄子，张着大嘴巴像鱼一样鼓着腮往外一口一口吹气。

我半夜又尿床了，要不是有有人喊“奶奶，老五妮尿床了”，我恐怕还在蘑菇圈里到处疯跑。喊奶奶的不是三姐探花，是四姐探果，她本来睡觉没那么容易醒，但我睡觉实在说不上老实，被子总在我睡着后踢开，直到把我们冻醒。我们，是除掉二姐飞天之外的其他三个姐姐。这回，四姐探果很容易就发现了她屁股下面的冰冷，把我硬生生从蘑菇圈里拽出来。结果往往是一样：我十分懊恼十分丢脸地被妈妈抱回她的床上。更丢脸的是第二天晒被褥时，姐姐们会故意在被褥前走过来晃过去，挤眉弄眼。有一回爸爸中午回来见到了，给姐姐们说：“你们看像不像一张地图？”然后她们就笑得像一群麻雀。

有时要是碰到下雪，被褥就搭到椅背上，架上大电炉烤，尿骚味儿满屋子追着人打。

但我这次没计较这些，第二天一起床就告诉她们我昨晚尿床前做的一个梦，去了一个蘑菇圈，每一个蘑菇长得都像老家的大榆树那么粗，小的也跟石榴树那么高，两条胳膊伸出去，根本搂不住，哪一棵都搂不住。我想回家告诉你们，又怕回去找不着，就——

“就留下记号！跷腿没有？”二姐飞天噗地笑了，我翻着眼仁反问：“为啥跷腿？”大家哄地笑将起来。奶奶笑着拿手往二姐飞天头上来来回回摩挲。妈妈也笑，说：“这个二妮儿……”

上哨所挖药去

1

我妈老惦记着去挖药，说等星期天就去，但前提是搬到新家再说。她是听爸的好朋友乔成伯伯说的，我们也听他说过好几回。乔伯伯说有一个山草药特别多，还没人发现，就是远一些，紧挨着哨所，但挨着哨所更好，不怕牧民抢他们的镐头。太远，牧民们也不愿意去。

但乔伯伯再三提醒，不能离哨所太近，太近了当兵的不答应，人家要拿枪打人，是真打人，以前有个特务想翻山进厂摸情报，被当兵的拿枪打瘸活捉了。我妈就说那就两家人一起去，做个伴，乔伯伯说好，末了跟我奶奶说："别看这厂不大，国家当宝贝哩，四周都是山，可都住着当兵的，鸟都飞不进来。"奶奶张着眼哦哦，或者咂咂嘴点头应着。我拍手问："啥时候去？"没人理我。

有一天，扳道工叔叔弄了几个凉菜，又找我爸喝酒，这回我妈妈让我爸把我带了去，她的意思是让我管着，爸爸就少喝，还可以看情况不对劲儿就藏酒瓶子。妈妈说扳道工叔叔有酒瘾，动不动就叫你爸爸，你爸爸一口就脸红，两口就醉。但你爸爸又是个脸皮薄的人，搁不住人家三让两让，喝得脸红脖子粗地，又不会做假，回来就吐。奶奶却不那样认为：“他叔叔一个人工作在外，可怜着哩，家里户口又解决不了，一家人又不能团聚，来了吃他一个人，哪中啊。”妈妈便不吭了，过一会儿说：“谁说不是哩，咱家没解决户口时，子汉一个人也是孤苦伶仃到处晃悠，过节了没处去——他叔叔就这一点儿不好，一闷就喝酒，眼看瘦得一层皮儿，胃能好得了？”子汉是我爸的名字。奶奶就问：“咋解决不了哩？”妈妈说：“不符合条件呗，他娘——”说到这里，就打住了，偷偷瞄奶奶一眼，见她没注意，又说：“咱这也是赶上个政策尾巴，后头再解决就是农转非户口，没咱这儿好，孩子们不让接班，咱这中。”又喝着我：“还不快去？”我嗖地蹿出去了。三姐探花说：“我也去。”妈妈就挑着眼角笑：“你爸爸跟前妮儿比孩儿路宽？”二姐正背英语，听见这话就把头抬一抬，撂了一句：“也不见得，爸爸才不是这种人。”说完觉得这话不好，就撂下书站起来叫三姐探花一起抬水去。妈妈还是冲她的背影扔出去一句话：“翅膀硬还早哩，嫌弃你娘？没你娘就没你。”奶奶瞟了妈妈一眼，就朝外头说：“天快黑了，看着路。”外面的风吼着在院里打旋儿。

我找到爸爸的时候，扳道工叔叔正用牙咬酒瓶子，嘭，盖子掉地上，滚到钢丝床下，不见了。瓶子里立刻有一根柱子似的白沫子，滋滋着声儿往外跑，从没闻过的好味道冲我可劲儿撒欢，我就舔一下嘴唇。叔叔朝我举起一只玻璃杯，问:“小尾巴，喝不喝?”我知道他是逗我，就蹲爸爸脚边，吃碟子里的炒花生。叔叔说:“我看小尾巴将来有酒量，比你强。”爸爸笑了，说:“那就随他妈，他妈能喝两杯白的。”叔叔就说:“大娘也能喝，要不是岁数大。”从盘子里抓一只鸡腿给我，说:“看他们现在多有福，咱刚进厂的时候，那是啥逑日子，哪儿有酒喝啊，尿都没有。你来得晚些儿好点儿，我们正赶上国家困难，吃没逑吃，喝没逑喝，饿了喝清水酱油汤饱肚子。”爸爸说:“日子也好逑不到哪儿，能住上这种房子，就跟宫殿一样了。这些孩子们是体会不到，隆冬腊月里睡帐篷，谁敢脱衣服?戴皮帽子、穿皮大氅，还把人冻成冰坨子，夜里睡着睡着，帐篷就不见了。”我问:“弄哪儿了?”叔叔说:“让鬼抓逑跑了。”说完就笑，我就啃着鸡腿笑:“这鬼笨逑死了，抓帐篷，不抓人。”叔叔大笑:“鬼也怕逑冷。”

爸爸喝了半杯泡沫，脸就红了，我问:“啥酒?”叔叔跟爸爸说:“老程，我说的咋样?不大点儿就知道问啥酒——记住喽，啤酒。”就递我嘴边，我舔了泡沫，笑:“不咋难喝。”爸爸和叔叔大笑起来，爸爸说:“能喝酒是啥出息，将来要是当个技术员，叫你奶奶也跟着住住黄楼，你奶奶苦一辈子了。”我问:“黄楼是啥逑?”爸爸皱了皱眉头，瞪我一眼，我猜又是不该问的，就对扳道工叔叔说:“上逑哨所挖药吧?”叔叔就笑:“人小胆怪肥哩，敢上哨所挖药，吃枪子儿吧!”爸瞪过来，我低头看地，地下是我吐的骨头，茬儿新新的，苦着脸瞪我。

“你个龟儿子，喝酒也不叫上我。”有个声音刮大风一样扑进屋，是个小个子叔叔，头发乱草一样。我爸一看来人，就拉着我说：“老高，你陪他叔叔先喝，我去叫家属炒个花生端过来，马上就好。”拽着我就出来了。天已黑了，我跟着我爸三两步就回家了。四个姐姐还没睡，看书的看书，写作业的写作业。妈妈正和奶奶把晒好的羊毛铺在灯下，一块一块往暄乎里撕扯，看见我们进家都抬头朝我笑，我当然知道笑的意思，但这真不是我的功劳，这也不是谁的功劳。

“妮儿她娘，炒盘花生。”爸爸坐下来抄了一下羊毛说，“高革命也去了。”“谁？”妈妈问了一句，爸爸又说了一遍，妈妈并不动身，对奶奶说：“您说子汉这是不是喝醉了，高大炮这种人都敬八丈恁高——我才不给他炒哩，喝死算了。”我猴到奶奶怀里说：“喝死算逑。”妈妈“扑哧”一笑：“这是跟谁学的，会骂人了。”爸爸黑着脸训妈妈：“看你把孩子惯成啥样子，会骂人多有出息！”爸爸黑脸的时候是很吓人的，粗眉毛和小眼睛一下子跑开老远，特别吓人，他瞪过来的眼神像高举头顶的巴掌，照着不开眼的脸左右开弓。奶奶搂住我往床上抱，小声对着我耳朵眼儿灌：“话丑，可再别学了，出门去要吃亏的。”我钻进被窝的时候，还是不懂哪句话说丑了。

奶奶去炒花生，妈妈却和爸爸低声吵着：“还不是你带出去带的，我们又没教他骂人。”爸爸就转身进厨房，跟奶奶说：“这个人，哪儿都好，就是爱喝酒，说话爱带把儿。”我听见奶奶问：“老高咋了？”妈妈跟过去接过炒瓢，从里面又抓出来一点儿花生，说：“不给那个没良心贼吃。”

爸爸说:“他这个人做事是太那个了，现在不是变了嘛。”妈妈说:“根儿上坏，能变成啥好人?要不是他打报告，你的工资还能长半级。”奶奶又问:“谁是老高?”爸爸说:“叫高革命，102车间的，车工，四川人。原来我们都在食堂里干过，他管面食，我炒菜。后来“文化大革”命来了，形势很严峻，周总理专门批示过不让革委会整，没人听，还是批斗好多人，一斗就是一天，夜里还连着提审，不让吃饭不让睡觉，整死了不少高级知识分子，惨得很。有个研究所的高工，姓王，就是个光会研究氢弹的书呆子，能反啥革命，活活把人家整得死去活来，批了三天，关到三十号楼，不让出来，吃喝拉撒就在一间房里。他那儿离食堂近，革委会让食堂每天送一点儿米汤续命，死不了就行，我看他实在可怜，轮到我送的时候就在稀饭底下压块小玉米面饼子，有时候埋一小块肉，这事高革命跑到军代表那儿告我一状，要不是咱家成分好，我又是工人阶级，差点搞成现行反革命。后来工资定级就少定半级，已经不错了。他家孩子也好几个，户口没解决，102能吃劳保，就活动活动调进去了。现在每回见面，大老远都打招呼。事情过去好多年了，老提就没意思了。”奶奶好像听明白了，就劝我妈妈:“过去了，不提了，咱现在过得比他强，他家户口没解决，一大家子还不得庄稼地里讨口粮，老艰难哩。”

看见那一茶缸水口就咸了，瞅大人们不在，光屁股跑下炕猛灌几大口，温吞吞的，正可口。我没听见妈妈再说话，许是太瞌睡了，被窝里越来越暖和，大电炉在屋当中烤着，羊毛也不知道收起来了没有。这样想的时候，扳道工叔叔就走进来，半瓶啤酒冒着白沫。他先给我倒一杯，说：“喝吧，练练酒量。”我没客气，一仰脖子，基本进肚子里了，舔了舔嘴唇，那里残留的一点点泡沫也没浪费。他哈哈大笑，夸我：“比你老子强。”又倒一杯，我又喝了，嘎嘎笑起来：“真逑舒服。”拍拍肚子，嘭嘭嘭响，心里感觉真的比爸爸强，爸爸一杯啤酒脸红，两杯倒头睡，可我喝两大杯，一点儿想睡的意思都没有，我就告诉妈妈我比爸爸强，妈妈就问我强多少，我怔了会儿，便拍肚子问：“强多少哇？”肚子没理我，只管傻了吧唧嘭嘭嘭，倒是肚脐眼儿够意思，扑哧一声笑过后，便喷出一股酒来，从我的肚子里，我就大笑：“真逑舒服！上逑哨所挖药去！”

咔嚓，灯绳一响，屋里亮得吓死个人。然后，我就听见三姐探花大叫：“老五妮儿又尿床了！老五妮儿又尿床了！”我没办法不醒，她就在我鼻子跟前跳，大花裤衩一股尿臊气。我回过神来就想咬她一大口，不管是身上哪一块，只要是她的，只要咬得她半夜三更不再总这样大惊小怪丢我的脸。老天爷呀，我不知道昨晚怎么又和她一头睡，一定不是我的错。我想了想，想起了扳道工叔叔、老高叔叔，和炒花生的事，不知道后来咋样了，但现在我真的又尿床了。不用摸屁股下面，三姐探花的花裤衩屁股上一大片湿漉漉的。这一泡尿不会小，睡前我喝了啤酒，还喝了水。我一把扯下三姐探花的花裤衩，低吼：“就你能！”我听见炕上有人憋在嗓子眼儿的笑，像水泡一样，一鼓一鼓。三姐哇哇大哭起来，还用脚踢我的头，我的头正撂在她脚边，毫无防备。我听见奶奶喊着

“天老爷”抱住了我的头，像薅萝卜一样把我薅离危险地带。我的屁股从二姐飞天脸上蹭过的时候，突然感到有一块肉相当严重地疼了一下，我也哭了，哭的同时听到了二姐飞天哼唧声“骚死了”。

妈妈披着衣服冲进大屋，三姐探花一只手抓紧松紧裤腰站在被子外面。妈妈跳脚叫：“嗥啥哩嗥，三更半夜的不让人睡觉。”奶奶说：“你看看这脾气，还不是五孩儿尿床了嘛。”妈妈就找出一条干裤衩扔给三姐探花，说：“叫你不要给孩儿喝茶，就是不听，冲了船怪谁哩？”三姐探花指着我说：“他脱我裤衩，流氓！”奶奶和妈妈互看了看，都不说话了。

后来搬到新房子，我跟奶奶睡，或者跟爸妈睡，没有再和姐姐们睡一个被窝了。这是后面的话，但眼下大家还得挤一条炕上。

三姐探花好几天不理我，她看我就像看一坨粪，我找她去玩，还讨好她：“上速哨所挖药带你去。”她的大眼睛翻到天上，永远就一句话：“滚！”我没有滚，我觉得她实在小心眼儿，不就拽一下花裤衩嘛，值得哭得像杀猪一样吗？再说，她还踢我的头，我都没计较，女孩子真是麻烦。

她这回真的不理我了，奶奶劝了都没用，她拿正眼撩都不撩一下。头两天我没觉出太难受，毕竟姐姐四个呢，总会有人带我出去玩儿。但我很快发现了，大姐探枝除了写作业就是替妈妈干活，她干活时老是让我去一边儿玩，我去哪一边儿玩却从不告诉我；二姐飞天要是不写作业不挑水的话，她会躲到院子外面，通常找一块平整一些的地方玩旮旯，这是她在学校新学的，但她不肯教我，她说我手太小抓不住那些骨头旮旯。四姐探果近几天还是不想动，也就不出门玩了。大人们不总是带我去消防队菜地的，说要是不小心砸住哪里了可不得了。

第三天吃晚饭的时候，大人们好像很高兴，奶奶多吃了半碗饭，头一次听见奶奶笑出声，我就趁机猴到奶奶怀里哼唧："跟奶奶睡哩。"这两天，一到睡觉的时候妈妈就来抱我，我就得听爸爸高一声低一声打呼噜，要是一直高一声低一声我也就忍了，可他的呼噜声一会儿蹿到山尖，在山尖上盘旋一圈又一圈，一圈又一圈，一个不提防，又连翻好几个跟头，突然就哑巴了，就像过年时候放的鞭炮，正噼里啪啦烟气腾腾呢，一下子就熄火了，等人上前察看，又突然炸起来。我的朋友田去说他手上的疤瘌就是炸伤留下的，当时血流了一袖筒。

爸爸的呼噜常常吓得我尿裤子，我怕他突然就死了。这种害怕直到长大后，准确地说，直到爸爸病了以后需要我守夜，二姐飞天说什么也不让我再守时，她说："一晚上雷鸣电闪的，害得爸爸老叫人关窗子收衣服。"我才知道我的呼噜在十几年后，着实登峰造极不可方物，不但酒量后来者居上，连呼噜打得一代更比一代强。

我当时一哼唧，奶奶就推我："去，给你三姐赔不是，她愿意了就中。"我说："凭啥呀，又不跟她睡。"奶奶笑笑："你要不怕睡着时候肉让谁掐走一块，你就睡炕。"我想起了二姐飞天掐我屁股的感觉，就伸过去手要掐她，二姐飞天一点儿也没有躲的意思，眼睛瞪得出菜刀来，说："你掐一下试试。"我立刻把手指揸开来，让她看到我根本没有掐的意思。我觉得三姐探花还是蛮不错的，虽说咋咋呼呼几乎丢尽了程家我这根香烟的脸。我爬到她脚边，把屁股掉转给她，叫：“花姐姐，给你拽我的。”三姐探花一愣，扑哧一声，把我屁股一拍：“讨厌！”我立刻翻了一个跟头，嘻嘻笑着又翻了一个，还说：“上述哨所挖药去！”我这样子奶奶笑出了眼泪。

那天晚上，我和奶奶睡，二姐飞天和三姐探花睡。但在睡觉的时候二姐飞天的眼睛一直瞄准我的嘴巴，就在我从被窝探出头说“渴”这个字的刹那，她立刻低喝：“敢喝一口试试。”她和三姐探花的被窝挨着我，我到底没喝成，怕被她们再轰回小屋。

也许真的和喝水有关，也许因为别的，反正打这以后从没有尿过床，三姐探花穿裤衩的样子，也没让我再看到。

扳道工叔叔再叫爸爸去喝酒的时候，不知道为什么，不再带我去，奶奶和妈妈也不许我过去。有一回爸爸坐得实在太晚了，妈妈炒了一盘花生端过去了，不大一会儿，又一个人回来。奶奶瞅着妈妈的眼睛问：“咋了？”妈妈没好气说：“这个人，啥都好，就是好灌黄汤，说话话把子多。”奶奶说：“成年累月一个人在外面怪可怜的，家没个家样儿，闲下来能干啥！”妈妈说：“可怜归可怜，谁能没个啥事儿，咋能老去陪他喝，又不是不知道子汉没酒量，喝几口难受一晚上。最近子汉忙完工作忙盖房子，晚上就闲一半会儿，就不能让人喘口气儿。”奶奶说：“这房子要不是人家借给咱住，探枝他爸还不知道咋难为哩，也是个好人——忍一忍，搬过去就见不着了。”

妈妈叹着气，不吭声了。

“搬家了，咱上哨所挖药去。”我说

2

搬家的时候，是个星期天，下起了冰雹。三姐探花在院子里哈哈笑着叫：“冰雹好大个儿。”然后就听见她哎呀着跑进来，一只手护住头，一只手攥着几个冰雹给我们看，有一个和我的大脚拇指差不多大。要不是奶奶喊住，我一定会犁开满天雹疙瘩，把自己也扔出去。

那天来了不少人和车，但爸爸最好的朋友乔成伯伯没来，田去他爸代话说：“临时有事儿……来不了。”爸爸愣了一下，然后点点头：“没事没事，叫他忙吧，东西不多。”妈妈就瞪爸爸一眼，扛着一个大包袱往外走的时候训我：“别站这儿碍头碍脚的，有好事儿跑头一个，一到干活儿屁用没有！”其实我根本没有挡路，我爬在大屋窗户上往房后看下冰雹。田去叔叔就看妈妈一眼，搬个什么东西出门装车。我听见奶奶跟大姐探枝说：“你爸爸单位派来的是大车。”大姐探枝往外看一眼，说：“有车顶，钢丝床又装不上去，还得靠货车拉。”奶奶笑了，说：“能坐人呐，你带果儿、五孩儿先跟车过去，那边也得有人摆布。”大姐探枝想了想，说：“还是您带她俩过去，啥东西搁哪儿我不知道。”我举着手喊：“我知道我知道。”奶奶就笑：“你就知道吃。”四姐探果从炕那头趴过来，找鞋子穿，大姐从一地的乱七八糟里划拉出一双小方口蓝布鞋，吹吹土。二姐飞天进来问:“谁见了我的小人书?”我问:“啥样儿的?”二姐飞天瞥一瞥我:“小屁孩儿，大字不识，说了也不知道。”在她四下里翻腾的时候，我看见大姐探枝往挂她花书包的墙上瞅了一眼，也就一眼，便忙着收拾炕上的被褥，然后用一个旧床单左一下右一下，裹得像只菜包子一样，背出去了。

我真是服了，大姐探枝干活真是一把好手，这是谁都知道的，她随便往哪里一站，总能发现需要干的活，根本用不着谁去铺排，一双手像耙子一样三划拉两划拉，一切搞定。就像搬家这件事，她在几天前便忙活开了，一放学，作业没写完，她就瞄哪些是近几天用不着的物什，一旦瞄准，马上起身拾掇归拢停当。一直到今天清早，她起来之后的第一件事就是掀我们的被子。当然，我的被子是最后一个掀走的，她说立等着捆扎被褥，要不然等车来了来不及，还要到新房子再把捆扎好的一一铺开，之后各就各位。

大姐探枝满头大汗回屋再搬东西时，发现炕上突然乱蓬蓬的，到处是书、作业本、钢笔和橡皮之类，不用看挂花书包的地方，就知道这些是她的东西，已经全部倒出来了，包书皮的牛皮纸上写的是自己的字。二姐飞天站在炕边，狠狠瞪着她，手里攥一本小人书。她眼里的火腾地蹿出来，从脚下各种纸箱和板凳上跳过，右手已经朝二姐飞天伸出去，但她没有打她，却抓住了小人书。二姐飞天一定是有防备的，她的两只手像钳子一样攥得很牢。两个人扭到了一起，都不肯先放手。

女生打架一点儿不好看，不像瘦狗老黄，我后来见过他和田去打过一次架，两个人四对手脚舞得出花朵来，噼里啪啦地打，光听声儿就过瘾，像放鞭炮一样。她们现在只会咬牙切齿瞪眼，谁都不出声，夺着小人书像拔河似的。这种打架其实对二姐飞天来说要占便宜的，她比大姐探枝矮一个头顶，力气也小。我不懂大姐探枝把架为什么打成这样，凭她的力气，要想夺回小人书就像我想尿床一样，只需要睡前喝一大杯水。很快我就懂了，在妈妈进屋叫她俩抬纸箱子上车的时候。妈妈是叫着“大妮二妮”进来的，但第二个妮字没喊出来，她俩已经分开了，小人书的一个小角破了，但还在二姐飞天手里。那本小人书我再没有见过，或许见过，但一开始我就不认识书上的字，后来就是见了，也是不认识的。它们封皮上的画都差述不多。

我们总算要离开扳道岔了，总算要住到人多的地方去，这地方实在不咋的，找不扎辫子的玩儿都不容易，田去说他来找我玩儿一趟，蹬车子能蹬得腿肚子转筋疼。更重要的是，不久就可以上哨所挖药去了。这件事想想都让人翻跟头。

扳道工叔叔塞给我两块高粱饴糖，说他到厂里时候会去看我，我要是想喝啤酒，就来。说不清楚我为什么有点喜欢他，当时使劲点头是真的，以后没能来看成也是真的。其实我是有机会看他的，搬到新家不到一个月，爸爸带我们上草山挖药就路过扳道岔，但没有人下车看他，这也不能怪谁，他的门总是上着锁。有可能他去了厂里，有可能还去新家看我了，但奶奶没说过，奶奶是一直留在家里的，不用跟我们上山挖药。几年后，爸爸终于调到一分厂工作，也吃上了劳保，有一回我听见他跟妈妈说扳道工叔叔喝酒实在越来越凶了，每个月发下来的工资除去买酒，剩不下几个子儿了。

我听了好难过。

上山挖药是乔成伯伯的主意，他说一分厂后面的山上好多中药材，像柴胡、秦艽之类，卖到湟源县城能卖出好价钱，当然，如果直接到西宁卖，价钱还要高。那时候我们家的钱总是不够用，一到爸爸把工资拿回家，妈妈总是跟爸爸不停抱怨。新房子一点儿不隔音，当他们夜静更深计算这些琐碎时，虽然有一间客厅中间隔着，奶奶那屋听得倒是不成问题的，因为每次她们只要一开始斗嘴，很快便被妈妈的骂声覆盖。但我估计，除了二姐飞天外，没谁知道得更多。奶奶耳朵越来越背了，要用差不多吵架的调门才能撬进耳道里去，如果不是这样，关于大伯，也就是爸爸的哥哥来信的事情，他们会说得详细得多。姐姐们只要头一挨着枕头，抬出去扔到大街上也不会知道，这话当然是妈妈说的。我当然也好不到哪儿去，不只好不到哪儿，连一点儿好的可能都不存在，每天晚上要不是大人们扭住我往床上拖，我是不会心甘情愿把自己弄到被窝里去。便是非常不愿意睡，哈欠却非常丢脸地像成串儿的肥皂泡泡那样打。但二姐飞天是个例外，她上床就会看书，奶奶吆喝上至少两三遍且关了大灯后，她就躲到被窝里打着手电筒看。这事至少持续相当长的时间，是爸爸最先发现的，他参加完家长会回来就黑着脸，问：“成绩咋倒退成那样？”二姐飞天说：“看不清楚黑板上的字。”

二姐飞天配了眼镜，黑边框，戴上后老像眼睛挨过揍一样。

说好了星期天上山，乔成的儿子乔涛子在我们吃早饭时候过来了，他说："俺妈说……不去了。"妈妈问："那你爸哩？"他把头快低到肚子里了，手在旧条绒裤子上搓了搓，膝盖骨那个地方颜色已经泛白，绒毛磨去了不少。他再抬起脸的时候，脸上还有点儿红，盯着别处说："忙哩。"妈妈肯定急了，她把饭碗往桌上礅一下，问到了他的鼻尖上："哪个山坡上有药，不是你爸说他知道吗？俺这一杆子人可都指着他哩。"他边往外走边扔话："俺妈……说俺家不用挖……挖药卖钱，俺家小孩儿少，钱花不完、粮吃不完。俺爸从没见过啥山坡，都是听人说嘞。"

妈妈肯定气得够呛，因为奶奶使劲儿拽她，她就把一脸的铁青留到屋里。乔涛子实在不咋走运，他在门外遇到了二姐飞天，她正推着一辆自行车从邻居家出来，妈妈说车不够，昨天就跟邻居叔叔说好了借他家的车。二姐飞天笑眯眯地把车头朝前一拐，挡住了他，问："你家院子里晒的不叫秦艽？那是啥东西？"乔涛子抬起头，眼睛只斜一斜，说："啥秦艽，啥柴胡——谁骗你是小狗。"二姐飞天就咕叽咕叽地笑，挑着眉毛说："真的？"我跟在后头学嘴："谁骗你是小狗儿，谁骗你是小狗儿。"乔涛子眼圈儿就红了，把手往眼睛上又揉又擦，呜呜着："告俺爸去，飞天欺负小孩儿。"二姐飞天抬脚照他小腿肚子一勾，冷笑："飞天不是你叫的，你妈没教你咋叫姐，姐教你叫。"我也说："飞天不是你小屁孩儿叫的。"二姐飞天便朝我看，然后笑一下，我也赶紧笑几下，一下子觉得二姐飞天长得真的最好看，便踮着脚尖追着乔涛子喊："告去告去，小屁孩儿，就会告状。"说完我卖力大笑，看着二姐飞天大笑，二姐飞天皱皱眉头，不说话，把我抱到自行车前梁上坐，我马上把肚皮一缩，又下来了。我最不爱坐车梁了，屁股硌在铁家伙上就跟光膀子睡到小石头子儿上一样，遇到路不平展，更遭罪，我知道的。

二姐飞天刚学会偏腿上梁，骑得一点儿都不叫人放心。她和大姐探枝、三姐探花学车的时候，我差点儿被吓死。她们开始学会骑着走的时间差逑不多，只不过三姐探花运气要差劲好多，主要是脑子实在不好使，从消防队那条小路朝大路一路下坡往下骑的时候，根本没注意到自行车前后手刹的问题。这辆自行车是李红军叔叔帮着买的，好像没花几个钱，破落相跟那几个钱倒是相配。刚推进家来，爸爸就发现没有铃铛，车把太死，拐弯很不方便。要命的是链子嘎喳嘎喳老是响，路要难走，常常掉链子，一掉链子就摔跟头。妈妈从不让我坐，除了爸爸从单位骑回来的飞鸽公车外。爸爸和田去他爸花了半天时间修链子，前后手刹那是没有办法的事，修的话还要花钱。三姐探花那天终于能骑稳当了，她高兴得嗷嗷叫，从消防队操场直接拐上小路，但那是一条漫下坡路，她没骑多远，就发现车越来越快，我最后看到她是冲上大路，一下子就不见了，只听到她的惊叫。大姐探枝喊着“花儿”，从我身边飞出去。

好在大路下是草甸，草甸上的枯草都是一疙瘩一疙瘩，是那些一疙瘩一疙瘩救了三姐探花的命，车子遇到第一个疙瘩后就猛地颠了一下，车头往后一拐，便带着她朝左边倒下去。三姐探花没有受伤，连擦破皮儿都没有，只是吓得不轻，一连两个半夜惊叫。

这会儿我听见妈妈在屋里喊我："孩儿，车子不够，跟果儿陪你奶奶在家吧，下回带你——在外面吵啥哩？"我就屁颠儿着进去，一会儿跑出来叫二姐飞天："妈叫你。"二姐飞天瞪我一眼，好像怀疑我告了啥状，我急忙说："问你借到车子没有。"

那天他们没有带我上山，我狠狠嗥了半天，屁用没有，他们真够狠心的，根本不理我鼻涕眼泪流成河，一个个骑车跑了，我在奶奶死拉活拽下最终没去成。田去说带我去邮电局，他妈有一封信交代他去寄。我们没有从田去家那条近道拐，直接从消防队菜地的土墙外走，这样可以到消防队院门前拐上大路，再从大路拐下去，从两排楼房中间穿过去。这是田去的主意，他说可以带我走近看看消防队，他们有一台电视在二楼一间大房间里，到了晚上总有人进去看。

我们沿着土墙走的时候，发现小路真的不咋的，一些大大小小的坑在墙边张着嘴，不太深，坑边是高高低低的土坡疙瘩，在坑和土坡间有一条窄得跟辫子一样的路，还七扭八拐的，我们只好小着心。对面有骑车的人来，我们就站住看，看到车轮滑下坑去，然后看他挟着车上来，拍拍衣服上的土，一瘸一拐推车走了。田去说解放军叔叔也坑人，一路垒墙，一路就地挖坑，也不填填平，晚上看完电视回来，总要掉进大大小小的坑里几回，灰头土脸爬回家，挨大人们的骂是少不了的。我说："咋不带手电筒？带手电筒照路啊，俺家有，下回问俺妈要。"田去说："好。"

没想到离大路没多远，看见瘦狗老黄拉着他妹妹从大路上拐下来，走到小路上，他蹲下去背他妹妹。田去想拉我躲开，他已经看到我们了，翻着两只狗一样的眼仁咋呼："咋没上山挖药？"我们谁都不说话，他就叫妹妹："给他一根。"我们才发现他妹妹长得一点儿不瘦，不但不瘦，胖得跟皮球一样，手里举着好几根果丹皮，嘴里噙了半截。她听见瘦狗老黄这样说，手里的果丹皮就往裤兜里塞，把嘴里那半截举给我，口水还在那半截果丹皮上，我瞅瞅田去，没接。瘦狗老黄就跳着脚咯咯大笑："想得美，不照照镜子——"

我们上大路时田去告诉我："以后别跟……老黄玩……玩儿，不光……光抠门儿，狠着哩……她妹……妹骂……骂人喝凉……凉水似的。"我回头瞅瞅他们翻过土坡斜着往家走，说："咱不带他们上哨所挖药。他们咋也走这路。"田去说："肯定去……消防队玩儿，有……有辆消防车，拖一根老长的管……管子，帆布的。我哥……带我也去过，要是他们头……头儿不在，叔叔们……好着哩，会偷……偷让坐一下驾驶楼——"我问："啥是头儿？"田去说："队……长呗，柳爱姐……姐她爸，住咱们后面坡……坡上——就是他。"田去突然把头一缩，用眼瞟着一个人，那人正站在大路左面猪圈墙边儿上，而我们要朝右走才对。我瞅了瞅，他又黑又瘦，个头儿没我爸爸高，穿着和"鸡屁股"叔叔差不多的衣服，伸着脖子往猪圈里瞅的样子，和我瞅他一样。

我没想到，他突然把脸转过来，好像瞅我们一眼，我拿不准，因为他只是把头扭一下，眼神好像没咋变。田去叫声"叔叔"，他已经又去瞅猪圈了，似乎哼了一声，我也分辨不清，因为这时猪圈里都是哼哼声。

我问田去柳爱上几年级，他说：“见天挑水挖药，不上学。”我问：“为啥？”他想了一下，说：“在老家……没上过学，到这来的时……候没……没法上学了。”我又问：“为啥？”他咧咧嘴，笑：“哪有大……大姐姐上……上一年级？太老了。”我也笑：“老了就上老年级。”田去喊了声说：“不是老……年级，是高……年级——大字不……识一个，咋上高……年级？笑……笑死个人！”我就和田去一路笑着走到了邮电局。

这天风还是大，但不太冷。邮电局就在电影院斜对面，我走过几回，不知道这座小灰楼就是邮电局，家里没有人让我来寄信，也没有人让我的四个姐姐中任何一个来寄信，这种事，爸爸上班的路上就办了。田去进去买邮票了，我就站外面等他。门前那只邮筒显得油绿干净，泛着光，好像是新的。这时候，有一只大手把一叠信封从它上方一条小缝里一个一个塞进去，塞了好一会儿。我就从那条小缝使劲儿往里看，但缝隙太小，根本看不清，我用小手指头往里抠。

那只大手突然盖住了我的小手，像薅萝卜一样把我和我的小指头薅离地面。我不得不随着他往后退，他劲儿太大了，容不得我踢腾，他说：“小朋友，不能这样！”他说话有些哑喉咙，我抬眼瞅他，他年纪和“双眼皮”兵差逑不多，挎一个绿书包，另一只手拎着网兜，脸黑得像开木曲河，眼里却没有开木曲河的血红丝，爸爸说那是因为他喝酒的缘故。我没有把他当成牧民，是他穿着和“双眼皮”一样的衣服，还说着和上了学后的二姐飞天一样好听的普通话。

3

他叫白西生，是一个哨所的战士，那个哨所离厂区最远，离天最近。

这当然是我之后才知道的事，当时他抓住我往后拽用的力特别猛，我趔趔趄趄后退好远，气得够呛，大声吼："管你逑事！"我甩开他的大手，拉开了三姐探花骂"鸡屁股"时的架势，我希望我的小眼睛尽量瞪大，但我知道永远不可能瞪得像三姐探花那样大，一半都不可能。

"有意思，再骂一个？"黑脸突然嘻嘻笑起来，他笑的时候眯缝起眼睛，可恨他即使这样，也比我的眼睛大好多。他个子不高，长得很结实。

"管你逑事！"我当真又骂开了。

"再骂一个，再骂一个。"他还是嘻嘻笑，一口牙白得糁人。

"管你逑事。"

"再骂一个，好听。"

在我没有学会新的骂法之前，我怀疑，他对这种并无创意的骂声像吃糖豆一样开始上瘾。说心里话，他的样子看上去毛病不像是出在脑袋里，出在脑袋里的毛病我见过，田去就有，一犯病就口吐白沫，躺到地上翻眼睛，胳膊腿儿像风里的树叶使劲儿抖，他那个病就叫羊角风。之前我一直不知道田去有这毛病，没有人告诉我，所以见过之后有一点点害怕，说不清楚怕啥，但我再和他玩儿时偷着眼瞅，好在田去不滑头，总算没被他发现过。

我的骂到后来变成有一搭没一搭儿了，大概他实在听不下去了，就从那个绿书包里掏出一样东西举给我看："再骂一个，给你吹泡泡糖。"那是一条手指宽像短面条样的东西，花纸包着。我知道啥叫泡泡糖是从今天开始的，那间副食店还有多少没人带我买过的好东西，我不知道，之前只知道有一种口感不错的果丹皮。短面条在剥去花纸之后更像面条了，他把这种东西搁嘴巴里嚼，不大一会儿，嘴唇像下蛋的鸡屁股眼儿那样突然噘起老高，一个小泡泡出来了，越来越大，噗，泡泡破了，白糊糊地粘住了鼻子、嘴巴，他便手忙脚乱撕他的鼻子、嘴巴，很滑稽的样子。我嘎嘎大笑，指着他大声喊："贱人，贱人——"

第三个"贱人"没有喊出来，他已经黑下脸了。我说的黑，和颜色无关。

他挥挥拳头，已经有风刮过来，凉到了我的头皮，脑后的长发飞了起来，扫到了耳朵和耳朵后面那一小块肉，我打了一个喷嚏，脖子短了下去。他犹豫了一下，风就停了。他说："不准骂这个！要不是看你是小孩，我——"我立刻梗起脖子瞅他："瞎乍乎啥，给你打你都不敢打。"他用大眼睛瞪我："为啥？"我对着他翻了两三个白眼："解放军叔叔不打老百姓。你要是敢动动指头，我就喊。"这下子他真发呆了，赶着问："小屁孩儿，你咋知道？"我特别不乐意他这样叫，使劲跺一下脚，又跺一下脚："解放军叔叔给老百姓起外号，不是好叔叔。"他的黑脸一下子更黑了，低下头不说话，胶鞋在地上蹭来蹭去，像来来回回找老鼠洞什么的。他最终还是抬起头，抬头的时候很是犹豫一会儿，身体绷着转过来，眼睛却略过我的头不看我，然后，双脚像折纸扇似的啪地一折，右手就抬到了右眼眶边上，弱弱地说：“对不起，小朋友，叔叔错了，叔叔给你敬礼！”

这是第一次，大人这样待我，太隆重了，足够让飞天羞死。但我实在太对不起这种隆重了，手一下子不知道到哪里去找脚丫子，像傻瓜那样让一张不咋白的脸红到了耳根子，更傻的是还傻傻笑着，让他看到了我真是小屁孩儿。

他告诉我他叫白西生，“我叫白西生，不是牺牲的牺牲，是西生的西生，记住了——说这个你不懂。”他拉住我，两条泡泡糖带着热气粘住了手心。他说他在离厂区最远的一个哨所上当兵，海拔比这里还高一千多米，一年到头连兔子都见不到，从哨所到厂里洗个澡得走四五个小时，他们那里一般三四个月才下来一次，谁下来一趟，第一件事就是洗澡寄信买日用品，第二件事就是站路边看人，通常看着看着眼泪就下来了。他们那里有多远我不知道，至于哨所在哪里他没有说，其实就是说了我还是不知道。“有多少人？”我问了，他瞅瞅我，吐了一口痰：“保密。”我用手指刮一下腮帮子羞他：“小气鬼。”也吐出一口唾沫，但这口不怎么成规模的唾沫在风里打一个不顾体统的小旋，几乎是同时，拍回我脸上。白西生睁大眼睛往大路上看，有几个骑自行车的正从远处骑向远处。他嘟囔一句：“多好，人。”然后，黑脸贴向一棵树，左摸一圈，右摸一圈，太阳在他手上四下里疯跑。

田去还没有出来，我打算进去瞅瞅，但白西生喊住了我，他问：“你爸是哪个单位的？”“保密！”我哼哧一声。他笑了，过来把手换到我的头上摸一圈，说：“小屁孩儿，气性不小。”我把头一拧，拧出了他的手，瞪过去，他弯下腰瞪过来。我发现他眼睛红红的和喝醉的开木曲河差不多，就问他咋弄的，是不是喝酒了。他说声是吗，就从书包里摸出一个小镜子来，边照边嘟囔：“喝啥酒，喝风呢。这儿太阳比我老家的脾气暴多了，啥时候都晒人，瞧我这脸……”我看见网兜里的牙刷、牙膏、香皂、肥皂、袜子、土豆青菜等，还有一条白色湿毛巾。他说：“必需品。”我说：“恁述多？”他喊了声：“多啥，一上山一年半载轮不上下来一次。”湿毛巾拿手里呼扇几下，说：“身上灰那个多的，能种活土豆。”把脸摸了一把，又笑嘻嘻了：“真光。”拍拍书包：“还有书呢，班里其他同志捎的。”我问：“上你哨所挖药成不？”他愣了一下：“啥？挖药？”我告诉他俩药名：柴胡，秦艽。他把头摇得呼呼带风：“有倒是有，牧民不让挖。通常老百姓也跑不到那里，远。”我问：“多远？”他哈哈大笑，轻捣了我一拳：“小鬼，差点上当。”我又问：“为啥不让挖？长了就是让人挖的。”他说：“这个可以回答——破坏草皮，草长不出来，牧民的牛羊就没啥吃了，牧民也就没肉吃了。”我傻眼了，问：“为啥？”白西生拿手弹了一下我后脑勺，不说话。

过了一会儿，白西生问：“你家为啥挖药？”我说：“能换钱。”白西生哦了声，就说：“你家有人挣工资，还缺钱花？”我说：“我家人口多，就我爸一人挣钱——我奶奶，没上户口。”这回该白西生睁大眼了：“为啥？”我想了想，说：“我爸妈不叫奶奶知道。”白西生更不明白了，继续把大眼睛瞪我，我有点儿烦了，不光是他眼睛不睁也比我大一圈儿的原因，主要是那件事没人跟我说，我是从爸妈说的话里听到的，还有不能让奶奶知道的话，要是奶奶知道她的户口还在农村，是要难过的。我也不能让奶奶难过。

几年后，奶奶去世。可我不确定，奶奶是不是压根不知道她没有城市户口这件事，因为她对上哨所挖药的事儿，一直非常支持。

风入松

天气昏昏惨惨，暮霭渐渐浓厚，远处山色云重，掩映了峥嵘之势。于烟雾迷蒙处，一道浅溪自山中弯了出来，甩过一条官道，拖到野艾蓬蒿疯长的高岗后，环成一汪泓碧石潭。

官道上的马蹄声远远传来时，踩乱了环潭的幽草秀润和树木蓊郁，雾中腾出的三骑，行色匆匆。为首那位年轻男子，金冠束发，裲裆加身，生得眉目如画、神锋俊爽。左右跟的两名男子，一样是锦衣华服。

左首那男子边走边说:“走了多时，半只兔子都不见，前头又是大山，进了山越发没了宿头，公爷不如此时折回，十里长亭那家驿站专候着呢。”为首那男子显见是“公爷”了，听了这话，大声斥责:“奴才，说你呆，却只往呆里学。你看这天，走不得一二里地，天也黑将下来，雨也落将下来，却如何于顷刻间赶回十里路呢！”左首这位男子立时不吱声了。右首男子说:“公爷莫心焦，前面就是山口，进进出出的总要歇脚，说不得有酒肆、客栈什么的——小的前头打探一下便知！”这公爷摆摆手:“罢了程学，叫辛宁去。”左首的“辛宁”应一声，打马去了。

恰在此时，一阵山风吹过，隐隐听得琴弦划然之声，山鸣谷应。程学纳闷："荒山野岭的，哪来的弹琴人？"公爷笑了一声："弹得差了几等，指法也不很规矩。"程学笑了："公爷弹得一手好筝，长安已找不出第二个，这等角色自然不入耳。"公爷摇摇头："那也未必！你不晓得，琴最知心，人心乱曲便无谱……"

辛宁跑得很凌乱地回来禀报："回公爷，高岗后有一处院落。"顺着手指，暮气中果然隐隐遥见高岗，于是，主仆腾入官道，直奔而去。

依岗傍潭起着的一处院落，青石砌墙，紫藤翠蔓爬成门楼，白花数点，含烟袅霞。辛宁下马便打门，公爷说："休得惊扰高士！你且看，此处必有出尘脱世之人隐居，不耐外人造次的。"立在门外听了片刻，疑心："《风入松》弹得已是不成体统了，何故又拖曹子建的洛神讪笑？竟是唐突了嵇中散！"

"谁在此胡浸？"琴声戛然而止，传来一声愠怒，声音又老又涩，"芙蓉妹子，快去拿了智短汉！"主仆们听见，大是诧异："原来住着老媪，山高路远的，怎的苦守在此？"想着，一位老妇人闪出来，五十开外，粗布衣裳，却是愁云遮目，忧色凝眉。主仆料她便是"芙蓉妹子"了，正要问询，不料那老妇人一望见公爷，大张了两口。公爷上前一步叉手含笑："惊扰丈母雅兴，得罪了！——在下李思玉，因贪看春景走得远了，一时间无处投宿，望丈母容纳。""李思玉？"芙蓉呆呆地默想。辛宁颇不耐烦，扬声叫："不得提公爷名讳！公爷袭爵许国公，身份尊贵，还不快小心伺候？"芙蓉并不气恼，神色反倒清朗许多，不住地颔首:“怪不得，见过的，见过的！”李思玉察言观色，十分纳罕。

其时已经四山云合，头上落了几滴雨，芙蓉站门楼下浑然不觉，还是程学提醒:“只怕有大雨呢。”芙蓉急忙闪身请他们进来，依旧掩上门。因说:“请权且在西厢等候片刻，容老身禀告家姐一声。”引他们沿着墙根游廊到了院井，院里都是青石铺地。正面起着五楹瓦舍，东西两厢各两间房屋。院中遍植杨树，也都参天成抱，再无其他花草点缀。西厢内一床一几，倒也干净。芙蓉进正屋片刻，破锣般的喝声如雷碾滚过来:“又不是客栈，哪里留得男子！快快打发了去。”芙蓉的声音极低，听不大清。好大一阵子再无声息。辛宁要出去喂马，程学喊住:“权且等一等。”辛宁嘴一咧:“她敢撵去不成！放心就是！”依旧牵了马去。

雨已下起来。李思玉立在窗前望远，远峰近树，已无空翠可言，都如墨染了一般。

门扇突然打开，辛宁衣袍淋得透湿，捂着脸颊，呜呜哭着奔进来:“公爷，咱不住了，外头就是下刀子，也得去！”程学问:“不让你去喂马，偏不听，咋喂成这般形容，谁给你气受了不成？”辛宁跺脚:“说留不得，便是留不得。你道这是大明宫，舍不得吗？”李思玉喝一声:“你这奴才，大惊小怪惯了，什么大不了的事，又慌成这副嘴脸！便是人家不肯留，大不了好好讲说，值得如此！”辛宁见主子发了话，嘟囔:“不是奴才没主张，委实留不得，不说野地里有什么好人家，这里怕就是些鬼屋鬼婆！”李思玉大骂:“狗奴才，越说越该掌嘴，什么‘鬼’呀‘鬼’的，全没些儿男儿胆色！”辛宁急了，走到灯下，指左脸颊给大家看：“这是什么，鬼婆子一巴掌打得人疼到骨头缝里去，哪里是人手，分明鬼爪！”说得主仆反倒笑将起来：“怪不得催着动身，竟是闯了祸事下来，要逃走哩。”问辛宁，却是百般抵赖，程学吓唬着要去正屋问，辛宁吓白了脸，死活拖住不放。李思玉由不得起疑，又见芙蓉去了半日，并不招呼一盅茶水，暗想：“这奴才平日里虽说多事惹祸，到底堂堂男子，若是寻常人寻常事，怕不能吓得他如此——莫非其中果有蹊跷？”

李思玉只能厉色审问辛宁，辛宁不敢隐瞒和盘托出实情：“适才奴才去喂马，想问她们讨三两升刍斗，谁料青天白日把门关得极是严实，里头哼哼唧唧有人说话，奴才多个心眼儿，打门缝里一瞅，一个长得丑鬼一般的婆子说啥《风入松》，还有姓‘杨’的小子，连带提老公爷的名讳。奴才哪里容得野老村婆拿老公爷闲嗑牙？要撞进去问她们，才拍一下门，脸上平白着了一掌，连人影儿还不曾见，分明有鬼，咱这是撞进了鬼屋！”李思玉虽不尽信他的话，但老父李迁的名讳被山野之人提及，不免吃了一惊，怪不得适才相见全不似寻常百姓战战兢兢，这班老媪想必大有来历，对我主仆极是熟知，这已是奇了。

一条黑影蓦然打窗外闪了一下，程学朝主子扑过去。突然，黑影干咳了咳，声音又老又涩，显然不是叫作芙蓉的老妇人：“郎子若是不曾歇下，老身可要进来了。”其实根本就没容他们说什么，门应声就推开了，一把油纸伞杵过来，伞下立着一人。那人比芙蓉年岁更长，虽说满面荷皱，并不塌腰驼背，长得黑皮糙肉，身形高大，较李思玉尚高出半头。李思玉一见之下，惊得忘了见礼，怔怔出神：“天下竟有如此丑陋的妇人，也不知她家夫郎如何日日相对，怪不得奴才吓破胆呢！”辛宁早已躲到程学身后，大气儿不敢出。

那老媪把李思玉上上下下打量，自语：“果然仿那厮当年模样，可惜了。”听话听音，李思玉暗忖：“这已不只是认得老父，看来还是极熟稔的。想父亲贵为宗室子弟，何以识得山野之人！”想父亲当年长相俊逸名震天下，自然人人争睹风姿，便是无缘得见真容，一传十、十传百，哪有不知一二的？转而一想：“如非实有其事，如何见了我这样的贵胄没有丝毫惧怕，反倒安心受我一揖再揖？她又是何人？”心中疑惑不定，又见她不住拿眼盯他，顿时一股寒气自足跟直冲百会，猛然想起平日和同宗子弟一处吃酒，说起外头听来的笑话，江湖女盗颇好男风，莫非自己今天冲撞的是这等角色不成？越想越觉头皮发紧。

老媪吩咐他：“叫他们出去。”神色不容商量。李思玉脸色煞白，支支吾吾不能作答。程学哪里知道他主子心事？只感老媪生得凶相，阴阴地不像良善之辈，就说：“老人家有话尽管当面动问，公爷的事从不瞒我等。”“郎子不瞒尔等，怎知老身不瞒尔等！”老媪已很不耐烦，脸色越发阴冷。程学哼一声：“公爷身份尊贵无比，你怎敢乱了上下？”“下”字尾音骤停，“叭”一声，左脸便像利刃划了一般，立时红肿起来，辛宁不由把手往脸颊捂。程学被打得火星乱迸，一迭声问：“谁敢打爷？”叭叭叭，又挨了三掌，便是程学刚强，也不由直唤“哎哟”。李思玉对面站着，竟未看清老媪是如何出手的，自然毛发上竖，如见鬼魅。

此时，窗外风雨较劲儿疯狂，屋内越见空寂。老媪像咬冰凌一样咯吱一句:“尔等有兴，不妨留下!”辛宁急忙瞅程学，程学却亢声向老媪一叉手:“老人家深怀绝世功夫，在下领教!若不利俺公爷，也绝不敢惜命!”老媪听了，脸上竟有笑意。李思玉拿不准她是怒是喜，一边吩咐着“出去候”，一边暗递眼色。程学还在犹豫，辛宁已跳出房去。

也就这一句，老媪便不再言语，靠窗坐下，仔细审视李思玉的一双眼善恶不辨，李思玉虽然脊背冰冷，心头惊慌，也只有强作镇静:“不知老人家何事相问，思玉必知无不言。”老媪仿佛不曾听到，也不搭腔。李思玉开始不住自责:“哪里避不得雨，偏偏送上门来，不怪人家捡个便宜!”索性也学她装痴作呆，不问不语，等了片刻，人家压根就没问话的意思。老媪一张脸明灭在烛火摇动中，浮一层或深或浅的蓝或黑的光，那双眼便整个深陷其中，极力向上伸出双手捞着想捞的东西，那些东西根本无处逃逸。他明白到这些时便放弃了这种可笑的角力，他眼下只能改变自己，倘若她果真有好男风的胃口，一任相对无语下去，静极生变是不必假设的事情，他不想静等场面难以收拾，只好自己开口:“老人家为何避在此处?”话一出口就恨不得扇自己两三个嘴巴子，这个“避”字用得实在是找死，人家不欲见人，你却冒冒失失撞进来，或灭口，或生仇，都不言而喻。果然，老媪咳了一声，李思玉不由冷汗涔涔，屏住了气息等她发作。谁知只这一咳，再无声息，窗外反倒嘈杂起来，那雨飙着风，互不相让。

老媪仍旧一言不发，屋里像坟场一样清静。李思玉已经不打算等下去了，既然脱身基本不可能，只有横下心来:“大不了就是一死，男儿有什么好怕的！”看老媪并没有立时取他性命的意思，就一跃而起大声说：“老人家既然识得家严，想来必是思玉的前辈，或是有恩或是有仇，问在生者身上罢了。”老媪听了，猛咳一声：“如何问？”李思玉说：“思玉与老人家素昧平生，若不是和家严有什么过节，老人家岂能耽搁清修到此？再说，惊扰老人家清修，并非本意，如要怪罪，都在思玉一人，与他人无干。”老媪好像愣了一下，马上呵呵一笑：“好聪明的郎子，你父亲哪里比得上你一二分——什么‘清修’，不如说老身乌眼鸡似的罢了！”眼神随即柔和许多，问：“郎子既通得筝律，老身倒想听听。”李思玉听说，暗暗长吁一口气：“到底为那句话，不早说，吓我一跳。”也不推辞，因求秦筝，老媪说声：“随老妇来。”起身出门，撑伞往正屋走。程学、辛宁左右牵住死活不放，李思玉责着：“她若有恶意，便是不去，难道我们还能打这里逃出去？”二人只得放手。

门在身后关上时，李思玉发现不可谓不宽敞的屋子摆得跟祠堂似的，墙根下排着四只墨绿缌麻高杌，两厢壁挂了几幅字，正中高几上供着香火、瓜果，便突然想笑，但没敢笑，寻思着俩老媪已是古怪的了，却要敬奉着何等样人，这人一定更古怪得不得了。但他很快看清楚高几上方挂着一幅绢画，已经发黄，一些男男女女穿着本朝衣装，或身披甲胄，或戴席帽，或插花钗；或乘马飞驰，或蒲团打坐，或挥剑提刀，或拈笔凝神；或执牙笏，或挥拂尘，不一而足。心里一惊，恍恍惚惚在哪里见过。

“郎子觉着面善？”背后一声问讯，口音与前两位老媪大是不同。他发现说话的也是一位老妇人，但华服翠饰，全然大家气度。芙蓉教他：“你该唤姑妈。”那妇人并不介意，笑着把手摆得哗啦哗啦：“他哪里知道什么，倒吓着了。”李思玉遍想诸亲中，并无这样一位姑妈，也不知她算哪一门的亲戚。老妇人指着画问：“郎子可认得一二吗？”李思玉见问得奇怪，又举烛仔细分辨，突然变了脸：“尔等何人，怎敢将皇姑真容亵渎？”老媪把手指到他鼻头上大骂：“智短汉，你何敢对你姑妈不敬！”老妇人摇手：“你这龟孙脾气老改不了，也不知皇甫小姐咋受得了。当年幸亏你没有和玉妹子见面，不然，还不把天反了。”听到这里李思玉已明白了大概，这些决非寻常之辈的都与皇姑关系不一般。怪不得旁人背地里提及皇姑时都是讳莫如深，原来和山野之人交情不浅。便以手指胡乱摇点了一通，最后落在一处：“家严何以在此？”大家一愣，立刻明白过来。老妇人大笑：“玉妹子霸王似的人，你的爷老子怎入得她法眼？这是你姑老爷杨大将军。”李思玉恍然大悟：“天下文武状元郎，难怪——”想起什么，突然打住。老妇人黑下脸：“难怪啥？是你爷老子胡浸，还是有人混账？”李思玉也黑了脸：“老人家不该骂起阴世之人。家严在日，每每皇姑坟上祭扫，且再三恳请圣上百年后葬于皇姑陵旁护持，只因圣意难改，才未如愿。”三人听了，面面相觑。芙蓉长叹一声，那老妇人看看她，叹气：“可惜，可惜。”不知是在可惜谁。

老妇人说：“画里都是本朝厉害人物，不怪你不认得，他们仗剑天下、行走朝纲时，你还没睁眼呢。你细细看，可认得几人。”李思玉果然又看，发现其中一人眉眼神似皇甫芙蓉，就说了，没想到皇甫芙蓉苦笑一下："若有'苦命图'，只怕有呢！"老媪怒气冲冲："好好的，提这闲话做什么？你去吧！"骂得李思玉摸门不着。老妇人埋怨她："看吓着人家孩子——皇甫小姐真是个傻女子，多少年了，还想不开，难道天底下就只有一个杨兄弟好？"老媪分明还在生气，恶狠狠撵李思玉出去。

事情变得越来越奇妙，李思玉根本回不过神来，虽然觉得这些人行事平生见所未见，但他已隐隐感觉到有些真相正浮出水面，而她们必是水下托举者。

天亮的时候，程学辛宁还在东厢房睡觉，李思玉已悄悄踱出院子。雨后的山野气象清旷，白烟梳拢着青草，山风于岭间舒展筋骨。他看得有些呆了："原来有这等好去处，比着意点化越发难得。"

沿着流水，在山云吞吐的山垭口，一杆酒旗斜挑出来。环顾四周，竟也有几间茅舍，屋前屋后种着几畦青菜，一个老儿正卷着袖管拔菜，老媪端着竹箕喂鸡，院内堆着已然劈好的木柴。店家不曾想一大早有客，丢下竹箕过来招呼，谁知一看清来人就大声喊老儿："快，快，杨爷回来了！"老儿并不抬头，嘟囔她："疯婆子，杨爷早战死了，哪儿又来个杨爷。"老媪知道认错了人，也不待客，一头进店一头叨叨："杨奶奶是啥人，金枝玉叶哩，万岁爷不敢惹，皇后娘娘都得看着脸色，李迁癞皮狗缠死人，皇甫芙蓉死婆子也没个算计，非要嫁人做小——癞蛤蟆想吃天鹅肉哩！"老儿就笑："休理这疯婆子！"李思玉一下子明白了皇甫芙蓉乍见之下何以那么古怪，原来将自己错认作杨将军了，可父亲李迁如何也缠死人了？就问："李迁缠谁？"老儿说："缠杨奶奶啊，杨爷——"

忽听有人轻叱："西昭，又犯糊涂了。"老儿老媪欠起身向门外笑："小奶奶休要着恼，是俺老两口闲嗑牙哩。"分明是皇甫芙蓉的声音："这是当着郎子，若是哪个好事之徒传将出去，你敢担待，还是老身能担待？亏你跟了爷许多年，老了倒不知掂量轻重了——郎子，随老身回去。"果然是皇甫芙蓉，李思玉觉得心里有一个地方长满了草。

回去的路上皇甫芙蓉一个人前面走，不肯回头理睬。李思玉就笑："烦请'小奶奶'跑来找寻，岂不知本爵并无损伤毫发。"皇甫芙蓉听了，咬咬唇："我就知道这俩老奴才口没遮拦。"李思玉乘机说："小奶奶如耐不得山野清旷，记挂杨将军坟冢，本爵当为小奶奶谋划。"皇甫芙蓉狠狠瞪过来："郎子枉生一副杨将军面貌，不及他半分——便是你父李迁，虽然算不得一条好汉，于痴情一项上，也不是寻常男儿比得的。看来其面虽同，偏偏天地悬远，造物弄人！"李思玉想不到有一天在这种地方被一个这样的老婆婆这样骂，还连累亡故多年的父亲，大是不平。

皇甫芙蓉似乎有些不忍，停下来说："不是老身拿腔作势，委实是郎子不该晓得，何况你的皇姑端底何等样人，便是今日，也不见得有人说出个子丑寅卯来，强要说来，免不得唐突伊人。至于老身的来历，郎子还是不晓得的好，不然，牵连诸多君子，老身百年之后，有何面皮去求见杨将军？"李思玉冷笑一声："丈母既是恁般痴情，姓杨的又是恁般行高世人，终究为着皇亲国戚的尊贵无匹，贪一个驸马之位，把丈母闪在这荒郊野外，一曲《风入松》也弹得不成体统，何苦来呢！"

李思玉只觉眼前一晃，左脸颊便挨了一掌，皇甫芙蓉人已走出数步之外，还在嘟嘟囔囔着："年貌虽与李将军当年绝似，见识竟然不啻霄壤，怪不得你是李迁的狼子，都不过也是空有一副好皮囊！"李思玉跑到她面前站住，气咻咻问："既然我李家没有君子，那位老夫人纵然慈眉善目，到底还是狼子的姑妈。"皇甫芙蓉瞪他一眼："你当她是谁？前朝致仕的礼部尚书包良的夫人，和你皇姑有过金兰之谊，才轮上你唤她姑妈。"包良他是听说的，致仕还乡才是多年前的事，当时父亲李迁还没有过世，皇上准奏请是在他一连上了三道奏折之后，后来挟家带口去了南边，再无音讯，谁知道在此邂逅他的家眷。

那位包夫人站在院井朝门楼望，李思玉抢步上前屈膝下跪，口称："姑妈安好！"包夫人呵呵笑着，咂着嘴："好孩子，你父亲当年有这一半文气，驸马之位就不是他杨将军的！"皇甫芙蓉一旁自语："若能如此，再好不过了！"

李思玉觉察到皇甫芙蓉在打过他一巴掌后不再为难他了，不但不为难，在用早饭时还留下他来。老媪提到了教琴的事，似乎断定了李思玉不会拒绝。李思玉果真没有拒绝，不仅没有拒绝，听到此事还笑了，他笑的样子让她们觉得难堪，仿佛他已明白了什么，但他什么也没说。

接下来的几天皇甫芙蓉请他教的琴曲，是那曲《风入松》。李思玉依曲谱教授，好像并不对皇甫芙蓉心思，她总是怀疑："郎子所弹与老身所记大是不同，怕不有差池？"李思玉不以为意："自幼依谱习学此曲经年，烂熟于心。"皇甫芙蓉若有所思。李思玉低头沉吟良久："初闻丈母度筝，只道是兴之所至，不拘琴谱的。只是闻音知心，想来丈母有曹子建人神难通之苦，《风入松》不足以发丈母所发，故借《洛神赋》之意来兴托的。”皇甫芙蓉不由脸一红：“哪里懂得什么兴托，连琴谱指法也看不明白。此曲是年轻时听来的，一人原本即兴用埙吹，另一人当时便能用筝弹，因吹者即兴吹，弹者用心度，谁也不晓得曲谱，甚或并无曲谱可依呢。老身揣摩了数十载，只得些子皮毛。”李思玉吃了一惊：“两位老人家究竟何人，恁般了得！可知琴曲化为埙曲，已是极难，如无十分技艺，断不能够，况又依埙律化筝，此人记性怕已独步天下了！”听他这样说，皇甫芙蓉长叹一声。

李思玉见了这种情景，已猜中八九，也不多问，试依《风入松》与曹八斗的文意小心谱度，孰料仅得《风入松》曲谱，难有洛神一二神韵。当下推筝而起，叹道：“三国周瑜善知音律，吴国传有‘曲有误，周郎顾’，我只道史家夸口，不道本朝前辈果有这般人物。学琴经年，自认无人可比，原来竟是蠢材！”皇甫芙蓉突然流下泪来，哽咽着：“闻音知意，闻音知意！”李思玉隐隐有一种不好的预感，这首《风入松》，一定会是她的送终曲。

西昭过来送果品菜蔬时正好看见这种不加掩饰的伤心，这是从来没有过的，哪怕在得知爷战死这种噩耗的时候。他问留客的事，老媪就埋怨他：“不是你两口子闲磕牙，他就用不着缠人了。”西昭老大不高兴：“他生得跟杨爷果真没啥两样，谁分辨恁清！俺伺候爷一辈子，还不许俺念叨？”抬腿走了。

西昭很快就后悔了，他不该负气而去，当时要是再盘桓片刻等老媪来送，李思玉根本没机会问他那么多话，而这直接导致皇甫芙蓉为此送命。

当时皇甫芙蓉就坐在琴前伤神，李思玉苦于不知如何劝慰，扭脸就看见他了，他正从院井经过。李思玉跟随着出院子，问他：“你家小奶奶琴弹得如何？”西昭嘴角一撇：“那叫弹？鬼叫哩。”李思玉说：“《风入松》弹了几十年了。”西昭嘴里发着咝声，一脸一屑：“我晓不得啥风啥松，俺爷和奶奶才是高手。”接下来他告诉李思玉的一件事，让李思玉突然意识到了事情的不同寻常。西昭说杨将军战死前皇姑奶奶就病死了，杨将军上战场前还带着一个绢人，这个绢人是仿着皇姑奶奶的样子扎的，后来杨将军战死，绢人的下落没听人说了。他们死后，以前住过的院子一直上着锁，直到家里要变卖宅子回老家去。他开锁进院收拾旧物，发现琴上有一片纸，上面写的字像是奶奶的手迹“风入松，凤凰仙去凌霄宫”这样的话，后头还有两句“梦不见，木杨萧萧伴晨钟”。因为“风入松”仨字是杨爷过生日在后园亭子里用埙吹的曲子，他就伺候在身边，所以很清楚这件事的前前后后。奶奶当时隔着一个大荷花池坐老远，听爷吹一遍后，当场就取筝仿着度了。当时正是小奶奶进府圆房的日子，奶奶为这事生气连夜回了洛阳，到死都没有再让爷见她。其实爷到死也没有进小奶奶房里，所以此事府中人等都晓得。

李思玉心里一惊，想起父亲请葬的事，有关正屋供着的画，以及她们提到父亲时的不屑……为什么有关皇姑的事宫里讳莫如深，难道仅因为父亲一厢情愿的请葬？如果说皇姑的死来自于对丈夫纳妾的愤怒，如何解释“风入松”中洛神那些凝眸含情的曲意？杨将军临兴以埙吹曲，皇姑若不能心领神会，又怎会迅速以筝度来？这已非仅因技艺高妙、记性超群所能解释的事情了。

雨在李思玉发愣的时候下得毫无征兆，他被赶来的辛宁拽回院子准备奔进屋时突然停下来，院里蓊郁的树在天地昏暗的风雨里发出萧萧之声，像叹息，像咏诵，像……他在院井里出神，泥塑一样。突然，西昭看见伺候了一辈子的爷还是玉树临风，奶奶死后的样子还是伤心欲绝……“爷”，西昭大叫一声，一下子昏厥过去。

李思玉似乎未见，大步奔向正屋，再出来时已抱琴在手，琴声就在此时铺向雨里。风雨都疯了，互相大打出手，檐下躲避风雨的群鸟闻声纷纷飞出去，杂着树间的萧萧声，一波叠一波惊叫、惊叫……然后掠出墙外，墙外松涛回环，丝绦轻垂，如晦之色暗得恰到好处，洛神凌波而至，美得灭绝人性，当她转目流精之时，曲子便清越轻扬，怨而不哀，忧而不伤……

这一夜，李思玉什么梦再没做。

程学一直站在榻旁，等他醒来伸到第二个懒腰才告诉他，皇甫芙蓉要见他，而且已在门外等了很久。

李思玉很久以后回忆起这件事，都无法说清皇甫芙蓉说话的样子是否就是当年对杨将军的样子，或者是，或者不是，但这已不重要了，重要的是度出变调《风入松》的自己，已不是自己。他自己这样认为，皇甫芙蓉应该更甚。

她一进屋就没有坐的意思，但她不允许李思玉也站着，她居然敛衽行礼，说：“妾当日已明白，可妾委实不甘心！”李思玉一愣，想打断她，但一看她的眼神就决定放弃，那是一个熟悉的人熟悉的模样。父亲，他的父亲看到皇姑陵墓那一刻，也是这样的眼神，他知道有这样眼神的人，已无药可救。他大致明白了这样一个事实：皇姑和父亲李迁同宗，父亲不可救药地爱上了皇姑，可皇姑压根看不上，也没看上任何一个宗室子弟。就是这样高傲的一个公主，却和出身低微、考取了状元的杨姓男子一见倾心，冲破了艰难险阻，有情人终成眷属。这样的故事千年前或千年后都会不厌其烦地出现、重叠。不同的是，做了驸马的他为了服众，也为了让公主的选择看起来非常正确，他频频带兵打仗，最终因战功赫赫封大将军。但他在战场上遇到了皇甫芙蓉，皇甫芙蓉不可救药地爱上了他。皇甫芙蓉和公主一样任性，她不甘心就这样放手，她救了杨太夫人的命，而这纯粹就是一场华美的阴谋，她如愿了。公主生了大病，大病最终要了她的命。杨将军随后命丧战场。必须要提的是杨将军和李迁长相几乎一样。

能够想象，心气高的皇姑当年嫁心上人时，多少人等看笑话，他们不相信金枝玉叶嫁草根会有多么幸福，而那些人真的等到了这一天。虽然丈夫并不爱那个女子，也从来没有踏过那间屋，可她不能不将她的尊严敲得粉碎。

李思玉想，可怜的皇姑！女子内心太高贵，伤得最深的，总是自己。

他想问她当年怎样设计了那场阴谋，老媪、包夫人和西昭到底是什么人，如何走到一起，但皇甫芙蓉不打算回答这样的问题，只是又一敛衽，凄然一笑："老身不懂风入松，你皇姑懂！"折身走了。李思玉没有追出去问，当年究竟怎样，谁知道呢，有些人有些事，永远死在了当年，就像《风入松》，是不应该重新回光返照的，死去的只能继续死着它的死，要不是那天的一场大雨，这一切本不该发生。

第二天刚放亮，哭声打扫每一个房间时，李思玉感到了来自这所院落的异常。皇甫芙蓉死了，在自己的床上。

李思玉听说，长叹一声，他认为到了该决定离开的时候了，程学和辛宁当然很高兴。

包夫人坚持送他一程，并告诉他长得像极了杨将军。李思玉点头："杨将军并没有死。"说这句话后他看到了包夫人可怕的眼神，这种眼神让他明白，谁也不可能活着离开这里。包夫人说："郎子想害人不成！"李思玉说："丈母说小侄相貌像极杨将军，杨将军怎么会死。"包夫人听了，长出一口气，脸色略略舒缓："好孩子！你包姑夫去南地听到一件蹊跷事，有个人进山迷路好几天转不出来，后来总算被人搭救。他在山里时原是看到过几间草棚的，还围了栅篱，屋前屋后都是花木果蔬，道是遇上人家了，想要讨口饭吃，不想草棚门口坐着一个男子唧唧哝哝和一个女子说得不休，极是亲热。那人道是一对夫妻，可怪就怪那男子一身粗布衣，妇人却是满身绫罗。偏那男子生得出奇俊朗，不像寻常田舍翁，那妇人却木雕泥塑的一般，总没有一言半语。那草棚前起一座大坟，坟上不种松柏，不种花草，只种一片杨树，杨树上挂一口钟。你说蹊跷不蹊跷？"

李思玉望着院落里遍植的杨树，叹一声："一个一辈子弹着并无曲谱的琴曲，一个听了一辈子不成曲调的琴曲！好一个'风入松，凤凰仙去凌霄宫；梦不见，木杨萧萧伴晨钟'，人神有情，毕竟可通！"包夫人似乎点了点头，突然又摇了摇头："郎子念叨的啥？"李思玉说："绢扎的，自然说不得话。"包夫人一愣，眼神刀子一样戳过来，李思玉说："小侄看来，那男子必是有大隐情，远遁到不得人见的地方，和心爱之……人厮守，了此一生。"包夫人眼神的杀气再一次缺钙，看起来也没有截他话头的意思，于是他就继续说下去："小侄以为，男子短褐山居，妻室却衣裳奢华，可见其独自里外操持，其情甚重；门前门后情景，又异于常情，足见能如此者，可谓真丈夫！至于何以如此，至此，小侄不敢妄加揣度，但决非常人，或因难以权衡之事，或因不了之情，不得已弃家绝亲。或是一位将军也未可知，战场诈死，不但瞒过朝廷，旌表门庭，还瞒过亲友，立意绝世，若是如此，只怕伤心过甚致心意早决，决非一时任性赌气……"

包夫人望着他，似乎想看透他，他没有躲避。

李思玉望一眼山垭口，远处山色云重，掩映了峥嵘之势，又回视依岗傍潭起着的那处院落，还是青石砌墙，还是紫藤翠蔓爬成门楼，白花数点，含烟袅霞……

位 置

1

还不下车走等抽啊你？司机大胖发现总指挥朝车这边走，掉头冲我低吼，那神情跟一条恶狗差不多，龇着牙，白森森的。我便像受伤的兔子一样扑出去，动作比兔子还专业地扑出去。

按图行进其实并不复杂，甚至颇为小儿科，问题是我要是和队伍一出发就徒步行进而不是乘坐交通工具，翻过那座青稞面胡乱掺和香豆粉一样颜色的锟锅山到达点将台沟小学，脚底也许和剥掉皮毛的兔子差不到哪儿去，就像武用一样呲着已经长不齐整的牙一瘸一拐。但那天早晨的天气真是好得一塌糊涂，太阳像周末睡到自然醒不用出早操，而认真仔细得像解放区小媳妇纳军鞋那样整理着内务的战士，一下子红光满面肤色清透，压根看不出下午沙尘暴像羊角风一样突然发作，吼得跟狼哭似的，弄得整个返程的路上像枯黄的一张脸根本画不上妆还浮一层厚厚的底粉。

说实在的，我根本不想参加这样的野营综合演练——不太严格意义上说简直就是无须安营扎寨的野外综合演练，或者干脆说是野外拉练，当天返回的那种，路线图一成不变极其安全像极了初级简易游戏，只要一声“出发”口令，规定程序就开始了。这就是野外课堂教学，指挥专业学员都得锻炼组织指挥能力。你保障好总指挥就行，教保参谋黎浦交代我。

我是想保障好总指挥，我一个战士也压根不敢想着图享受坐车，那么多干部都把自己扔在晨光里，我谁呀我坐车？何况我要是知道那辆保障总指挥的车像轧路机一样来来回回折磨耐性，我就是被总指挥骂成一堆狗屎，也不在乎是不是狗屎了，怎么说也不能叫蓝娑妮忽悠。蓝娑妮，咋叫咋像懒婆姨，她爹娘真没文化。

那天早上挨总指挥的骂其实比窦娥还冤，六月里不飞雪那就七月里下拳头大冰雹好了，反正能纠结到老天爷。总指挥的迷彩帽我头天晚饭后就搁到车的副驾驶位置了，而且还搁得端端正正决不偏左偏右哪怕1° 角，老天作证大地作证，我做这事从来细心得像缝制儿子远游衣服的慈母，要不是这点能耐，教保科杂七杂八那么多事能不出点小状况？但我从一年前新兵连分下来到现在，该我管的不该我管的显见差不多都交我管了，且管得滴水不漏，要不是有规定或者别的所谓规定，我相信购物报销之类核心的事也不是不可能，但我懂，那样的事怎么也核心不到我这儿来。

总指挥一开始肯定是想坐车的，要不然他不会发现车在副驾驶座上，那顶迷彩帽肯定也还端端正正威严且耀眼地端坐着。我能想象晨光从前挡玻璃的位置走下来的时候嬝嬝婷婷，那样子就像打山花烂漫处洗出一把笑脸来的采莲女孩，清清爽爽美不胜收。但总指挥为什么发那么大的火呢？他那么见人就是一堆笑说话就学富五车似地客气为什么那么骂人呢？不能不承认他是男军人中很会骂人的，如果条例上规定男军人也可以这样开骂的话。司机大胖上气不接下气找到我又下气不接上气地推我，我便狂奔得跟看到大红绸布的西班牙斗牛一样，他嘴里还呼哧呼哧往外吐泡泡——我猜那应该是泡泡。那些泡泡吓得我半死，我站住不走了，死活不走了。我个子很大，要是杵到哪里相信就会像百年老树根深叶茂到哪里，那树铁定不会是垂杨柳之类没定性的家伙，就是花和尚来了也没脾气，拜托了这种拗脾气爹娘才送我参军，虽说他们十二分舍不得庄稼地头我这个壮得不能再壮的劳力。司机大胖是个新提的二级士官，在我背后活像老牛拉车似的，两条细胳膊蚂蚱一样死命往前冲，头冲得更不要命，几乎是用头当钻头全速拧他。后来司机大胖不拧了，泡泡吐得像离膛的子弹，骂他，你这个新兵蛋子脑子里就是装狗屎啊，臭完自己还臭别人是吧，你咋不动动狗屎脑子啊，军人谁不把帽子顶头上啊，就是不顶头上也不能撂到放屁的地方啊，放屁的地方能搁吗？不能搁啊，搁了帽子还是帽子吗？你这新兵蛋子啥龟不懂，你咋就不搁操作台上？那地方多好啊，又亮堂又风光，你当谁的帽子都有这待遇吗？新兵蛋子啥龟不懂！总指挥逮不着你把我差点骂死，骂死你知道吗？那滋味跟砍了头还得全副武装跑五公里，听懂了吧新兵蛋子！

我总算听明白了，那帽子搁的不是地方，搁的不是地方就得让人骂新兵蛋子。龟！我在心里唾了一口。

司机大胖骂了一声龟，这都是总指挥骂我的话，我现在转发你！拍拍手跑回车里，他总算没有再逼我顶缸，因为这时候总指挥已经站到队伍前面去了，身后是一长串的迷彩队伍整装待发，头顶上的太阳爬行得如饥似渴。我只看见他朝后使命仰着脖子，要不是有个喉结小人得志似的楔在那里，任谁也弄不清下巴和脖子的分水岭到底该从哪个地方划分才合适。他很快伸出准备就绪的右手，好像打算捞一把空中的什么东西，然后迅速朝前一推，哪俩字便惊慌失措连滚带爬了：出发。

我找自己的水壶时蓝娑妮尖着声儿喊我，我就瞧着已经开始蠕动的队伍后面那辆越野车，蓝娑妮把脸从车窗里递得闪闪烁烁，脸上却笑得寸草不生。她伸出一根白得耀眼的手指戳了一下我，嘴里像是说什么，我把双手握成拳迅速往两腋一提，双腿微弯，右腿同时朝前跳出一大步，节奏感十足地一路小跑，迷彩鞋子胶底便吧嗒吧嗒响。

医生蓝娑妮，哦，她其实是个不错的人，热情，耐心，虽说医术和她的热情耐心比屁也不是。医生蓝娑妮这会儿说得热情热过晨光，她说你傻啊你，车空着不坐找骂去，找骂去也不看看时候。你真想保障总指挥呀，总指挥哪要你保障，我说你也不看看他前前后后多少人，眼睫毛都能编成吊床！我说你赶紧给我坐上来，别找没趣儿。我瞅着地面小声说，总指挥要坐。医生蓝娑妮说，你傻啊你，他要坐早早就坐了，那么些人想坐也磨不开面子，领导比咱们难。我想起帽子的事，指不定总指挥那会儿真要坐车出发，没想到让帽子搅没了心情，这会儿要是碰见我，还不往死里骂我。我猜司机大胖肯定出卖我了，他那点儿担当，一准说是我干的，其实那就是我干的，我干的时候他开车门还开得颇不耐烦，说这是啥东西？我说迷彩帽。他说啥龟迷彩帽，就是一大檐布帽子，花不了十块钱。我说冤枉，二十块钱呢。他说你买亏了，批发市场十块钱两顶。我不知道批发市场还买得到大檐迷彩帽，就想着下次跟黎参谋建议建议多买几顶，檐大遮阳，统一配发的迷彩作训帽屁用不顶。司机大胖摁了摁喇叭，我往后跳了跳，嘭一声头磕到车顶，司机大胖哏儿哏儿笑，说新兵蛋子，你当你是谁啊，这款被装上统一发过吗，没有，那你戴戴试试。我想说那领导们戴也不符合条令，最终没说出口，但我的嘴唇明显抖动了一下，下意识伸出舌头又匆忙收回，像爬墙虎舔到飞虫后收回舌头那样。

我远远望向校门，发现两个哨兵开始走神了，其中一个朝右上方瞅，根据他仰脸的弧度目测，他的目光应该是在三两株杨树梢头巡逻，那里总有一大群鸟一惊一乍喊喳着什么。喊喳什么我听不懂，可我知道那是一群什么名字的鸟，它们的名字很不让人待见，我不想说，我只能说它们着装统一清一色黑。这个地方以前是一个不算小的乱坟岗，黎浦有一回值班时告诉我，我当时肯定吓得不轻，因为黎浦嘲笑我的样子像见了咋尸的。听说咋尸这话我叫了一声跑了。叫声比鬼还难听，黎浦第二天带我整理库房时说。黎浦说这话的时候没有幸灾乐祸的嘴脸，跟学员队队长白河池不一样。

望见哨兵的样子我一蹦就蹦上后座了，嘿嘿直笑。大胖甩过来一句“就你能新兵蛋子”，一踩油门，轰左一声磕着头往前冲，我的头嘭地蹿向车顶。蓝姿妮马上大叫，说大胖你抽风啊，疼死我了。她揉揉脑袋左边，刚才她跟我说完话朝里让了让，头挨着窗玻璃发短信。

大门口果然没有等坐车的干部，连封路的临时勤务也撤走了。我问哨兵总指挥是否真的徒步行进，哨兵说他真的带着队伍沿国道朝西走了。蓝姿妮说放心吧你。我就是放心不了，瞅着前座副驾驶位置我有一种预感，总指挥不会真的全程徒步行进，他指不定什么时间还要坐车，因为我看见那顶二十块钱大檐迷彩帽像留守儿童一样守望父母归来的路，那父母总归是要回来的。总指挥回来了我怎么办？蓝姿妮说放心吧你，大胖会知道的。大胖肯定会得到通知，比如到哪条隧道口等候，或者一直朝哪个方向开，一直开，直到什么桥什么河甚至什么标志性物体。到了那里，该继续开还是原地待命，司机怎么会不知道呢，司机不知道总不至于让总指挥动物狂奔似的追赶汽车吧，那样就太不像话了，简直非常不像话。想到这里我便准备放下心来，至少放下一会儿是一会儿吧。

太阳爬得面红耳赤，我们就沿着国道往西开，这期间封路解除以后的手扶拖拉机、小货车、市郊大巴等各种农用车和公交车等，大口吐着白色、黑色或者混合色的烟雾呛得国道不住声地咳嗽，路两边高高矮矮的树和叶子满面风霜，或白或灰色的各种混合灰尘往上面像墙壁一样刷了一层又一层密不透气。

副总指挥带着新闻干事穆求是烟尘腾腾从路对面冲过来时车刚行驶了不到 500 米，那里是一片青稞地的塄坎，塄坎旁边野生一蓬一蓬差不多齐腰高的蒿子、小榆树，他们或许就被这些疯长的绿油油打乱了组成一个人的主要元素。

穆求是挤在蓝娑妮和我中间，副总指挥往副驾驶位置搁屁股时嗓门儿嘹亮地放了一个长屁，我见大胖的鼻子十分痛苦地往旁边挪了挪，试图想找个合适的出口。穆求是就说，司务长带后勤保障车先头走了，中午咱们到达点将台小学吃饭。废话！蓝娑妮瞥过来一眼，咱们从来就在点将台小学吃饭，四年了，我年年都去。穆求是笑了，他一笑蓝娑妮就转过头去，他毫不在意，说不一样不一样，跟你去的时候不一样了。蓝娑妮便故意省略过其他部位照准朝他眼睛看，看到他瞳孔里有一张充满鄙夷的脸便忽闪两下睫毛，这样会很容易冲淡那种表情的杀伤力而迅速隐匿到一种女性的沉静后面。她的睫毛很好看，毛茸茸黑压压。穆求是显然准确及时接收到这种沉静，连我都感觉到了他周身细胞立刻呈现活力四射，我想他说不定就把这种活力四射的样子一股脑倾巢出动，但他好像沉默了几秒钟，很快又笑起来，说蓝医生你还别不信，为了这次拉练副总指挥带着勤务教研室实地勘察不下三趟，点将台小学打今年年初学生就统一搬到二十里外的点将台乡寄宿小学上学，只留下一年级七八个学生和一个校长一名老师，不信你问问副总指挥。

我不问我不问我偏不问。蓝娑妮嘟了嘴，我突然觉得她任性得近于蛮不讲理。我问穆求是你说学校只有七八个学生那还叫学校啊。穆求是说不算少了，那种地方，兔子都不拉屎。副总指挥突然将脖子拧过来，那张脸上的血管被高原紫外线撕扯得丝丝缕缕且呈紫色网络状，犹如蠕动在满是牛羊或者其他动物粪便混浊沟水里的鱼虫，一窝一窝绞在一起。他说脑挖清着，村长子尕娃子婆娘是花哈五万买回来子否，买胡尕县和格化县那达女子还得加钱俩。他是本地人，把我说成脑，把知道、明白等含义说成挖清，夹七夹八不少语气助词，蓝娑妮背地里评价听他说话像咬风干的羊肉手抓。风干的羊肉手抓没尝过，想必咬得眼珠暴突头痛脸肿或有可能。好在他的话不多，说这话的时候眼尾扫帚似的凌空刮了一下蓝娑妮，蓝娑妮后来跟我说，他啥意思啊，他当我是阿娘一辈子站不到人前，跪前跪后伺候男人啊。当时蓝娑妮没说什么，好像狠狠掐了穆求是，因为我听到穆求是哎了哎。那声音轻得不比副总指挥的屁股在座位上摩挲出的声音大，但我还是听到了，或许我和他挨得实在太近了。他不敢挤蓝娑妮，就把整个身子甚至手里的照相机都固定到我这厢，我只能跟车门争位置。好在顶篷和窗子的接缝处是个缓慢斜过来的弧度，要不是我个子大，要不是窗子上方有个抓手，要不是那个抓手恰巧卡住我的脸，脸在颠簸时鸡蛋碰石头似的不知死活，弧度以下还是可以挤出两指的位置，那么我就不至于一直需要把脸像壁虎一样扭曲成麻花贴到弧度上，这样的姿势活生生折磨死我，且不说我骨头架子还不算小并没有缺钙柔韧性不咋样，在骨臼里像生了锈的螺丝。我肠子都悔青了，随着队伍徒步行进多好，阳光、空气多好，这个季节山算得上绿，水算得上清，村庄也还不算灰蒙蒙，运气好的话看到三两个养眼的尕妹妹也说不定，为这哪怕祖宗十八代被总指挥挨着个骂得下流成一堆狗粪又能如何。老娘常说骂吧骂吧，又不能长到身上，当大风刮走好了。

直接开到点将台沟？大胖问副总指挥，他的意思是说就这样一直拉一帮蹭车的到地方了事？副总指挥没有应声，他觉得直接开到点将台沟不会超过十点，那样的话是不是太早了，徒步行进的队伍最快十一点才可能到达，如果一路上不搞野外作业想定的话。大胖这样问显然觉得保障总指挥的车就这样坐些拉拉杂杂的人开到目的地，且不说自己的工作失去了原有的价值体现，这车根本就没有派的必要。既然没有派的必要，他这一趟的准备岂不成了折腾？他从五天前就开始像干部体检一样体检车的每一个零部件，昨天晚饭后直到就寝前的时间里，他一直擦洗这辆车，里里外外、上上下下，大到轮胎小到脚踏，侍弄得像准备出嫁的女儿光鲜夺目。他认为车之于司机有难以解释的灵气，就像狗之于主人，甚至可以做到人车合一灵犀相通。既然车保障总指挥，他有必要和车的立场意愿保持一致才对，即使中途任务改弦易张，他想他和车都该接到正式通知才算，不至于像现在稀里糊涂就跟愣头小子裸婚的傻丫头。他想还是应该跟总指挥汇报一下，至少通过黎浦侧面请示请示。但他不能越级请示，我也不够格，何况按规定战士不能用手机，既然没有手机，请示就是其他人的事。

穆求是，这事得请示总指挥吧你，要不人家大胖咋开。蓝娑妮扔炸弹一样扔向穆求是，我看见穆求是鼻翼朝上迅速掀了掀，好像还轻轻吸气，他瞅见蓝娑妮那双深湖一样的眼睛急忙红了脸，像他这样黑瘦的人能让人看出红了脸并非易事，要不是他眼神闪过一望而知的惶惑或者说是羞涩之类的东西，加上低头的动作，我也不好就判断说这是缘于蓝娑妮那尼斯湖水里奔涌而至的怪兽魔影。穆求是低头的时候其实恨不得咬烂自己的鼻子，像藏狗那样听得见咯吱咯吱寸草不留的咬合。蓝娑妮以前嘲笑说他这种掀鼻子的样子很丑很蠢笨，像狗像狼或者别的什么东西耳朵却压根做不到向后抿，不能向后抿就毫不具备攻击力，毫不具备攻击力还掀啥鼻子啊掀。蓝娑妮有次在饭堂又说他吃肉的嘴脸像饿了至少一年的猪，又丑又傻，断言他小时候或者说参军前根本没吃过猪肉光见过猪跑。这样说直接导致的结果穆求是当即黑了脸摔了筷子，说我就是家里穷吃不到肉那又怎么了，我又没吃你家的肉你激动啥。蓝娑妮突然怪异地笑了，说你吃，你吃，往死里吃，再吃也就是一鬼样子。她指的是穆求是长得又黑又瘦且高，军装穿他身上仿佛晾在干树杈上的床单毫不孔武过人。穆求是这回没生气，坐下来开始长达二十秒左右打雷似的哈哈大笑。饭堂里正在吃和不正在吃的目光像B超一样蘸满润滑剂迈着四种步伐过来的动作整齐划一，蓝娑妮往外走的时候大声说傻不傻啊至于这样啊，不就是答应你给我们门诊部每天倒垃圾桶嘛。穆求是和他的笑便一下子像太空行走一样，力不从心。

穆求是再抬起头时望了一眼副总指挥，副总指挥像压根就没有听到一样跟大胖说，去点将台沟子路你跑哈过几回呐。大胖应声一二趟吧，两年前。副总指挥沉吟一下说那就麻嗒了，路子新修过子。

2

穆求是把照相机来来回回摩挲过一段国道，车便开始往左边小路拐下去。他一直朝前方看，知道蓝娑妮正瞪着那双好看的眼铁镐一样一下一下死命锄他，他宁可朝渐渐多起来的青稞油菜花土豆地像木橛子一样楔进去等待发芽。土坯或者石块、碎砖等混搭垒起来的平顶民房一小簇一小簇甩到路的两边，样貌平常，灰突突像洗不干净的制服，打着褶皱。我突然眼睛酸了酸，蓝娑妮就说放心吧你。那款红色手机精致地打开，我瞅见穆求是早有预料似的用肘子轻触了触她，蓝娑妮迅速回了一肘子，用力好像很重，因为她是咬着下嘴唇的，穆求是的上身朝我这边歪了一下，肘子恰巧顶了我的第二根肋巴骨，我的头更加不合时宜朝顶篷接连嘭了两声。蓝娑妮定位很准地朝我的头看，我便装作看或者不看几无可看的灰突突村庄。这时候从苹果树荫蔽半面土墙的院里走出一个人，头上包一块看不出颜色的腈纶三角巾，峰驼一样的背，穿一双涮成白色的老式胶鞋，扛一把铁锨往地头走。蓝娑妮说当地的男人死懒死懒，不干活不挣钱就会喝烂酒打老婆。穆求是急忙拿脚触他，蓝娑妮不管不顾又加一句，世界上的男人就是死绝单剩这儿一个，我也不嫁。连我都看到副总指挥太阳穴的不安分，偏蓝娑妮不知装傻还是真的不觉得，她对着已经拨通的电话叫，哎我说黎参谋，你请示请示领导大胖这车开哪儿啊。她说这话的时候蹙眉鼓唇一副忧心如焚的模样，可能黎浦很快请示了总指挥，因为她听到总指挥打雷似的声音差点震破耳膜，她赶紧把手机挪离耳朵，这下子全车人都听到了那边的咆哮和咆哮似地热情问候大家的母亲，说把指挥车当救护车了是吧，老子不坐还叫龟救护……指挥车！

最后，蓝娑妮把身子往前倾着扶住前座靠椅说，大胖，国家电网北岔道口等总指挥上车。大胖应声明白。他知道队伍徒步行进和行车路线并不在一条线上，徒步行进走的是直线，从国道拐下来略过大路，直接顺着山脚朝西走，就会走到一片小树林，那儿杂乱无章种着许多小到拇指精细的杨树、榆树，稍粗大的也不过是些胡杨和叫不上名字的野生树木和低矮灌木丛，还有一条不很忙碌的铁路从不远处通过，另一边是盔锅一样的山包。山上没有树木，队伍应该就是沿着这条铁路线穿过一个小村庄，从小村庄满是灰尘的小道一直走到另一个盔锅前，铁路绕着山往北转个身再折腰朝西铺展开去，队伍便会直线翻过这个叫拉架山的山包，走到山另一边，从山上缓缓下去便到了点将台沟。当地人把那个小村庄叫作兵马营。

如果大胖知道黎浦所谓的国家电网是横担在如糖葫芦一样的绝缘子串上而不是写到牌匾上，他就不会走了那么多冤枉路，到最后还要让双脚坐等四轮。

黎浦告诉蓝娑妮说道国家电网等他们，国家电网旁边有一条便道，便道翻过国道就到了兵马营。黎清说总指挥从那儿上车，沿国道拐省道再拐村路进点将台沟。路会越走越窄越来越糟糕，但比徒步行进的路况宛如天衢。也难怪，总指挥的个头跟我比——应该是我跟总指挥的个头差不多，可他比我肩宽比我脚小，重要的是他有近二百斤的重量，我猜他的血管里漂浮近一半油花，有那么多肥油颗粒恐怕血已不成为血了。如果不是算得上年轻，如果办公楼里不装电梯，那么严重的三高病照蓝娑妮的话说一准撂趴下。我就猜他不能全程徒步，即使他咆哮我也没打算一直全程坐车，且不说他的骂出类拔萃空前绝后，头、脖子、腰、腿黄河九曲弯似的麻花坐姿肯定会要了我的命，何况我越来越觉得自己的位置真的不在这儿。不懂得适时离开已不属于自己的位置，都没有好下场。

路上的车越来越少，那灰突突的民房也越来越难得一见，路边简陋得更不像话的修车补胎打气铺、小饭馆、洗车加水处等灰头土脸毫无姿色地闪过去闪进来。没有人张罗生意，似乎大半还紧闭门窗，偶见地头几个身影被庄稼缓缓吞吐着，一两个匆匆身影奔往茅坑时弓背哈腰，茅坑没有屋顶，随便堆放些土块碎石或者牛羊粪等围起来仅半人高的墙，站起来露腚蹲下去没顶。穆求是睃一眼蓝娑妮，神情怪异，蓝娑妮眼睛机关枪似的左左右右扫射，专注得像给病人包扎伤口，她的情绪似乎没有受到总指挥咆哮的影响，平静，简单。她人真不错，要是诊疗技术好一些，我想她去年那个机会就能把握住。

是不是这儿啊？蓝娑妮下巴点着左边正在闪过的构架和构架横担上的绝缘子串。穆求是说不像啊，才多少构架，国家电网最起码看得到办公楼看得到大门，大门得有单位牌匾。蓝娑妮哦了声，应该快到了吧国家电网。

没有人应她，我觉得大胖似乎有了心事，不知从什么时间开始，也许有半小时或者差一点半小时，他不再说话也不再有表情，左手松松垂在体侧，右手闲闲搁在上面，车少路宽，他这样做也无不可。副总指挥脸一直朝前，嘴上却突然多了一根烟。穆求是掏打火机的速度惊人，他一手护住火苗端向前，火苗燃烧烟丝的位置恰到好处。车里的烟草味顿时四处奔突，穆求是笑说啥牌子这么好闻。副总指挥没吱声。

这儿像这儿像，大胖快看。蓝娑妮轻拍大胖肩膀。一片构架十分出众地托举白花花的绝缘子串，一栋灰色建筑匍伏其间。围墙很高，围墙旁边有一条小路贴着一道小沟通向野树密集处，那里傍着一个高坡。穆求是嗯了声说大胖往前开开，前面应该有大门，看是什么单位。

一段高墙灰了足有四五百米长，不知道为什么，我老觉得这个地方应该就是黎参谋说的国家电网，构架像，小路像，绝缘子串像，但灰墙上压根没有张嘴巴，不少诸如生男生女都一样这样的话。车停下来，墙在眼前拐了 90° ，一声不吭径直掉头回高坡。

穆求是眉头拱起的疙瘩不成行伍，他把墙外重新扫了一遍。墙外一大片荒地，以前应该是庄稼地，旁边曲折着小沟渠，小沟渠没有水。荒地上胡乱堆一些旧砖、铁丝、碎磁片等，想必是墙内建设时的废弃物。看他朝墙体走了两步，然后又后退两步。我趁机到车下弄直脊柱，屈伸屈伸膝盖骨，一面琢磨着高原上的太阳一露头为什么就像切割机一样切割得脸疼，一面望着路上，路越来越宽。

有个骑摩托车的路过，蓝娑妮把脸伸出窗来，喊声师傅师傅这里是不是国家电网啊。那人手指来路说往前走往前走哇。车便继续往前开，穆求是细脖子黑鹅一样伸出老远，如果不是挡风玻璃，大胖担心他会爬出车去，因为他的头几乎触到了后视镜。这一切穆求是仿佛未见，既没有坐回去，也没有打算坐回去，一左一右手扒前排座椅，身子从两椅间的空当递出去，像一只大鸟展翅一样。目光略过一些树，这些树干根部或刷半截子一样颜色或没有刷过颜色，略过裸露灰黄色的土堆、路基和蜿蜒在其中的小溪模样的干涸沟渠，只看到越来越空旷的大片荒野。他从地形判断综合演练拟定的区域应该能看得到铁路铁，但铁路似乎打一开始就没有出现，或者他就从没有留意？铁路线应该能看到的，如果再开二三公里还看不到，路线有可能走错了，因为参加演练人员背着背包、水壶、挎包，学员按规定携带手中武器，干部携带五四式手枪，以急行军的速度有可能到达貌似国家电网的灰墙位置，到达眼下开进的位置几乎不可能。何况，他了解他们的开进速度。

大胖觉得浑身汗腺已经张牙舞爪奔突得热烘烘，他想再这样开下去他会越来越慌，要是徒步行进的队伍老不见指挥车到达指定位置延误行军速度，且不说总指挥骂起人来花色品种齐全，他一个指挥车司机怎么说都是失职。军人失职祖宗八代都抬不起头，他听老辈人都这么说。他目光斜一下副总指挥，副总指挥的 07 式夏迷彩作训服十分崭新妥帖，也不知他在思考什么，似乎对车里的气氛毫无感觉，两手交叉抱到胸前，弓起上身。大胖想他勘察过几趟演练路线，演练路线来回也就不足 20 公里，怎么也应该有句话，省得无头苍蝇似的。但副总指挥压根就没有说话的意思，一任车开开停停，好脾气地坐在那里不吱一声。

宽大的道路终于在望见零散在路边的几处破败的水泥矮墙前出现了一座小桥，车是在开下了一段缓坡后停下来，因为大家都看到了桥下面有条铁路穿越而过。我和大胖都松了一口气，有铁路就好，队伍不是沿着铁路开进的吗，既然沿着铁路开进总会等得到的。大胖咧开嘴大笑，说就是嘛就是嘛，我以前见过这座桥，见过水泥墙。蓝娑妮突然说，说傻了吧你，你当他们都是飞毛腿导弹啊。话没听完我就记起来了，从灰墙构架到此地里程表显示已超过五公里，队伍无论如何也走不到这里，除非插翅，我知道他们现在都没有翅膀，以后也不大可能会有。大胖瞅着方向盘心里一定非常恼火，手握成拳头抬到半空想重重砸下去，却发现拳头和穆求是的下巴进行了实战，穆求是的下巴显然不敌重火力狙击，随着一声哦或者呃和咔之类模拟痛苦的惨叫，大鸟终于收起翅膀坠落下来。蓝娑妮已经调整出异常职业的医生眼神——这一点我很佩服。她像 X 光一样把目光摁向下巴，很快像摘听诊器一样利索地把手一挥说，没事没事，离命还远着呢。穆求是知道没事儿，下巴咔出那一声来自上下牙齿碰撞，其实不是疼是酸，但心里分明且疼且酸。

蓝娑妮好像没有穆求是和大胖着急，见有路过的人就下车去问路，回来说人家说还在前头，我怎么觉着不靠谱啊，要不咱往前再开开？大胖拿不定主意，觉得副总指挥应该发话了就望向他，蓝娑妮马上说是啊是啊，穆求是，你不是和副总指挥勘察过路线嘛。穆求是暗叫一声苦，他其实从来没有说过勘察路线的话，蓝娑妮这样说不是敲山震虎就是记性太差，但他不能把自己拎得太清，那样的话就是指责副总指挥工作不力或者方位勘察不明，他猜副总指挥至今没给出建设性意见说不定也判明不了行车位置，判明不了就不说话，不说话就是最好的说话。他苦了一会儿脸就舒展开了，他想到指挥车上一定会放一份路线图，因为综合演练说到底最后简单到了按图行进，既然按图行进，行军路线图是一定要有的。他就问大胖，大胖一拍脑袋说总指挥骂得对，我这脑袋也让驴踢了。从车门内侧取出一个蓝色的文件夹，文件夹里果然夹几张打印纸，一份《2006 级毕业学员野外综合演练实施》。穆求是看到附件里标注《2006 级毕业学员野外综合演练行军路线计划图》时的神情喜鹊登枝似的，按照地图标注，判定他们所在的位置差不多快到达一座颇有名气的寺院了，这意味着他们偏离指定路线至少七八公里，队伍绝无可能在这一带出现。

我说怪不得民房都望得见了，像要进县城似的。大胖说这会儿睡醒了是吧你，全国都解放了。我不服气跟他急，说睡龟啊睡，我这会儿撂下油锅捞上来就是十八街麻花了。蓝娑妮说那个老乡真是的，告诉我国家电网还得往前开，再开就开到寺院里了。穆求是说县里怕是有，老乡不知道咱找哪个。蓝娑妮说屁吧国家电网，你白痴当大家都弱智啊，我想国家电网指定不是一个具体单位。大胖问怎么走，穆求是说往回开，我觉得那一墙构架应该就是。蓝娑妮突然举着文件夹朝他头上打了一下，说你们要永远相信女性的直觉，我没有上过军事地形学课，也不是指挥专业毕业，可我就是觉得那里就是国家电网了，你个死脑筋，非要找到牌匾才算，来来回回折腾人。又哏儿哏儿笑出声来，迷彩帽拿到右手上当芭蕉扇挥，挥了两下帽子转到左手上举到车窗上方，正好遮阳。

车调头往回开，轻松空气在车里快速流动，我的脖子却疼得抽筋似的，紧紧扭到车窗抓手处，随着刹车启动或者颠簸，头和脸就会撞上去再弹回来，然后下一次撞击带着惯性的迅猛，我听得到颈椎在一次一次碰向抓手时发出一种咯吱咯吱的声音，仿佛会在又一波连续撞击后折断。头有些晕，喉咙干渴，上车时就拧开盖子的一瓶矿泉水还在手里，我不敢喝，我想水流进去的管道一定挤压变形。这样过了不知多久，听见大胖不停摁着喇叭，大概路上的车多了起来，我看不到，我压在那里只能俯视下方的车窗，但我不想扭动哪怕一点点脖子好看清外面的情况，我只能看到蓝娑妮那个方向，但穆求是的头刚好像活塞一样堵在瓶口。他在赶时间，我懂他的担心，但副总指挥显然气定神闲，我听到他说句不带方言味道的话，他说保到位即保胜利，保胜利即保安全。屁话，我心里想，我想大胖心里也会这样骂。没想到蓝娑妮说大胖大胖看你这汗淌得，没事儿的总指挥心眼儿蛮善不会太跟你过不去，再说又不是你的错，没人通知你这车怎么开呀。应该是穆求是有阻止的眼神或者动作，因为她突然大了声喊干吗，老不让我说啊你，人家大胖有任务，误事儿谁保人家啊。就是你这种囊松太多了，吃闲饭捣闲话整能人做大梦，连指挥车都指挥不到位，教学还能到位呀，怪不得学院要撤销，我看早撤早好。

车里突然静得可怕，谁都听得出她的话里有话，指桑骂槐，桑是穆求是，槐是副总指挥。我相信她应该没有这层意思，虽然副总指挥像个泥胎似的一任大家急得火烧火燎不为所动，非但不为所动，还说出那样的话显然不合适，可他分管教学这是谁都明白的。所以穆求是不知如何接这个话，蜷紧四肢，恨不得像乌龟一样能把头缩回身体里去以躲避之后的山摇地动和雷鸣电闪。应该说大胖和我一样很觉解气，可能大胖更感激她的，她真的是个好人。可大胖却说，蓝医生您别这么说，我挨收拾我活该，这么大的事谁叫我没请示汇报自作主张呢。他的话仿佛不愿领情，我猜这家伙是怕蹚浑水或者真的自责，要是前者，他一战士这样取舍很是无奈，说到底蓝娑妮也在副总指挥领导下。蓝娑妮不说话，可能没想到大胖这么回复她，所以她要让自己镇静下来。

大家在等副总指挥的发作，都认为他的发作在情理之中，何况蓝娑妮一路上像学扎针的新手朝他手背上的静脉血管作一次又一次进攻，毫无底线。我想穆求是说不定想为她说点儿什么，看得出他喜欢蓝娑妮，他喜欢蓝娑妮的事学院乌鸦都看得出来。

一只小鸟发了疯似的俯冲过来，嘭一声在挡风玻璃上盖个章子，大胖右手紧急一拐，汽车冲过路牙子发着嘎声停下。一棵拇指精细的杨树折断，断茬参差在白灰涂抹处。那只鸟儿飞下国道，肝肠寸断。大胖飞快下车前前后后检查一遍而后骂着人家妈就回到车上，手往额头抹了一把汗。这回蓝娑妮一言不发，眼睛往窗户外面望，外面的太阳一大把一大把往外狂甩发着炽光的钢钉。她已戴回迷彩帽，舒舒服服靠在座椅上，汽车往回开时就已用不着遮阳了。太阳找到我时找不到我的脸，我的脸在抓手处露着狰狞。我怀疑我会不会下车后还能直立行走，千万别回到我们的老祖先茹毛饮血的模样。我的腰酸疼得厉害，像骨头碎裂成大大小小的尖刺深深扎入肉中，稍一动就会要了命。我的右腿得不时狠狠掐一把，才能相信没有掐到车门上。小鸟兴许把发着白光的挡风玻璃当作了什么，总之不会那么不要命地送死，岂不知汽车那么紧急制动一下，我倒几乎送了命去。我默默祈祷快些到达，我能想到和队伍快步如飞或者不见得快步如飞的时候，一定会幸福得像花儿一样开得傻头傻脑，太阳照下来四肢百骸恨不得唱起花儿来，我快乐得能流泪。男人就得到太阳下去，到风雨里去，到一切和苟且回避无关的地方去，活得磊落活得野性，多好。

可眼下我只能蜷伏得像一条跛了四条腿毫无办法的病狗，垂着头吐着舌头，眼巴巴等着荒原的呼唤。

继续前进的时候没有人再出声，穆求是腰佝偻着小心摆弄照相机，他似乎在等合适的时机说合适的话，也许不是。大胖背挺得像一棵箭杆杨树，目不斜视，双手都放在了方向盘上自如地交换。他怕是这车里觉得最没必要开口说什么的人，眼下他只想把车顺利开到指定位置，刚才那一虚惊到现在不能平静，要是刹车慢一点儿，路牙边不是树而是车或是人，那祸就闯大了，且闯得毫无意义。好不容易走出深山老林里的茅草屋，茅草屋里有他瘸子父亲和瞎子母亲，他们都仗着他养老。他是不甘心打回原形，甚至连原形还不如，背着处分，所以他不想再节外生枝。

副总指挥说话了，总指挥咳嗽一声终于说话了，穆求是立时停手挺直后背，神情严肃。副总指挥说话的语气里没有特别的味道，他说，害人俩，这只鸟。穆求是明显愣了愣，之后笑得沟壑纵横地点头附和。

3

黎浦电话打进蓝娑妮的手机上，蓝娑妮这才调整一下身体，不知黎浦那头说些什么话，她哦哦几声后就乜斜一眼穆求是，问，我们的具体位置。她这回没问大胖，没问大胖直接问穆求是，意味着他对大胖那句话还是放心里去了。穆求是仔细研究了地图后说，离 3 号铁路隧道口 2 公里左右。离 3 号铁路隧道口 2 公里左右，蓝娑妮对着话筒重复。黎浦可能沉吟了一小会儿说，那好，我们到 3 号铁路隧道口北面会合。大胖没等黎浦挂掉电话就叫起来，3 号隧道口在另一条乡间公路上，直线距离 2 公里，我们拐到乡间公路要穿过刘家堡，刘家堡的路破得像块抹布，怎么走？就到构架等多好，车直接到，反正他们要穿过国道。穆求是说地图上没有标识构架，车好办，一踩油门的不是。大胖实在忍不住，拍打着方向盘一迭声喊着说得轻巧，你开开试试。副总指挥猛然喝道，卡码呒有，开车。大胖不再吱声，嘴噘得像个拴驴桩子。

能镇住大胖的只有副总指挥。其他人说到底多少要仰他鼻息。但大胖有些怕蓝娑妮，因为蓝娑妮一直再没和他搭话，他不时偷偷抬头瞅后视镜。由于我不得不将脸歪向左边，所以除了副驾驶位置差不多是盲区外，汽车不加重我的疼痛时注意到其他人的一举一动十分容易。

要到3号隧道口，汽车滑下国道后拐入一条乡间公路，像一条细腰带的乡间公路仅容一辆小汽车通过，但分明新修不久，水泥路平平整整棱角分明。油菜土豆之类叶子搭叶子比着长，青稞穗抽出二指多高，一个个张着嘴吐纳好闻的青气。

汽车开得出奇平稳，走到刘家堡时道路出奇好。一切看起来都出乎意料顺利，要是不出意外，5分钟后就会到达指定位置。可村庄还没出去，副总指挥的担心变成了现实。当听到一声近似二踢脚的炮响，汽车还往前开出去七八米。停车！检查！大家听到一声吼叫，副总指挥紫红色网络状的血管刹那间变成黑紫，他从车上一跃起而下，直奔车后。吼叫、开门、跳车几乎相差不到一秒。大胖本能地把手从方向盘上滑落，脸色苍白。蓝娑妮也跳下车，我却是被穆求是撞下去的。他一定是情急下车，没等我把身体痛不欲生地弄平展就打开了车门，我便脸朝下滚落地上，他的一只脚就是在那时踏上我的腰椎的，我感觉自己像那只爆了的内胎。

右侧的后轮胎爆了，穆求是手忙脚乱地帮着大胖，查看爆胎、传递工具、取备胎、换胎，副总指挥围着车前前后后检查，还是蓝娑妮最先发现我不对劲，鼻子淌血，上唇破个小口，沙石灰尘凝在伤处，她取到酒精药棉擦拭。她的手也许很轻，但我感觉不到这些，当我是扶着车门慢慢站起来，腰疼得像开足马力勤奋工作的一把死心眼儿风钻。我一声不吭，我以为一路上都是这样疼过来的，这样疼痛之上再加上一些疼痛也不会死。我觉得我当时还能忍住，能不能照样忍着翻越拉架山到达点将台沟，我心里没数。

蓝婆妮问我能不能忍，她声音很轻，可能怕副总指挥听到。我点点头，她松了口气。

这时候刘家堡的男男女女围上来不少人看偌大的军车如何被千斤顶顶离地面。有人上来问能帮啥忙，要啥工具回家可以取。几个妇女嘻嘻笑着低头快速交流着什么，其中一个走过来张开一口牙要蓝婆妮看，可能害了牙疼，半个脸都肿了——她们认得蓝婆妮印着红十字的白色袖标。臭气加上生葱味儿打得蓝婆妮直往后退，赶紧说她不是牙医主要她还有任务赶时间不能出诊。但那个妇女不相信她的话坚持要她看，还说疼了一晚上连片止痛药都没吃。坚持到最后那个妇女拽住副总指挥又张开一口牙，副总指挥只好交代蓝婆妮给她几片牙痛安，蓝婆妮老实说没有，拉练准备的都是跌打损伤类药，最多有三板阿司匹林。副总指挥说那就给阿司匹林吧。蓝婆妮就去车上药箱里取药，身后跟上来好几个年纪大的阿奶也要阿司匹林，蓝婆妮看了看手里的药又看了看副总指挥，牙一咬，三板阿司匹林悉数散了出去。

就在蓝婆妮发药的时候黎浦又打电话过来询问具体位置，蓝婆妮想都没想说车胎爆了在刘家堡修理。黎浦的电话挂得很干脆，干脆得让蓝婆妮立刻感觉到了不祥，就像大地震来临之前的余震。果不其然，一分钟后，最多也就一分钟，黎浦的电话再次拨进来，总指挥的声音低沉、阴冷，说驾驶员接电话。蓝婆妮手打战颤儿把电话递给正满头大汗的大胖，大胖听到总指挥三个字时，背一下子挺成了箭杆杨。扬声器并没有打开，周围声音嘈杂，可站旁边的人都听得见总指挥的骂声，那是越过母亲直奔奶奶的强烈问候，最后一句话其实就是规定到达3号隧道口北的动作很大，一个字，滚！

他们最终没有滚，而且很快到达了指定位置。他们在望见3号隧道口时就望见了紧贴铁路路基旁一条土路上的一面红旗，红旗在山脚下红成一个太阳，太阳下着迷彩服的学员或坐或立。我没有望见总指挥，我只见黎浦手里挥舞一面小红旗。黎浦是一个行动迅速的人，做事干练，这时候他的脸在旗子后一闪一闪。大胖把方向盘突然猛力向右打，车轰隆隆地就爬上一条满是碎石子的便道，那条便道直通路基后的土路。我们谁都没有看见有这条便道。大胖这会儿和车里任何人根本不交一语，包括副总指挥，我感觉他快哭出来了。当他满脸水道纵横地爬上坡时，一下子就跳了下去，像弃机跳伞的飞行员。我望见总指挥肥硕的背影远在一堆干树枝旁边和几个干部说些什么，他们均挺直后背五指并拢紧贴大腿两侧。蓝娑妮一言不发开车门，临下车的最后一秒钟，她的右臂突然长出半尺多，我还没有看清楚，挡风玻璃前的一团东西便一把捞出去。穆求是紧跟着下车，他这回没再推着我一起滚出去，而是从左侧下去的。就是在这个时候，一直望着总指挥背影的大胖突然冲过来龇牙低吼一句，还不下车走等抽啊你？我就像受伤的兔子一样扑出去。

可是我没有想到我不是兔子，我的腰椎在我扑出去的刹那眼前一片漆黑，黎浦后来告诉我当时我差不多是滚出车的，把大胖砸倒且砸出个嘴啃地。在我不省人事的时候，黎浦第一个到达，总指挥和那几个干部大步飞奔过来。我能想象总指挥那么胖的身体如何能飞。但他不但飞了，而且没有骂我。后来听说蓝娑妮就在地上给我做了检查，她居然摸得出我的第几节腰椎受了多重的伤。可就在大胖准备拉我返程的时候我醒了，醒来第一句话就说我能行，我想到点将台沟。行你个龟，你当你是打不死的英雄，临牺牲还要交上来一份入党申请书？你小子少给老子搞非战斗减员。总指挥骂人雷霆万钧气势磅礴，我也就立马偃旗息鼓寒声不起了。就在我吃力地打算上车，总指挥突然吼一声，你小子就这样滚蛋了？我赶紧转身敬礼，总指挥瞪着我不说话，过了好一会儿，手臂往上用力一挥，前进，人已出去了好几步远。人已出去好几步远的总指挥转了一下头，冲站在车前发愣的我骂，你小子还不滚过来！我声音洪亮得如同出水芙蓉地大声应个是，提起步子赶上去。

土路走了不到一公里，开始朝拉架山进发。经过兵马营时，路狭窄得像随意甩下的一根破麻绳。太阳是一个烘干机，空气里仿佛到处都是像火石一样冒着火星的干燥。如果说身后的土路是板结了的湖区，那么这里便是一塘涟漪湖水，只不过湖水由厚厚的黄土形成，黄土像筛子细细筛过，捏在手上细滑如粉。没有风，即使过路的微风也没有，但脚却像陷在泥泞的沼泽地，需要缓缓落下去缓缓提上来，土太厚了，厚得他们能走出漫天烟尘，这些烟尘让他们的脸宛如未入窑烧制的泥坯子。

帽子呢我的帽子？总指挥想起他的大檐迷彩帽问身后的我，我说蓝医生戴走了，然后遥指一下跟在队伍尾巴上的蓝娑妮。蓝娑妮正将那顶帽子戴得像傣家姑娘，只差背后少一只背篓。我很不想这话由我嘴里说出来，倒不是我怕总指挥冲我大骂，主要是不想蓝娑妮挨骂，她那么好的一个人，那么照顾我，我是不该以怨报德的。我的腰椎可能没有她报告总指挥的那么严重，她这么说只有一个解释，想让我回去休息，觉得毫无价值的演练纯粹就是折腾。

她显然并不知道从车里捞走的那顶帽子是总指挥的，我敢打赌她要是知道决计不会戴的，哪怕脸烤成东坡肘子。

现在那顶帽子戴在她的头上，像刺刀一样扎着总指挥，我猜。

我奇怪总指挥为什么只瞟了一眼就不再瞟了，他交代白河池说进入兵马营队伍要有队形要有形象要有歌声。他没有骂我也没骂任何人，他声调正常。于是队伍里就唱起《打靶归来》。他竟然笑起来，骂白河池他娘，说你这是给老子捣乱啊，仗没打就唱你娘的凯旋歌。白河池于是也笑骂区队长学员你这是给老子捣乱啊，仗没打就唱你娘的凯旋歌。区队长学员赶紧换一首《团结就是力量》，总指挥哈哈大笑，边笑巴掌便照白河池脑后勺砍，说你给老子走走看，你给老子走走看。白河池果然踏着节奏走路，很快就气喘吁吁尘土飞扬，便照着区队长学员屁股上就是一脚。

更奇怪的是疼得我畏畏缩缩地腰病不知何时毫无察觉地消失了，且消失得干脆彻底，差不多都记不起疼痛的感觉了，好像做了一场午梦。总指挥说你小子就是命贱，坐一回车坐得差点儿闹出来非战斗减员。我想问总指挥是怎么知道我能好得了，就敢答应随队前进。可我没敢问，张张嘴咽口唾沫。我发誓我咽唾沫声音不大，可总指挥好像脑后有双眼，立马用指头点着我额头说，老子步行你小子不要想着坐车溜。礼敬得像个军人，那就当个军人用，老子还就不信了！末了又加了一句，男人得靠摔打。

我不知道他最后这句话是不是有所指，但我真的没在队伍里看到副总指挥的影子，他打算将车坐到底了，也许需要一个人押车到达目的地，也许总指挥临时决定全程徒步，带车的事指派给他，或者他回程徒步？后来证明我的猜测是对的。

可这时我不知道，烟尘呛进肺部许多人开始咳嗽，总指挥命令队伍不再唱歌减少说话，穆求是帽檐扭到脑后，精力充沛地前前后后奔跑不停抓拍镜头，咔咔调整焦距，或蹲或立或远或近，眼看他跑到队伍最前面，眨眼已跳进旁边的沟里，想看他如何爬上来他已到眼前。偶尔见镜头假公济私地对准蓝娑妮，蓝娑妮像个神秘侠客的样子帽檐往下一拉，镜头立刻转向其他人。我猜穆求是根本没有希望正如白天鹅怎么也不会对黑蛤蟆感兴趣。蓝娑妮长得就是他梦寐以求的样子，我听说他在一次老乡聚会微醺后当一桌子人的面说的，说的时候眼神迷离得像维特的少年时代。但他不是蓝娑妮梦寐以求的样子，蓝娑妮的追求者少说也有一个加强排。蓝娑妮并不是一个漂亮得足以惊艳的女子，但她有她的特点，用穆求是的话说很有味道，让人很舒服的味道。

拉架山看起来真的不高，但爬到半山腰时我回头望了望，我回头主要想望蓝娑妮是否跟上队伍。我发现从兵马营开始已经是在爬山了，山势缓得几乎觉察不到，及突然站立脚下时其实该叫山头了。我们是走直线向上爬，队伍则走S路，很大的几个S路，所以我要不是照顾总指挥，到山顶时他们最多到山半腰。总指挥呼吸沉重得可怕，走不了三四米就要站下喘气，快到山顶时几乎每一米都要休息。我是看着他的脸由白变红再变成紫色，我担心他随时都会休克或者血管爆裂。其实也用不着我照顾总指挥，白河池保障得十分到位，他寸步不离左右，我想要是总指挥同意或者他足够壮健，没准他有心背上山去。

白河池不停说笑话，虽然他的体力不至于好到爬山如履平地。我也就是在这个时候听到副总指挥的故事，我才知道副总指挥的兵龄比总指挥多四五年，可在副营位置上六年，正营位置上干过七年，今年底就满三十年军龄退休。他说副总指挥其实很二龟的，要不是九年前的那场车祸，会很二龟到底。他那时是学员队队长，优秀预提干部，军事素质好得要命。他的优秀是把比他还二龟的学员硬整成优秀学员，他的做法很冒险，跑五公里越野时他追着最后几名落单的跑，一边跑一边用外腰带狠狠抽他们屁股。据说上散打课时有个学员怕疼不肯压腿，叉开双腿屁股撅得老高，教员再骂一点儿用没有，他走过去前后看了一会儿，就命令两个学员帮他活动身体，然后暗暗使个眼色，俩学员心领神会一边拽一只胳膊，就在那个学员觉得大难临头时副总指挥抬起一只脚毫不留情踩下去，整个操场马上听到一声狼一样的号哭，号哭之后是尖锐的大骂，骂着他的名字和他的母亲。

那件事后那个学员的屁股不再噘得老高了。

可九年前正准备上会研究他提副团职的事，学院的一次常规野营综合拉练让这件事滞后了六七年。那次运兵车在不该出事的地段出事了，路基下是一条不太深的河，但河里布满动辄十吨左右大的巨石，车正好翻到一块巨石上然后二次跌进河里，当场死了两名学员。他当时就坐在出事车的副驾驶座上，负责押车。他在医院住了半个月，头上缝了七针，腰椎受轻伤，轻微脑震荡。出院后他被降职降衔，这意味着倒回到副营的位置上，从副营开始干起。

从那以后他变得沉默寡言胆小怕事，坐车很少说话，除非有必要。有人说他每年过年都给死去的俩学员家里寄钱，一直到现在，他们在家里都是独生子。

怪不得他吓成那样。我想起他在刘家堡听到爆胎声音突然发出的吼叫，我相信当时车里每个人都被这声吼叫吓到，要不然穆求是踏上我的腰椎会有感觉的，可他到现在都没有为这件事说点什么，好像根本就没有发生过。可我知道他应该是有感觉的，因为到达会合地点时他没再从我这边车门下去，而是选择了蓝娑妮那边。或者这是我的错觉，也有可能他看到我龇着白牙使劲吸气行动会不方便，那是疼痛的表示。

4

总指挥站在山顶上的时候太阳闪闪发光，他大口大口喘气，这时候队伍也陆续上来，他就骂了句这是啥龟山，整个一个鬼剃头！白河池立刻爆发大笑附和，我就觉得他这个人跟应声虫似的，总指挥放个屁都会被他夸成一款香奈儿5号，我想。但这座山和这一带的山一样确实很像鬼剃头，没有一棵树，草也长得有气无力不成体系，还没长高就憔悴不堪。

点将台小学的前面是一条很深很宽很长的沟，一条窄窄的路将沟分为一左一右。左边的沟底浅浅趴着一片水，水上漂浮着烂草和树叶之类说不清到底是什么的东西，猪、羊和一些扑棱着翅膀的鸡总会来这里，它们一不留神就滑下去然后膘肥体壮地漂上来，所以沟里的水常年总是臭不可闻。天气好的时候，它们会四处弥漫。右边的沟底有一口井，据说以前周围的村民都会来这里挑水，现在不怎么来了，有些人家开始在自家院里打井，那样的井水要干净得多。蓝姿妮居然兴致勃勃要下沟看看井，她说她们老家也吃井水，她是吃井水长大的，井水很甜。总指挥让我陪她，我求之不得。可那口井十分不争气，井很脏，水和左边沟底的水差不多颜色。蓝姿妮说这水怎么吃啊怎么吃啊，吃了要拉肚子。然后皱紧眉头往回走。

从那条窄窄的路往学校走，就见穆求是站在门口望他们，蓝姿妮说你看多危险多危险啊。我们知道她指的是学校前面的沟，那口脏水淹得死牲畜，人绝难幸免。穆求是就说是啊是啊。

有几个农妇正坐在自家草垛上晒太阳，手里或纳鞋底或做着其他什么活计，闲闲地说着什么话，想笑的时候都是眯缝着眼不出声。蓝姿妮进校门的时候回头望了望，好像说句什么我没有听清楚，穆求是的话我是听清的，他说位置决定心态，然后我就猜蓝娑妮可能想起路上听副总指挥说起这里人买媳妇的事。

学生放学回家吃午饭，学校里到处是迷彩颜色。学校不大，一幢两层教学楼，楼前种着毛桃、松树、枸杞和不知名的野生树，大大小小的枝叶深覆。四周砌一圈红砖一尺多高。在东面宽出一砖的拐弯处支着家伙齐全的野炊灶具，司务长热气腾腾地跑来跑去，一会儿指导砌菜的注意刀工，一会儿掀开锅盖把自己朦胧在白烟和香雾之中。红砖前方一根细高的圆形杆子栽到土里，所以我们一进来就看见这根杆子一点也不高耸入云的样子。

蓝娑妮跑过去和司务长说着什么，司务长就指灶台左边地下，那里有两只不算小的蓄水罐。

总指挥这会儿正坐在离杆子五六米远的一棵大树下，副总指挥和白河池也在，阳光便颇为艰难地巡行在树叶之上和零打碎敲在树叶之下。他们前面的塑料方桌上摆满红的绿的黄的水果和至少三种饮料，黎浦和一个战士抱着一只花皮大西瓜准备切。总指挥一言不发，手里的几页纸翻得心浮气躁。副总指挥也一言不发，副总指挥抽烟抽得波澜不惊，只有白河池忽无忽有的低笑，那笑声很诡谲，不过他的笑从来就没有爽朗过。

就在我接过那个切瓜战士手里的托盘端到方桌前时，我见教研室主任小跑着过来，那是个和穆求是一样黑瘦的高个子男人，三十多岁。他跑到总指挥跟前停了下来且弯了腰，因为总指挥的声调很不满意，先问组织什么课目，教研室主任汇报说正在组织实施中队搜索战斗。总指挥又问采取什么战法，他回答说采取外围绕封控、拉网搜索、分片搜索、夹板搜索、围控捕歼……总指挥手一扬，那几页纸便到了教研室主任的迷彩鞋上，他马上住口立正。总指挥的眼皮像把电锯一样锯了他好几秒钟，然后说你动动脑子把情况设置得复杂些灵活些，随时随地出难题考查，不停改变战法，要体现出一个变字，变你知道吧？别把演练搞得跟演戏一样还搞龟脚本！学员不是演员，咱们也不是彩排，要营造实战氛围，实战你知道吧？将来他们下部队谁知道谁执行什么战斗。总指挥这回没骂出他的常规水平，他通常总要攻击人家脑袋里的填充物和脑袋外部受到何种武器何种程度的重创。但他最后又撂一句，不整出花样不开饭，饿着。

我这才注意到一进门右边有一小片闲地，闲地上没有种花草，像是新平整出来的样子，显然没有平整得很像样子，高高低低地堆放着锟锅模样的土包。我想他们可能想整出操场的。学员在这块闲地上演练，半人高的墙上出现不少张很点将台沟的脸往院里张望，都在笑，笑得自由自在。

小跑回来的教研室主任教员们召集到一块准备传达指示，突然滚过来一声炸雷，别整些没意义的，赶紧进入情况。教研室主任耸耸肩压低声音迅速说几句话，便面向学员高声宣布，说 5 名越狱重刑犯在我友邻分队的围追堵截下有 3 名窜入点将台沟内，去向不明，上级命令我模拟中队仔细排查搜索，一班在沟翻越拉架山的山路上选择适当位置实施设伏，二班和三班在通往点将台乡的土路上设卡堵截。

队伍迅速到位。他又指挥说，战斗中1名重刑犯驾车强行冲卡，1名向山路逃窜，1名持枪拒捕，回窜入点将台沟小学内。3名扮演重刑犯的学员开始进入情况。

我觉得要是笑出来肯定挨骂，怪不得刚才进校门的时候没留意到那块闲地，那会儿他们连这种动静还搞不出来。我专心保障总指挥，离一拃近耳朵里没法不灌进战斗进程。教研室主任的声音很大，他不停地调遣兵力设置障碍，说冲卡犯罪分子被击毙……学校里学生正在上课，犯罪分子挟持一名小学生……负隅顽抗……外围封控，解救人质。

总指挥喝完半瓶饮料后扔给司务长，交代生活垃圾要妥善处理，又笑骂一声这个主任，脑子没叫驴踢。白河池很配合地笑说还是领导指挥得力，他们哪有实战经验，都是照猫画虎空对空讲课，不教出些空对空的二愣子才怪。总指挥叹了一口气，缓缓说这话说得到位。说完这话眼神便一下子深远起来。白河池突然笑了一声，这笑声足以让总指挥拉回目光对着他骂，白河池似乎等的就是这种骂，他转脸跟忙碌的黎浦和司务长说，领导真是有才，啥叫兵不血刃？根本就用不着刃，那次抓捕……话没说完低头又笑，这回笑出一串嘿嘿嘿来。黎浦明白他又要逗总指挥开心，便不吭气，司务长不知是故意还是真不知道，走过来认真问咋不用刃啊队长。白河池又嘿嘿一会儿才说，好多年了，那次领导带人抓捕一名闹事分子，那狗东西躲进他奶妈家羊圈里，他姑父也是个能折腾事儿的，七大姑八大姨吆喝出来一群人堵门口，领导带人好话说了一车皮不管用，就准备冲进去抓人，人群里前面突然站出来清一色娘们儿，男人们都退到后面了，跟咱玩战略战术。那些娘们儿跳着脚骂，还动手动脚推搡咱们。在场的官兵见这阵势都挠头，又不敢还手，又不会骂，任务得完成啊，要是抓捕失败事儿可就大了。咱领导关键时候显神勇啊，袖子一捋腰一叉嘴一张，那些娘们儿一下子败下阵来。闹事分子想跳墙逃跑，被早就埋伏在那里的官兵逮个正着。说到这里嘿嘿嘿变成了哏儿哏儿。司务长好像明白过来地跟着不出声笑。总指挥哈哈大笑着说啥话到你小子嘴里要多难听有多难听……那些娘们儿还真骂不过我，我骂得有道理啊，不瞎咋呼。

是不是该开饭了，副总指挥看看表说。

我找到蓝姿妮是在二楼，她正隔了窗子往教室里望，因为两层楼的教室几乎都上了锁，只有一楼一间教室大敞着门，里面六张桌子，准确地说课桌只有四张，其他一张当讲桌，最后面靠墙的角上摆着另一张，桌上分门别类堆放两摞作业本。除了讲桌，没有一张像桌子的模样，它们全都像扔进了饿十天半个月的猪圈遭遇过一场不堪回首的疯狂豪夺，桌腿或用小碎砖块或用石头垫稳当，不至于倾覆。虽然如此，教室还应该算得上干净，桌子上整齐摆着各自的课本和铅笔盒。讲台用砖加高的，讲台左边角落里坐着一只炉子，炉子没有炭火，却有一把和桌子差不多年代的水壶。门右边地上堆放一尺多高的作业本、演草纸和一些铅笔橡皮之类。这应该是学院赠送的礼物，赠送的礼物还有两袋米两袋面和一桶菜籽油，在我们进校门时正看见战士们从车上搬下来，现在一定在哪间房子里锁着。

蓝娑妮发现二楼靠近楼梯的一间阳面小房子有说话声音，门上写着校长办公室，正对门也有一间小房子，应该算是老师办公室吧。我告诉她开饭了得下去吃，她已经把手搁在虚掩着的门上敲了两下，那门仿佛早就等着那样的声音，说话戛然而止，出来一个颇具乡土气息的黑但不瘦的男人打得很开的笑脸，那男人差不多五十岁上下。蓝娑妮知道当地的男人看不出年龄，他们的皮肤和副总指挥具有一个谱系的特征，像这样的村落尤甚，似乎他们就从来不曾年轻过或者很朝气蓬勃的那种年轻。这样说可能不够确切，他们或许有过年轻的，但不是都市定义的那种青春，而是少不更事的鲁莽和粗放。一看到这样的脸蓝娑妮就没觉出好感，她不无礼貌地敷衍说不好意思打扰了，我随便看看。说这话的时候她的余光往他身后扫了一下，还有两个也看不出年轻但同样很黑很有乡土气息的男人坐在沙发上，沙发的颜色很暗，房间里弥漫着劣质烟草的味道。那俩男人也朝她笑过来，说进来坐坐进来坐坐。蓝娑妮没有进来坐坐，她想起穆求是说村主任在学校坐了一上午，有什么事研究是吧，要不然到了饭点儿还不回家。她想着就觉得扰了人家谈正事，于是真诚说不进去了你们谈正事，然后就下楼。我当然没有进去的必要，我感觉开门的是老师，沙发上戴一顶灰不拉叽旧帽子的是村主任，因为另一个没什么特征但明显黑瘦枯干的男人手里端着一只粗瓷杯子，声音很大地吸溜吸溜喝水，他应该是校长。

下到最后一阶楼梯时穆求是上楼，一见我们就笑了，说开饭啦。然后和我们一起出来。

饭菜已经满满当当摆到塑料桌上，羊肉手抓、白条、炒肉肠、羊肉盖被、卤羊脖子、羊肉糊茄、羊蹄筋、羊肉粉汤等羊肉系列，还有酸汤肥牛、洋芋酿皮等，主食准备了揪面片和拉面，另有馍馍、盔锅。和准备和大胖和炊事班战士去吃，总指挥说自己搬块砖坐，我只好留下来。总指挥说主任呢，有人答和学员吃。给我喊过来，喊过来坐，教员去组织就餐妥了。白河池欠欠身说要不我去组织吧。总指挥骂了声你给我坐着别动——才收拾他几句就不敢往我跟前来，老师们面皮都薄。白河池说领导你说这回学院撤了吭龟事这可咋整，偌大个院子花红柳绿跟疗养院似的，可惜了。蓝娑妮正嚼一小段羊蹄盘，扑哧一声笑出一口白花花来。白河池想起来了，就嘻嘻地笑个不住。一桌子人于是都停下筷子笑瞅穆求是，穆求是一脸茫然。

教研室主任是在大家的笑声停止时过来的，他坐的位置没有一片树叶遮蔽，所以他不必像大家一样摘掉作训帽。蓝娑妮说有顶大檐帽在车里，要不给你戴吧。她没看见穆求是带有阻止的眼神，于是她继续说，挺管用的，比作训帽。不知是教研室主任没有听到还是听到了佯装没听到，这会儿他专心致志啃手抓，不像白河池一口肉一口生大蒜。蓝娑妮本来想提醒他但凡到外面吃肉，生大蒜是一定要吃的，防拉肚子，但看他吃得心无旁骛狼吞虎咽就不打算说了。大概啃到第二根手抓时，他腾出一只手伸向抽纸然后擦拭几下，摸出手机接听，紧接着突然停止咀嚼，他说领导，校长说给他们两个馍馍吃，他们还没有饭吃。啊？好像总指挥发着这样的声音抬起头，有两秒钟吧，也许三秒，又哦着点头，说这多不好，忘了人家了，你去叫他们下来。教研室主任放下手抓就要起身，总指挥将下巴点一下我，他去。

我不知道别人怎么想这事，反正他们跟着我下楼的时候那种急匆匆的脚步让我不能不生出些不屑，可我还是我礼貌地喊声报告然后说出领导的邀请的话，虽然总指挥根本没说请这个字。那个戴帽子的村主任和校长好像还互瞟了一眼，黑老师连声说好好好……三个人很快起身、锁门。可是我发现总指挥对面摆上三张小板凳，就是教室里学生坐的那种。

消灭掉手抓、肉肠、羊脖子、白条后又喝了一碗浓稠的羊肉粉汤后，他们一人抓一个馍馍细嚼慢咽，村主任还打了两到三个响亮的饱嗝。在他们狼吞虎咽的时候总指挥就开始说笑话，他爆料说白河池在中队当司务长就不是个好东西，鬼见愁。有个主管早想给他剪毛，一天三顿点名要白河池给他做，三天后这小子吃不住了就闪人，领导很快发现，派人去找，这小子一路小跑一边提着裤腰一边一个劲儿说对不起对不起，蹲茅坑了，肚子拉稀水水，我现在就做现在就做。主管赶紧拉住说司务长啊拉肚子就休息休息，别人做别人做——你说这小子是不是一肚子坏水水啊。说着哈哈大笑，白河池又是很长的一串嘻嘻嘻，然后也凑趣爆了总指挥的料，说总指挥有次执勤的时候遇到一个阿娘取笑他水桶腰还扎外腰带，总指挥一句话就呛得阿娘栽跟头，说那你为啥还抹化妆品？话没说完一桌人爆笑，总指挥大笑说栽赃陷害栽赃陷害，老子没说那话，那话没水平没水平，老子说的是你长成那样还不回家。

这时候学生陆陆续续上学来，都抱那根杆子怯生生朝他们瞅，胆大些的鼻涕流到嘴边也就小手一抹，嘻嘻笑着跑来跑去。总指挥看着笑了一会儿想端些肉但肉已经基本见底，便一手端一盘子水果过去，学生们立刻把他围到中间，穆求是把照相机捧得跟打算宣读圣旨似的，绕着杆子拍得闪闪烁烁。蓝娑妮想跟过去，白河池嫌她影响镜头画面就把她一拨拉说你去干啥。蓝娑妮呛他说你干的还少啊。白河池愣了一下，立刻推旁边的黎浦说红旗呢录音机呢，该升旗了吧。黎浦没有应声，副总指挥却咳了一声，白河池才发现推错了人，脸就红一红。

校长亲自组织学生列队，三名学员迈着队列步伐护旗，升旗，学生们十分清澈地眼望红旗在渐起的风中缓缓升高，然后停住，就瞧学员们哗啦哗啦地变换队形。后来教研室主任跟总指挥汇报说，能不能把旗子赠送学校。总指挥说好，那面崭新的红旗就被校长收去。

揪面片已经下锅马上盛到碗里，一阵狂风打着圈子猛冲院进来，草啊纸片塑料之类搅和到风里一下子灰了整个天，空中好像充满了吹哨子声和疾驰的力量。校长提议到他办公室坐会儿，可以在那里消消停停等揪面片吃。于是大家一起涌进楼去，部队收拢到避风处。

蓝娑妮原本不想去，她受不了那种烟熏火燎的空气，更不用说那么狭窄且光线暗淡的一间小屋子，她更愿意听听乡村老师上课。但白河池说你搞卫勤保障的领导到哪儿你跟哪儿。蓝娑妮说我只负责参演人员医疗救护和防疫工作，又不是专职保健医生。白河池不同意，说你说你说，总指挥算不算参演人员，副总指挥算不算参演人员，指挥导调、政治工作和后勤保障三个职能机构主要领导全部在位，这里就是你的工作，你的位置就在这儿。蓝娑妮一时想不出更能说出口的理由。

黎浦取上来一串纸杯，我跑进来添水时听村主任说刚才你们学员演练的地方一直闲置着，想请领导拨一笔款子买一些健身器材，好让村民们锻炼身体。

纸杯里的水溢到桌子上，总指挥瞅了我一眼，最多就瞅一眼，我想他已经看到了我的心，因为白河池此时似乎笑出一点儿前奏，就像弹拨了一小下弦马上松手的那种。他手指在桌子上弹了弹，朝黎浦说，我记得咱们库房里还有一些训练器材，七成新，你回去好好翻翻，哪天派辆车给学校拉过来。还有秋千架、篮球架、足球、篮球都找出来，送给学生体育课用。哦，你打个请示上来，我帮忙协调。村主任还想说什么，他把身体向后靠了靠说下次我们来还会给学校赠送更多东西。村主任就不想再说什么了。后来黎浦出门后轻声骂了句当我们是慈善机构。穆求是又说位置决定心态之类的话。白河池突然说学院撤了后我们可咋整啊。

总指挥站到队伍前讲了一通话，风逼着他几次需要背一下脸才能呼吸，如果不这样，蓝娑妮告诉他说风会冲进嘴和鼻孔，把肺吹得像热气球一样。副总指挥带队伍徒步返回，他的脚底也打了泡，和白河池的一样。

请稍息

1

月亮四下躲闪，脚步踉跄。管她呢，语诗的心就要跟着恍得趔趔趄趄。

两只脚像被人牵着，根本由不得自己，就是一个劲儿往前头走。风像刀子一样转着圈儿吹口哨，听起来很吓人。一树一树槐花开得正盛，青白色小花朵雨一样吹向奶奶头上，肩膀上，可她还是没回头瞅一下。奶奶要去哪儿，这并不重要，重要的前头正走的就是奶奶，那就不一样了。奶奶的头发不多，又干枯，就在脑后绾个小髻儿，一些发丝儿像草一样在黑夜的荒野撒欢。那一身粗布褂子，大裆裤，绑腿，都浆洗得相当平展干净。那对小脚，极快地飞着。“等等，奶奶”，语诗大叫。但她发觉声音在嗓子眼儿憋着，根本出不去，像头疯牦牛，四蹄撂着左冲右突。奶奶叹了一声，声音似有若无。

奶奶走路的姿势还是那样带劲儿，嘎噔嘎噔的，语诗就想奶奶为什么不愿意等她一会儿呢，就一会儿，她相信，和以前一样，牵住衣袖，把头偎过去，奶奶的手就会在上面摩挲来摩挲去。而现在奶奶应该更高兴的是，她穿上了军装，这是她想不到的。

喔喔喔…喔喔喔…

语诗的手指头疼了一下，突然睁开眼。台灯还是老样子，彻夜亮着，磨砂灯罩的紫色光满屋子流蹿。屋子里的暖气已经凉下来了，她却顶掉被子，汗水腾腾地蒸出来，冒着黏腻的热气儿，前胸后背被棉布睡衣揉得黏糊糊的。才凌晨 4 点，她父亲二子这个老兵又醒了，他现在整张脸朝她已经拧过来，小眼睛里还是空荡荡、白茫茫，正薅草一样薅她的手指，喔喔喔说："去，看看去，你奶奶来了。"

卧室门就在那里，应该还是姐姐语文两小时前关的样子，这之间没有人再进来过。谁进来呢？半夜三更的，睡囫囵觉是一件非常幸福的事情啊。但她和姐姐语文不行，一晚上睡得支离破碎的。现在，浅黄色旧式木门上爬满了紫色的光影，那些光影如大大小小的人头，有的更像眼睛，有男有女。想起刚才的梦境，语诗头发一根根竖了起来。好在睡父亲二子另一侧的语文也醒了，头发披散，腾地爬下床找尿壶，眼睛还眯瞪着就说："爸啊爸啊，说说活人好不好，奶奶走多少年了。"

尿壶是塑料材质，隔着奶白色外壳，父亲二子的体温并没有隔绝多少，语诗能感觉到那些温热的尿液分布了多少种药物的残肢，她非常清楚。已经尿第三次了，上次是零点，两小时后还有第三次，天亮前至少还要再接一次。父亲二子不睡觉的时候差不多一小时左右一次——天亮前母亲不太会进来帮忙，她把睡囫囵觉看得比做什么都重视。

“可咋办呐，爸！”语文最近老是叹气，也难怪，父亲二子的痴呆症越来越严重，更要命的是晚期肾癌的细胞正在一个痴呆病人的身体里攻城略地。谁都明白，这辈子吃尽了苦的老兵，离坟墓越来越近。

“快请你奶奶进来暖和暖和，外头冷。”父亲二子又开了口，这回口齿异样清晰。尿壶从语诗手里差点脱落，她的身体朝后弹了弹，很有些愤怒，说：“你说你这个老兵多不遵规守纪吧，半夜三更吧嗒吧嗒不睡觉，能不能不提死人！”她知道，只有提“老兵”，他才会安静。

尿壶用一回要洗一回，自来水冲进壶里翻几下身便吐出去，壶嘴都不用擦，反正每次用都正对着父亲二子那个物什，习惯了。不像语文，非要把尿壶里里外外用消毒水洗好几遍，这样看她真有点儿洁癖。但这次似乎有些诡异，那些黄色的带着浓烈腥臊气味的液体连同父亲二子的体温从壶嘴往外不住呕吐，喷向便池的底部。便池是蹲式的，底部的粗管一直往暗黑的地底插下去，尿液都来不及冒泡儿，就从黑洞洞的粗口呼啸着一头扎下去。起初流得一如往常，管壁迎合着，发出崆崆的声音。但这种声音突然变了调，像地底深洞那里有什么东西，一下一下挠，怪声弥散，最后撞击着管壁，似乎要顺着管子爬上来。在语诗听来，那就是来自地底最幽深处的叹息声，和奶奶彻夜疼痛的呻吟像极了。

她几乎是脚不踮地跑回卧室的，马上用被筒把身体裹成粽子。“怎么了这是？奶奶就是真来了，别人也就算了，她是不必怕的，也不应该怕的——何况还是军人。”语诗暗暗红了脸，她意识到父亲二子似乎通了灵，肯定已经看到他苦命的娘来看他日渐朽败的儿子。语诗这样想的时候，又觉得很对不起父亲二子。

语文瞥过来一眼，好像有些诧异，但她这会儿根本顾不上多想，正忙着凑父亲二子耳朵边说话。父亲二子抹了一把又一把眼泪鼻涕，跟她诉苦“当干部就知道训人，训我吧嗒吧嗒不睡觉，睡不着嘛。”语文很快附和：“对呀对呀，看可亲的亲爹多明白，睡着觉都比我们醒着清楚，都是语诗胡说八道，明天不给她饭吃。”父亲二子听了，望望窗户，又望望语文，嘴巴咂吧了两下，小黑豆大的眼睛眨巴眨巴好一会儿，终于串起关系转折的句子，说：“不能不吃饭，饿坏了咋办？骂她几句就行了，你这人，心太狠了。”语文的肩上挨了一巴掌，她马上矮下身子，佯装疼痛，喊着：“可亲的亲爹，我错了我改了不行嘛，伟大领袖毛主席都说过知错就改还是好同志，您最听伟大领袖毛主席的话了。”语诗很佩服语文，总有办法让父亲二子尽快安静。

父亲二子终于不再大声说话了，开始若有所思，其实谁也读不懂他那表情。语文说：“睡吧睡吧，你得上班。”“嗯”，语诗把被头堆到下巴，翻了个身。紫色磨砂玻璃灯罩发着紫色的暗光，就在父亲二子的头上晃悠。语诗还没有从惊吓中稳过神，就端详起渐渐安静的父亲二子，鼻子发酸。这个老兵，他显然比生病前浮肿了许多，左边嘴角稍稍歪向一边，这是因为一次腮腺手术，细心的医生正好拉紧了他的皮肉，七十岁的人了，其实没有几条像样的皱纹，睡在旁边的语文倒显得苍老一些。两代人，她不应该比她父亲苍老。柔软的棉睡衣刚刚洗过，泛着太阳的味道，紫色的花纹在紫光里生着几分鬼魅，语诗就想人躺在棺材里，应该就是这个样子。想到棺材和父亲，她哆嗦了一下。

父亲二子其实长得太像奶奶了，爷爷长什么样儿没见过，听母亲说她当年刚嫁到父亲二子家没多久爷爷就殁了，得了很要命的病。爷爷的家规很严，父亲二子小时候很怕他，怕到听爷爷的脚步声就恨不能变作知了爬上树，总之脚不沾地才好。

奶奶是在语诗中考前殁了的，喉癌一发现就是晚期，喂不进一口水，后来奶奶饿成了一段枯树枝，才咽了气。听母亲说奶奶咽气前留有话，可能那是回光返照，母亲还有姑姑守在跟前，那句话不可能是说给姑姑的，因为奶奶对姑姑说话从来没有好声色。奶奶说语诗脾气犟，要让着她些才好。母亲带回那句话时语诗已经上了高中，之后又上了大学，大学毕业让一个军校招了去。父亲二子非常高兴，说："你奶奶没白疼你，最疼的是你，你争气，她在天上都高兴，昨晚还托梦回来哩。"语诗不应声，心想，不一直这样嘛，这还用说？只有她清楚她在奶奶心里的分量和奶奶在她心里的分量，这曾让语文很是不平，母亲也很不平，母亲的不平显然因为不能像奶奶那样在语诗心里压秤。母亲的身份抵不过一个死了二三十年的人，语诗知道，父亲二子也知道，这个时候通常会长叹一声："要是活着就好了！"

"要是活着就好了"，语诗每每听到这句话心就疼得抽筋，父亲二子懂她，懂她对奶奶的好，可这有什么用，奶奶没了，父亲二子也快没了。

“你说爸爸最近咋老提奶奶呀？是不是……”天快亮时，语文拥着被子叹气，这是今夜接的最后一次尿，寒冷把温热的淡黄色液体氤氲一层白雾。语诗不说话，也不知道说什么话才好，她瞅瞅父亲二子再瞅瞅语文，父亲二子眨巴着小眼睛瞅瞅语诗再瞅瞅门，突然笑出声来，像刚听到一个笑话，边咳着声儿嘿嘿笑边伸手往空中乱指一通，说：“你说有意思不有意思，你奶奶把娥儿骂个臭死，拌槐花都不会，手跟脚一样笨，笨死了娥儿。”

娥儿是父亲二子唯一的妹妹，长年侍弄着瘫子丈夫和家里一群活蹦乱跳的鸡，以及地里几亩花生和苞米红薯。三个女儿都嫁到外村里了，儿子打工不回家，去年回家来了，抱了一个差不多半岁的女儿，后面还跟着一个年轻的女人，女人的肚子隆得老高。于是，娥儿越来越累也就越来越瘦。她的瘫子丈夫年轻的时候就不是个顶门立户的主，见天骑一辆除了铃儿不响其余零部件全都响的自行车，走村串户混吃混喝，现在躺床上理所当然吆喝娥儿跑进跑出伺候，腿脚稍慢一慢，便破口大骂，大骂之后就是想法子使唤娥儿，使唤着娥儿嘴里还不住声儿夹枪带棒地唠叨。娥儿从小就老实，娥儿从来不叫苦，老实又够吃苦的娥儿挨奶奶的骂最多，老实人总是不够伶俐。母亲说奶奶得病后心情烦躁，娥儿被骂的时候越发多了。奶奶从来不骂母亲，母亲一向很会察言观色揣度着小心说话。母亲私下说娥儿不像奶奶的孩子，奶奶一辈子刚强不输别人，哪怕她的婆婆是全村最难缠的婆婆，哪怕爷爷也不懂得护着她，她不吭声伺候不吭声受苦，从不像别人家的媳妇背地里埋怨不休或者打公骂婆。但娥儿跟她娘不一样，挨了骂就会大张着嘴嗷嗷哭。那年院门外有几树槐花开得特别盛，一树一树密密匝匝的青白色小花儿探过墙头，墙头上栽着除了仙人掌，更多的是次第盛开的红色紫色或淡粉色的指甲花。奶奶许是在一次阵痛后从窗户上望见了那云团一样的白，或是闻到了白花跑出来的甜味儿也说不定，奶奶就叫娥儿搬梯子上树捋几把花下来，掺一小把新打的小麦粉，细细揉匀了，上屉子蒸熟了，捣一些蒜泥拌一拌，口感细滑味道甜丝丝。给奶奶吃是不能拌蒜泥的，蒜泥烧心辣喉咙，芝麻焙干和着糖或盐一处擀细撒进去吃才相宜。这样的变通娥儿想不到，想不到的娥儿依旧拌蒜泥，蒜泥又捣得像戈壁滩上的石子一样粗粝。奶奶真生气了，把娥儿骂得蹲到东屋窗下的石榴树根上喔喔哭。

那时候，娥儿总是哭，总是挨骂。县里的医生们放弃治疗奶奶，奶奶只有回家等日子。奶奶瘦得脱了形，骨头包在松松垮垮打着褶皱的皮下，被疼痛经常折磨得打战。双眼也已经疼成了两口枯井，夜里睡不着就一直洞开着，娥儿一睁眼就看得到黑洞在眼前晃荡，深不见底，发着长一声短一声的呻吟。奶奶一向坚强，很难听到这样的呻吟，但呻吟的时候越来越多，也越来越让人心碎。娥儿害怕了，怕守夜，她又不敢说，有天夜里她被奶奶的呻吟叫醒，听见含混的“喝水”，她想叫醒邻屋睡的母亲，但母亲值夜的时候很多，母亲值夜时从来不叫醒她。娥儿犹豫了一会儿，只好硬着头皮抹黑倒水，暖壶碰到了柜角，发出嘭嘭的声音，奶奶就骂娥儿点灯。一豆灯火慢慢翻腾到奶奶脸上，娥儿尖叫着扔下水杯，水杯碎裂的声音让娥儿从床边跳开时又发出更加又尖利又凄惨的叫声。叫声招来了邻屋的母亲，母亲过来时看到奶奶用力捶床哑着声儿叫娥儿滚，滚回她自己家去，再也不想见她。

娥儿滚了，是连夜滚的，抹着泪往她家走去，她家离奶奶家二里不到。语诗想娥儿姑姑走的时候心里说不定轻松得不得了，这从她滚了之后，直到奶奶再次昏厥派人送去口信才磨磨蹭蹭带了表弟海儿来，就可猜测得到。海儿只有三岁，带了海儿来母亲就知道她不打算再长住下来，更不打算值夜，如果她的母亲这次还能活过来。奶奶真的活过来了，因为这件事情娥儿姑姑又挨了骂，奶奶胳膊肘儿支着床，眼睛瞪过来，娥儿姑姑紧抱海儿不松手，一步步往门口退。但是海儿在她娘怀里扭屁股蹬腿挣着奔她外婆床头。娥儿姑姑照他屁股噼噼啪啪几下，应该还暗暗掐过，因为海儿突然尖利地哭了，姑姑便边拍边咬牙切齿闷声儿骂着："这孩子，踢腾啥踢腾啥。"

姑姑拖海儿回家的时候，海儿像小树一样栽到院子里不肯动，直到姑姑鹰爪一样拧了他的小屁股，才哼哼着走了，走的时候往里屋的最深处回望了好几眼。他出院子后还抱着一株槐树喊："外婆外婆，好了来俺家哦。"海儿的哼哼和娥儿的脚步再也听不到后，奶奶才叹了一声，重重的。母亲一勺勺喂她水喝，发现奶奶几近干枯的眼窝，挂着几滴凉泪。

那时语诗的大伯老婆高芝还没有死，语诗叫她大伯母，他们已经从后院搬到村西生产队菜园子东边新屋子里住了，带着很大的院子，院墙新土夯得很高，溜墙根种了一圈儿的麻。大伯怕老婆，所以，奶奶呻吟的时候越来越多后，大伯到东院老屋转一圈儿的周期便从五六天一次，递减到十天半个月一次，在另一个十天后再踏进东院时，他娘已经死了。大伯马上发现，在二十年后的一天下午，当语诗走进他的东屋后第一件事便是抱他母亲的遗像，而且泪流满面时，便知道这辈子在他这个侄女心里，他已经死了。语诗压根就没有去想他的大伯悔恨和演戏的成分哪个更多一些，不管哪个更多都不重要了，语诗只关注最爱她的奶奶已经不在了，而且跟大伯是有关系的，准确地说是跟他和他老婆高芝是有很大关系的，虽然不能说奶奶的病就是中了谁的蛊。语诗和奶奶的感情所有人都知道，或者说奶奶对语诗的偏心让她其他九个孙子孙女感到了冷落，可有什么办法呢，奶奶就是疼语诗。语诗五六岁时，母亲带着另外三个女儿跟丈夫远走西北一年，这一年里语诗成了奶奶的唯一依靠，虽然语诗只会在暮色四合时横奶奶怀里，或和奶奶一起坐院里的小竹凳上望西面墙头出神，直到太阳落下山去，什么也看不见了，奶奶才会叹声气起身，抱着已熟睡的语诗进屋，把她和她的孙女送进黑漆漆的床上，送进黑漆漆的夜里，如豆的煤油灯光很少点亮过东屋。其实西墙那里真的没什么可看的，依西靠南盖的一间厨房是在母亲回来后才有的，那时的厨房是在东墙下，很老很旧，风箱的声音像村里戏团唱哑嗓子的四狗。大水缸坐在厨房外面，南墙下的机轧水井也是后来才有的。西面墙根堆着冬天烧饭烤火还没有用完的玉米秆、芝麻秆和麦秸之类，一株老香椿树在墙根下舒展开不少的叶片。

语诗总是气管不好，后来听语文说母亲当初要不是因为她的病，会带上她的，父亲工作的地方地势很高气候很不好，还缺氧，怕语诗受不了。这个理由语诗从来不肯相信，就像不相信母亲能在她和语文之间真的一碗水端平。奶奶也没有去，据说是她不愿荒了几亩自留地，还有老屋和那只下蛋正起劲的老母鸡。老母鸡是不能不要的，语诗的气管炎靠了她才除掉老根儿的。母亲说她是去后院茅房的路上生下语诗的，就在西窗下面，当时正是十一月份的早晨，天开始冷了。就是这个缘故，她就一直咳嗽，小气管里常年有拉风箱的声音。村里老中医开了方子：香椿叶煎鸡蛋，生喝热鸡蛋。所谓热鸡蛋就是母鸡新下的蛋，握到手心里还很温热，这时候正是喝的最佳时机，"咔"，蛋壳磕破一个小口，嘴要立马送上去，对准，"嗞溜嗞溜"，蛋清、蛋黄吸出来，带着新鲜的鸡屎味直接送进肚子，语诗都能感觉到老母鸡的体温，热热的，带一点儿腥。语诗长大后还有喝生鸡蛋的冲动，但现在的鸡蛋远没有以前家养的新鲜，实在不能入口。以前她老往老母鸡的屁股眼儿看，看她什么时候挤出热乎乎的蛋来。奶奶专门养了老母鸡，就是为语诗治病。那只老母鸡很少能规规矩矩把蛋下到窝里，经常是边下蛋边咯哒咯哒咯咯哒疯玩，语诗就常常跟着它，候它突然站住，屁股上的毛开始拃起来，然后露出小小的白头，语诗就知道是时候了，马上张开手，"噗"，鸡蛋掉到手心，她得赶紧跑远。语诗记得老母鸡喙啄到肉上的疼，她是决计不敢再涉险的。奶奶告诉她，取蛋时不能让母鸡看到，母鸡也护犊子。

语诗不太懂，奶奶为啥一天到晚冷着脸，手头永远没闲过，忙完家里就去烟草地、高粱地、红薯地或者玉米地里打转儿，五黄六月天，从高过人头的庄稼地里一钻出来，就像刚出锅的菜团子，浑身热气蒸腾。“看咱二妮子多乖”，奶奶手往衣襟上擦了擦，给她的孙女擦嘴，语诗通常啃着炉灰里烤得焦黄焦黄的红薯，地头的茅草、荠菜花、灯笼草被她薅得秃子一样。这时候语诗却会想起她的外爷外婆和舅舅们，他们住在村后头，不远，家里人多，总是热腾腾的，像一锅开水。还有屋后那么多屎壳郎洞，只要可着劲儿灌水进去，它们就会自己慢慢爬出来，守住洞口，尽可以一网打尽，运气好的话，半天能逮到不少。她会在村里演戏时坐到大舅的肩膀上，大舅个子很高，但很瘦。小姨不喜欢她，只把语文背身上村东村西逛，还给她梳辫子，把火红绒线绳子一圈一圈缠辫梢，蝴蝶一样，煞是好看。语诗艳羡得要命，但小姨不会管她，当然，她也不喜欢小姨，小姨学习不好还懒得臭死，总和语诗抢吃的抢喝的，没个当姨的样儿。

语诗一脑子的想法只有等到奶奶肯送她去时才行。外婆家住在北面高岗上，墙外头有个大黄泥坑，夏天一到，开满一坑粉嘟嘟的荷花。但奶奶总说：“等等吧，等你舅爷来了再说，他家的苹果大着嘞甜着嘞，他家的花生可能收过了，新收的花生香着嘞甜着嘞。”语诗只好等，等到奶奶从庄稼地里一天天钻进钻出，热腾腾的汗流在她脸上、嘴角、脖颈，有时候还能举着一根茅草杆，上面串着蚂蚱。

舅爷到底没有来，但三表叔来了，带来了他家的苹果，苹果没有奶奶说的那么大，红还是红的，香味儿透着甜。但三表叔没有带花生来，他说下次带来，语诗明白他带不来的，大伯说他们那地方今年发过大水，舅爷家的花生地就在河边，都让水淹了，大水退后花生秧都烂到了地里。

大舅赶集回村路过奶奶家，语诗趴他背上不肯下来，大舅便说了声："婶啊，俺可带走了，您嫌寡的时候俺再送回来。"奶奶笑得秋阳似的，说："大侄子看说哪里话，外孙女招看她外爷外婆也够得着啊——这孩子在我跟前没礼数惯了，脾气又倔，别惹老亲家生气。"奶奶把埋进麦缸的苹果之类尽数掏出来盛到柳条篮里，哗啦，语诗又倒回麦缸里去，拽了大舅就走，她要是带到北院里，小姨早晚会偷吃完的。

小姨也不大喜欢语诗，说她太精能，不像语文会从家里偷糖果给她。

外婆家院门口枸树结满了核桃大小的枸桃果子，隐在枝枝叶叶里，红得招人。语诗虽然瘦，手脚十分利索，蹭蹭几个就攀上树去，骑在树杈上一颗一颗摘，吃得吧嗒吧嗒的，红艳艳的果汁从嘴角一路流到衣襟。小姨树下看得着急，一着急越发结巴，跺脚喊："俺家的枸……桃你吃……吃得怪美！"

这时候外婆眼睛准会从纳鞋底子上拽过来，含笑说："谁让你吃恁胖，笨得连个小妮儿都不如。"

2

埋到南地是奶奶生前知道的，爷爷总归是她另一个世界的亲人，即使他活着时对奶奶并不好。他不是一个好丈夫，逼得奶奶在一个黄昏时噙着泪穿过地垄，被混浊得发霉发冷的落日拖向虎啸庄，那是她的娘家。奶奶饿得两眼发黑，一路上那些得了坏疽病后变得乌碳一样的苞谷，都成了她救命的东西，最后差点噎死，舅爷留他妹妹在娘家过一夜，爷爷为此还暴跳如雷。爷爷的口碑非常不错，村里人都叫他“王大善人”。刚解放那会儿爷爷当着村干部，主持分配充公后的地主富农们的家产，原该分给他家的是一张地主家的镂花顶罩拔步大床和几袋米面，他回家的路上尽数分给了别人，虽然那些收获意外之财的劳苦大众远比他家强。他那可怜的妻儿吞咽又干又糙的糠麸，眼珠暴突，他大体是看不到的，看到了又能怎样，他自己不也是一样要吞咽那些根本吞咽不了的劳什子？语诗一直不觉得爷爷是个好男人，不管老婆孩子受苦，只图落好名声的男人真不算是男人，何况好男人呢！所以，语诗对从没见面且永远不会见面的爷爷没有好感，甚至颇为反感。她埋怨爷爷给了奶奶那么多的苦，后来他死了又撂下一大堆的苦孩子让奶奶继续受更多的苦。

自打奶奶埋进南地，坟头开始不一样，村里人都说那里的蒿子长得最盛，奶奶在那边还一直伺候这家人。更奇的是，在三五年后居然长出一株槐树来，又过三五年，已长得十分葳蕤高大，旁边生出一株小槐树，不到三年，两棵大树和一坟的野蒿便把那片风水张致得很人丁兴旺的样子，每到青青白白的槐花雨雹一样落下来，坟头便会生动起来，路过的人会赞不绝口：看二子家那坟…多旺！后来父母回村里上坟，母亲瞅着坟墓上蓬勃阵势咂嘴念叨：“娘，我们以后也要回来守您，瞧您多会打理家院，跟活着时一样一样。”语诗一直深信种在院墙外的几树槐花都跟了奶奶去，因为奶奶过世不久房子卖了，买房人原是冲着这房子住过像爸那样吃皇粮的，住过那样人的房子是吉宅。但他们住进去并没有交好运，日子过得一日不如一日，找了看风水的来说他们这家人命薄运蹇承受不住。据说，说这话时看风水的是瞅着院外枯死的几株槐树说的。

父亲二子越来越不愿意动弹，饭也不会吃了，筷子扎到碗里叮当叮当胡乱戳，就是送不到口里。母亲通常皱紧眉头说：“哎，还当过兵嘞，啥时候才能站起来自己走路啊，像以前，走路跟刮大风一样，多带劲。”父亲二子瞅瞅母亲，瞅瞅他的女儿们，而后重重叹息起来。语文凑到父亲二子鼻子上笑得声音乱蹦，问：“可亲的亲爹呀，想啥好事儿啊？”父亲二子空空地望别处，慢慢腾腾说：“没想啥呀，能想啥呀。”语文像明白了似的“哦”了声，她要是知道下句话出口后会让她的小腿青紫好几天，她怕是不会说或者不会那样说，她当时没一点儿预感地绽着一脸儿找抽的笑就那样说了：“我不相信嘛，可亲的最聪明的亲爹咋会没想啥呢？想啥的人都没您这没想啥的聪明！”“嘭”，哎呀，语诗和母亲跑进来，语文已经跪到地板上，抱着小腿，父亲二子瞪她的眼神就像瞪一个杀人犯，乱敲着腿还恶狠狠说：“踢死你都不亏，让你露能！”语文的话也许触醒了父亲二子某一根混乱或者尚未混乱的神经？这种饶舌的话父亲二子根本就转不过弯来，可是突然间父亲二子睁开眼就往语文腿上踢，力量之大语文跪到地上还朝后仰了仰，仰了以后终于没有躺倒。语诗是体会到那种疼痛之外还会有的愤怒，虽然语文一个劲儿笑着说可亲的亲爹呀，我是你亲女儿啊，踢亲女儿你不心疼之类的话，语诗打心眼里除了佩服，只有佩服，她想她以前做不到，现在也不能说就做得到。

她挨过父亲二子那一踢是在三十多年前，还有语文，那一脚把她和语文踢到了外婆家，姐妹俩一起骂父亲二子，说他一年到头就探家回来一次，还抱着出生不久的小妹站院子用脚卷我们，是非不分，他以后不要再回来了。这些话当然被外婆说了一顿，外婆不会说太狠的话，所以外爷就在家里做主。一个家庭的格局总会是这样的，但凡有一方好说话些，权力就等于下放了，尝到权力行使甜头的一方，无论如何也不愿意主动交权。其实那件事情源于语诗和语文的一次吵嘴，姐妹俩年龄挨得太近，语诗个性又强，凡事总要争个头儿。这是街坊们一致的公论，亲戚们也都这样说。吵嘴是因了一件花褂子该谁穿，这件事原本没有可讨论性的，那是母亲做给语文的，语诗也有一件，但语诗不喜欢自己那件的花色，她那件是白底蓝月季花的绵绸褂子，语诗看中语文的那件，那是自己最喜欢的颜色和图案，淡粉底子很衬语诗粉白的肤色，飞舞的蝴蝶高高低低随意穿梭，几片槐花似的图案散落其中，就像语诗望向树梢的眼神。母亲或许觉得好看的应该先做给老大才对，因为外爷外婆生了她十几年后才生舅舅和小姨的，一应用物就是大的穿了才轮到下面的孩子。但语诗不这样想，她是被奶奶呵护大的，除非她不想要，否则都该是她的。这件事打开始就是个错误，但母亲没有觉察或者压根就以为用不着觉察。语文后来说她跟妹妹动手是觉得语诗实在太过强梁了，吃着碗里还霸占锅里。

语诗跟语文吵嘴的时候就站在西墙新盖的厨房前，喘着粗气，浑身战栗。她还从来没有这样吃过大亏，肚子里的词汇争先恐后往外爬。但语文不只嘴皮子了得，体质也明显好过语诗许多。当动手成为必然而语诗吃亏也成为必然时，奶奶站出来拉架几乎是一路小跑，她或许一直就在一旁观战，看着语诗脸蛋憋成熟透石榴籽的颜色，听凭语文劈头盖脸像瓢泼大雨浇得沟满壑满地不可收拾的样子显得非常可怜，奶奶一定心疼得跳脚却毫无办法。她横在俩人中间，但谁也不听劝，她的儿子抬起脚飞向她们的小屁股时奶奶没能喝住。姐妹俩一路眼泪像下场大雨似的逃向长着枸桃树的外婆家。小姨兑盆热水还试试水温一迭声喊："语文，洗脸。"把语文的辫子梳得溜滑黑亮，还在辫梢扎个火红的蝴蝶花，红得心疼。语诗干黄的头发乱成一蓬草，一绺一绺粘在搓脏了的脸颊，像常来村里讨饭的脏婆子的女儿。好像外婆给小姨使过眼色，好像小姨根本没想理会，总之，晚饭后奶奶来领俩孙女时语诗就是那个样子，奶奶看看语文又看看语诗，啥话也没说，背起语诗就走了，因为小姨说要留语文两天。

语诗爬到奶奶的背上听着嘎噔嘎噔的声音，她觉得小姨多嫌她越来越明显了。表叔没有带来花生的那次她去外婆家，现在想起来外婆后来让大舅带她回奶奶那里也是小姨的撺掇。外婆家院里有一架秋千，是大舅绑的，语诗常坐在上面荡悠，大舅总是托住她的腰托得恰到好处，平稳推送至最高处然后猛然放开，不像小姨拉住单边的绳索像拔河一样拧着劲往前拖，秋千像扭麻花似的以顺时针、逆时针方向快速转动，她就得赶紧把头迅速往后仰出去，抓绳子的双手火速挪开，身体蹲下来，然后合抱大树一样搂住越拧越紧的麻花绳索，否则她的手和头会拧进麻花里，勒出许多的血印子。大舅推送她时，她就可以坐在踏板上不费力气便能够像蜻蜓一样将双腿并拢翘向天，然后再指向地，大笑，快乐得像戏里秀才高中后跨马游街，于是她就看到墙外邻居婆婆像虾弯着腰佝偻在院里端着大簸箕扬包谷壳儿，看到她家的孙女一下一下咣咣捣石头蒜臼里的什么，听到语诗的笑声好像还抬头望了一下，语诗仿佛还感觉到了小姨在柴火垛边速递过来的眼风，里头裹挟大把大把的蒺藜。

外婆让大舅带语诗走是在奶奶来接语诗但语诗不肯跟她走的三天之后。三天前的下午太阳还很高，奶奶来时包了一手帕炒熟的花生和烤得焦黄焦黄透着香甜味儿的两大条红薯，说是新收的花生和很绵的紫心红薯。语诗收了东西却不肯跟奶奶走，奶奶没有为难她，说那你再玩两天吧，再玩两天奶奶还来接你，要听你外爷外婆的话，听你舅听你姨的话，别耍性子。但外婆说奶奶走出她家后悄悄抹了眼圈，邻居婆婆告诉她的。语诗知道奶奶很刚强，刚强到十年后喉癌发作时疼得几天吃不下一口饭，还在三伏天为伯母家蒸出几大屉白面馍馍，大伯一家没有人问过她病痛，爷爷也从来不管她是否吃过几口饱饭，她都习惯了。语诗当时心里有一点儿不忍，也只是不忍了一下，很快便忘了，就像忘记去年伙着大伯家的老二猫进生产队里的番茄地，被看园子的人骂一样快。其实她知道看园子骂的一定不是语诗，他是冲着大伯家老二骂的，老二听出他的骂声是有特指就不服气，说进番茄地的不是她一个，看园子的为什么骂她娘不骂语诗的娘？她娘的不孝尽人皆知的，尽人皆知的不孝人人得而诛之，何况挨了几声骂啊。奶奶一直跟语诗她娘过生活，语诗娘和语诗爸又是出了名的孝顺。

现在回想起来，语诗觉得再没有比想起那次奶奶抹眼泪更让心里拧着疼了。那个下午的阳光原本清清淡淡，像一锅翻滚成毫无形状的面疙瘩。奶奶拐过高坡后，光线越加糊糊涂涂，没有热气，也没有层次，就那么犹犹豫豫隐退进荒草后面。她知道她的自私大过不懂事，虽说她那时才五六岁。可她很怕太阳落下山去，落下山后她很孤单，孤单像流泪的月亮。但太阳终究要落下山去，落下山后的屋子和奶奶一样常常拉着一张脸没生气，她得摸黑进屋，设法爬到床上缩到床里或者另一头睡，不管有没有睡意，然后，奶奶会关好院门闩紧房门一阵窸窸窣窣后把自己也搁进被窝来，将语诗撂在被子外面的胳膊或腿脚轻轻压到被子里来，或者掖掖被角什么的，做这一切时一向悄然无声，惊动不到夜晚的黑，不像外婆时不时笑眯眯地向人望，能望出全身的温暖，而奶奶永远不会，奶奶永远没有能把人拥抱起来的目光。奶奶大概很难有笑脸的，母亲说听说奶奶刚嫁给爷爷笑过一回，她及她娘家老老少少被太奶奶骂了个遍，然后奶奶再没有笑过，应该也没有什么可以笑的事。末了又说，好在还生了你爸。

奶奶一定很伤心，但当时语诗实在明白不了多少，如果知道奶奶一个人的日子有多么落寞孤寂，她不会让奶奶流泪而去。但奶奶只是包了煮熟的花生和焦黄的红薯来，和外婆清清淡淡谈天间随意问了语诗想不想跟她回去，就像问一件无可无不可的物件一样。小姨后来居然当面让她滚回她家去，说："你奶奶巴不得把你塞俺……家，一个人想吃……啥做啥……想去哪儿抬屁股就能走，多好。孙甥女是舅舅家的狗——吃完就走。""我不是狗啊，我吃完就不走"，语诗叉着小腰和小姨正儿八经地吵，眼里满是狡黠。小姨指着她打雷一样大笑。

"你真不……是狗，是吗……吗？俺咋不知道哇"，小姨笑到快要笑不出来的时候才说，"怪不得……得哩。"语诗气得心突突直跳，她要是有力气，小姨笑的样子实在可以招致一顿痛打的。她只能请外婆做主，就像通常和亲戚家的姐妹们吵完架后找奶奶做主一样，奶奶通常会狠狠骂她们一顿，让她们以后再不敢招惹她，她毕竟身子骨弱，受不得些微气的啊。但好脾气的外婆没有抬头，继续纳着永远纳不完的厚厚的毛边鞋底，半天才咕噜了一声："可不就是舅舅家的狗嘛。"说完，拖着长长白线的大粗针往头发上一抿，嘴角还是笑意，看不出立场。

语诗不知道大舅和小姨那一场吵架，自己被送走得更快。那天大舅骂小姨的阵势委实吓人，老实人发起脾气来惊天动地，她躲进里屋半天不敢出来。后来，小姨的脸红肿了好几天。

奶奶是在刚挑着两大桶水走下井台时看见他们的。井台下面还有好几层台阶，大青石路坑坑洼洼的，潮湿的苔藓长得倒很密实，但也经不起上上下下踩踏，现在变作深深浅浅的草垫了，一脚踏上去，水就会从脚底喷溅出来，发出噗叽噗叽的声音。奶奶很小心地斜着身子往下走，扎着黑色绑腿，穿尖口黑布小鞋的小脚扎到青石台阶上颤颤巍巍，围了两道铁箍的木桶便打秋千似的剧烈摇晃起来，如果不是大舅几乎是蹦上去接过扁担，奶奶的老腰又得扭伤了。奶奶把语诗的手攥得紧紧的往家走，太阳像蛋黄一样从西边一路抹着过来，蜻蜓开始贴着地面低低飞舞，发亮的翅膀透着光。墙头上露出成捆新捡拾的干树枝，落脚的几只麻雀一会儿上一会儿下地啄。瞅着扎堆似的在斜阳里游弋着的翅膀，语诗仰起脸望奶奶，奶奶花白的头发一丝丝发着亮光，她便觉得眼睛也跟着亮起来，就笑了笑，奶奶也瞅她笑。

“她简直和咱娘一模一样，不会张嘴大声笑，不会抱怨，走路姿势都一样，嘎噔嘎噔，带劲。”父亲二子和母亲说起这话时脸上总是露着笑，就像他总说语诗吃饭从不挑食和他一样好养活。“就是性子不随和，”母亲慢悠悠补刀，“咱娘跟谁都没红过脸，也听不到跟谁高过声儿。”母亲还没忘记语诗争花褂子的事，因为她后来跟姑姑娥儿说：“这孩子让咱娘惯的了，姐妹几个就她跟谁也不一样。”“一人一个样儿嘛，一龙生九子，九子还不同呢，”姑姑娥儿的话听不出倾向性，娥儿的话通常都没有明显倾向性，奶奶骂她“没长主心骨”大概就是这样吧。

“你爸把咱们户口都迁到城市了，从今往后也吃皇粮了，你这身子骨会好起来的。”奶奶说着话眼神跟着活泛起来。语诗问：“院子里栽有石榴树不，后院也有大枣树不，蜻蜓也能飞满天不，沙坑里也长满水浮萍不。”奶奶想了想说：“好像那地方一年四季冷得紧，草长得没过人头，得骑牦牛赶集哩。”“哦——”语诗不无担忧，说：“奶奶要不咱们不去吧，还叫他们走。”“他们”指的是母亲和语文，还有刚出生的弟弟。奶奶手里的木梳一下一下梳语诗的长头发，半是自语半是说给语诗：“那哪儿中啊，都办妥了，留下来也没咱的地了，吃啥呀。”好像轻叹了一声，轻叹之后木梳停在空中愣了一回神，想起什么似的笑了一声，说：“小妮子家家离了土坷垃不好嘛？将来读书好了风刮不着雨洒不着，哪像你奶奶熬一辈子熬出个啥呀？俺小妮儿就是个读书的料，奶奶要享上你的福哩。”说着拿指头肚儿戳了语诗后脑勺一下，补了句：“往后给奶奶两口热饭，也不白疼你一场。”说完又嘿嘿笑。

语诗知道坡他奶奶就这样给奶奶说过，还说：“仨月看大，三岁看老，别看你二孙女身子骨弱，那可是个吃皇禄的态儿，有本事，有主心骨，净等着享福吧——你看你多有福，老了老了还叫儿子弄成城里人，孙女又孝顺，看你命多好！”奶奶叹一声：“但愿有这命吧，谁知道还能不能等到……”奶奶早以为福分那是上辈子或者下辈子的事，她这辈子就是受苦来的，现在有人伸过来一只手，敲敲她的天灵盖，咂咂嘴说看你命多好。她宁愿对此深信不疑，既然享儿子和孙女的福是人之常情。“唉，但愿有这命吧，城里人……咱家坟头上的蒿子该动了！”她有几次拿袖子擦额头上的汗，实际上却是飞快擦去一年到头泛着赤红色的眼角向外直流的眼泪。

语诗的心不住战栗。

奶奶的眼角总是不见好，后来迁到城里看病，才知道那是角膜炎，但当时村里的老中医怎么也治不好，奶奶的眼睛迎风就流泪，眼角常有小口子张着嘴。小姨不喜欢吃奶奶做的饭，她说她见奶奶用大铁勺搅锅底时还拿手擦眼睛，她怕什么脏东西会落到锅里，不干净。小姨是背着语诗跟语文说的，她们通常背着她说很多体己话，比如奶奶偏心语诗，比如父亲二子寄回多少钱多少好东西，比如舅爷招看奶奶来拿什么稀罕物儿，等等。那个时候语诗也上了村里的小学，语文刚升上二年级，小姨升初二。语诗下课去找语文借橡皮，小姨和语文就斜脚站在教室门口，小姨叮嘱语文时还不住咂嘴："那饭不能吃，真的，吃下肚要长……长勾虫哟，尾巴上打着勾，宝塔糖打……打都打不下来，一窝一窝生，猪娃儿似的，肚子里长得鳖翻潭似的到处都是，哎哟哟，可嗑碜人啦，长顺他……他爹就是肠子……肠子拧劲儿疼死的——你瞅语诗，以前小脸儿黄蜡蜡的，俺琢磨着十有八九也——"

她就那样叽里呱啦说个没完，越说越急，越急结巴得越厉害，语诗弄不明白她干吗不会慢慢腾腾些呢？慢腾腾说保不定就没了口吃毛病。

"长顺他爹得的是绞肠痧，俺以前肚里有虫，早打干净了，跟俺奶奶不相干！"语诗突然接上她的话大声说，然后看着她们像电流打了似的觉得非常解气，她们那一通疾风暴雨般的废话原来压根就像落到冰河里跛了三条腿的瘦狗。她目不转睛瞪着她们，然后，她那曾经蜡黄眼下粉嫩粉嫩的小脸一扬，刮大风一样笑将起来。

其实语诗已经气得像嘭一声炸开锅的爆米花，但她却冲着她的小姨和她的亲姐姐的脸拉长声儿大笑，这种神气能把人踩碎。反正小姨像一只落尽羽毛的秃尾巴鸟摸着粗皮糙肉，在寒风里潦倒不堪。语文扳着语诗的肩膀摇晃，说：“俺没说奶奶，谁都没说奶奶。”语诗瞪着她，脸一绷，转身走开，甩掉她姐姐伸过来的手，嘟嘟囔囔说：“奶奶不是你奶奶嘛，奶奶不是你奶奶嘛。”她知道语文暗地里也抱怨奶奶偏心，偏心自己，可母亲向着语文呀，小姨也向着语文呀，她们都说语文最懂事最善良干活最卖力气，其实他们不知道语文和她打起架来丝毫不懂事不善良，却真的不惜力气，仗着高她半个人头和身体结实，语诗和她打完架后通常浑身酸疼，鼻孔淌血，嘴角淌血，脸上脖子上都是指甲抓挠的血痕。

语文威胁她：“敢跟奶奶告状，俺逮条长虫搁你被窝！”“你敢！”语诗一脸的粉红猛地变成土灰色了，猝然站住。……只有一二秒吧，或许更短，然后浑身哆嗦瞪住语文，拼命控制住自己，免得失声痛哭，但语文还是看到她紧绷的嘴角蠕动了几下，上唇狠狠咬住下唇，以为她会哭天抹泪去告状，但她没有，牙缝里撕扯出三个字：“不告状。”说完就走，转身的时候身体发抖，她对不长脚的软体动物，恶心得要死，怕得要死。

半年前语诗肚子里差不多就像小姨说的那样，蛔虫们长得很快，很多，一绺一绺的相互纠结缠绕、争斗，她害怕，怕得什么也不能做不想做，吃饭、喝水、睡觉、上茅房，一概忍着，全忍着。她哪儿也不去，一天到晚把屁股死死压到小板凳上，后背直挺挺紧紧靠住堂屋的山墙根，害怕屁股稍一挪离板凳的挤压，一肚子的虫子就会顺着裤腿连滚带爬吱吱哇哇往下跑。她饿了三天，不肯吃东西，谁劝都没用，就是想借此饿死那些胃口越来越大的虫子，虽然肚子疼得要命。她还拒绝吃宝塔糖，她见过虫子出来的样子，肚子非但还疼且较之以前剧甚。以致后来，她很快消瘦到脱了人形，奶奶抱着她日夜啜泣。最后还是村里老中医救了她一命，一举歼灭了虫巢，他开的方子只用一味药：砒霜。直至三十年后，语诗仍叹服乡下老中医的医术高超得不可思议，甚至颇为诡异，当时一没 B 超二没 CT 透视，一个乡村先生凭啥算准了她肚子里有多少虫子，该吃下去多少剧毒药，然后一条不漏地全面剿灭还不至于祸及人命？事实上，吃下砒霜后语诗一天天白胖起来，奶奶逢人就说："语诗越大出落得越齐整。"这以后，细长条形肉乎乎软体动物诸如黄鳝、蛇、蚯蚓什么的，语诗决计是不敢见，她会从里到外不舒服，这是她的死穴，没有谁比语文清楚了。

3

"语诗语诗，爸爸吐血了！"语文捏着话筒尖锐大叫。"吵啥吵，你吵啥吵！"父亲二子从躺椅上扭过头来，目光鞭子一样抽向语文，鲜红的血喷向电视屏、柜子、地板，而后散开分作或大或小不规则的形状。

语诗上气不接下气往医院跑，父亲二子和他的轮椅正推出 CT 室，父亲的嘴角凝结着血渍，语文以最易破解的表情告诉她，啥也别问。语诗当然不问，也不用问了。母亲已经从走廊的另一头快速摆过来，手里提一只大号塑料袋，塑料盆、卷纸以及毛巾牙膏之类的东西。语文说："你陪妈推爸回病房，呼吸科 72 床，我取药。"说着并没有马上把轮椅交给我，而是直挺挺地站在父亲二子的后面发愣，似乎还没完全交代完应该交代的话，或者哪些是需要说的还不能立刻说，立刻说的是不是需要补充。过了一会儿，一甩头俯身像一枝花簌簌摇晃到父亲二子鼻子下面说："病房有厕所，可亲的亲爹忍一会儿啊。""这孩子狗屁不通，滚吧——滚吧！"父亲二子的右胳膊动了动，最终没能扬起来，但瞪语文的眼神一片黑灯瞎火。语文转身离开时似乎叹了一声。母亲哄劝父亲二子："这孩子不会说话，咱别跟她一样，咱去检查检查内务卫生。"

父亲二子在混沌的时候仍不容别人跟他说混沌话，语诗感慨，但她这会儿的感慨较之吃惊已微不足道，所以她瞟了母亲一眼，发现母亲也朝语文走去的方向扫着，有一秒钟的暗淡无光一闪而过，好像默认了语文"不会说话"的遁词，又重复一声"检查检查内务卫生"，扶住轮椅朝电梯走。谁也猜不出来，那暗淡无光的一闪究竟深想到了什么，语诗读懂语文笨拙的伎俩，母亲的敏感就像雪原上一痕鸿爪。语诗不知道母亲是否仔细端详过语文掩饰时的惯常表情——随之而有一声叹气，似有似无，但是可以肯定，她在掩盖天机，而母亲也在掩盖自己的敏感，打十年前就一直掩盖，一个人经历了诸多掩盖而没有发疯，说明她要么理智出格要么很固执。但母亲显然是另外一种组合：固执，多疑。

“我得回去伺候咱娘，咱娘可怜，可怜……”父亲二子的手在母亲皱巴巴的脸上来回摩挲，痴憨得令人心疼，邻床那个眼底血红的愣头青却笑得像一条咳嗽的流浪狗。

这阵子，语文姐妹凑一处的时候越来越多，或在走廊的尽头，或到晾着床单的楼梯间，或会去灌开水的路上……母亲的眉头便从早到晚皱巴着。语文晚上和妹妹守夜时愁肠百结，说：“今天妈去找主治大夫了。”语诗没说话，她是有预感的，就冲父亲二子那一大口鲜血，病情也不可能会轻。“大夫说咱爸肺上长几个水泡，”语文舒了一口气，“好在我跟大夫有言在先，人家能理解。”说完，朝张大口呼吸的父亲二子望望，又叹了一声：“可怜的爸爸！”神情凄怆。语诗心想“等着吧，母亲是不会相信的。”刚才在CT室里小刘医生盯住影像问语文：“你父亲以前干过什么工作？”语文觉得他的问话充满了不祥之气，这种不祥之气来自于眼前不确定的答案之外的众多疑问。“当过工兵，修过桥补过路打过隧道，还干过两弹——”语文答。小刘医生摇摇头，可能感觉到问话不妥，改问：“你父亲得过什么病？”语文就远远说起，从十年前说起，说到如何最初被诊断右肾癌，医生断言三个月的生命存活期限，但化疗保守治疗半年后回家仍然健步如飞；说道两年前右腮腺切除手术的大夫技术如何高超，术中检验为初期癌症而医生按照中期进行了周边组织切除，数日后的切片检验证实了医生的前瞻性决断，随后有一个月的放疗；说道去年切除右肾囊肿几乎送了命，那些囊肿切下来差不多有小半脸盆样子，肾脏便小得非常可怜。小刘医生保持了足够大的耐心听她叽叽咕咕说完，最后狠狠点了下头说：“怪不得，看着就不像原发病灶，应该是从哪里来的。”语文离开时丢了半句：“老兵，一辈子送给核试验场……”很快，小刘医生给出了初诊结果：双肺叶多发性转移瘤。

检查结果自然没有给母亲看，母亲也从来不要求看，十年前就一直是这样。……她究竟是觉得大家共守一个秘密怕伤害到她，或者她就是想让自己的希望延续得更长久一些，哪怕这个期限可能很短。但她心里必然上百次断定之所以是个秘密，这个秘密的核心就是她最不想知道的，宁愿猜测，给每一个守秘者的表情和他们神秘的暗号解密。

语诗显然是对的，因为第二天查完房后母亲征询着她的两个女儿：“要不给你爸转肿瘤科吧？”她的大女儿可能猝不及防，因为她给父亲二子喂药的手悚然停到空中，有些慌乱说：“行吗……不见得行啊……问问大夫？”语诗望着她母亲一字一顿说：“没必要，别再折腾病人了。”她把“折腾”两个字咬得很清楚，很清楚地甩出来她的反感。她觉得她的母亲一直按自己的想法指挥病人指挥家人，甚至指挥医生们的治疗方案，她一直在说父亲二子的脑子还会恢复如初，父亲二子还能健步如飞，腰杆子还是那么直，只要一遍一遍地把父亲二子送进医院，一遍一遍送到医生手里，医院总会有办法的，总会治好的。她打电话告诉儿子：“哪怕砸锅卖铁也要给你爸治病，治病。”打电话告诉出嫁的女儿：“都回来吧。”大女儿的女儿马上高考，二女儿的女儿明年高考，但都没说，这还用说：原本指望她们的母亲主动提出来：“请护工吧，别都累坏了，别都丢了工作。”最后总是听到：“外孙都是人家的人，姓人家的姓儿，他们家里不管谁管？你爹现躺医院里，养儿女就是防老哩。”

通常这种时候语文都会不发一言，语诗不能不说了：“老大腰椎间盘不好了，得有人替换。”母亲说：“那你多干点。”语文说：“我没事儿，倒是老二得回部队了，单位催好几次，年底了，别弄转业了。”“哦”，母亲急了：“谁家没亲娘热老子，谁是石头缝里蹦出来的，尽尽孝就弄转业，这是哪家的法律——咱找上级反映去，我就不信，还没天理了！”“人家是部队，又不是老百姓……”语文还没说完，母亲已经流泪了：“你爸还是老革命哩，当年从马兰到金银滩，见天修桥补路打炮眼，苦得黄连一样，为国防事业落一身病……”说道后来，母亲的嘴唇发抖，牙关咬紧，两眼往上翻。

母亲从抢救室出来后，语文再也不敢多说一句，语诗只好找护工，母亲反对得很干脆：“不行，养了一群孩子，还靠外人，老家亲戚们知道笑话死人。谁来都不如自己孩子照顾得贴心贴肺。”“那让老家亲戚来帮帮忙，”语诗冲口而出。没想到母亲这回不再坚持，她给亲戚打电话，亲戚来了，但没过一月半月，就说胃疼回家去了。母亲再没打电话叫亲戚了，她可能私下算过账，老家亲戚不管谁来，都得好吃好喝好用前后伺候，送路费，送护理费，送东送西，算下来比请护工贵多了，还不说要承人家人情，家里家外其他事自然不好意思分派亲戚，她发现自己更累了。后来干脆亲戚也不叫了，可能再也叫不来了——他们总是这样。

语文后来责怪语诗不该那样说话，说母亲不容易，说母亲伺候奶奶那会儿就她一个人，不也好好给奶奶送了终？那会儿大伯到奶奶房门口站一站就走，姑姑娥儿又心不在焉，要不是母亲孝顺，奶奶早就不在了。

语诗想：“要是奶奶，要是爸爸，是决计不让孩子们这样的。”奶奶以前说过她娘家侄子长到二十二岁还说不下一房媳妇，就是因了他奶奶见天只想着治自己的病，治了五年越治越重，亲戚们都不再借她钱了，她就卖了两间老屋，还有他儿子的一头耕牛，家里只要有物什卖得出几角钱，她都会拿出去。后来再也没东西卖了，她就哭天抹泪，说：“要看你娘死啊，白生了你们还不如喂头猪也能卖出钱来。”她儿子就说：“你看家里还有啥值钱的，能卖的都卖了。”她侄子奶奶捶腿顿足骂人。奶奶是看着她没了的，死的时候家里报丧的连作做样子嗥两声都没有。奶奶常说：“多不晓事，治不好的病还治，死了连留个念想都没有。”

语诗很多时候觉得母亲并不理解人，这样说也许有失公允，平常母亲说起“理解”二字头头是道、字字珠玑，甚至见解不无深刻，但真要照她这种“理解”模式去做，立刻就会发现，一切都不是那么回事。“也许，母亲也很矛盾吧，或者很孤独很害怕吧”，语诗想，她自己也一样矛盾，因为她往往发现有母亲的日子可以当当孩子，而不是别人给她当孩子，她更愿意享受当孩子的感觉。这种感觉让人很不舒服。

最近一周，主治医生不再开药了，这和奶奶当初一样。父亲二子不能再化疗了，十分虚弱，但每天输液还是要的，瓶里吊的都是营养药。语文其实一直在权衡，要不要告诉母亲真相，什么时间才合适，医生说父亲二子也就光景不长了，没有治疗的必要了。“谁来说，如何说，说道什么程度？”语文找语诗商量。语诗想都没想说：“让大夫去说吧，没什么遮遮掩掩的，清楚、直白、冷静，这方面他们是特长生。”大概语诗说这话不该有的利索让语文感觉到了不爽，就皱了眉头，慢条斯理说：“好吗，不好吧，妈会受不了的。”“真相无情，谎话是麻药，”语诗说得啃黄瓜一样。

语诗这样的方案语文心里其实是认可的，就是下不了决心，她知道遇事远没有妹妹来得冷静，而这样的冷静在她看来近乎冷酷。母亲就说语诗不像语文那样和她家长里短说叨，而她喜欢这样的说叨，语诗的心总和她隔着一层。语文觉得她看不懂妹妹，那么大的人了，还能于稠人广众中坐父亲二子的腿上神情安然，她不记得语诗对母亲几时有过这样，她回答母亲的问话掩饰不住的敷衍、不耐烦，即使沉默也是冰冷的，是什么时候语诗的眼神冷得像开在坟头上青得发白的花一样。“母亲也不容易，”语文说。

这几天，表叔打电话频率接近整点报时。语文说母亲已经不大接他的电话了，他老提在奶奶坟边建房子的事情，他给大家挨个打。语文叹了一声：“心是好心，就是……”语诗问：“建什么房子，没听他提啊，左右就是说父亲的病重，该把有些事提前预备了——这话没错。”语文说：“你那脾气，他敢说啊……他以为妈给你说了……其实他早提议父亲百年之后的房子……”

“房子？妈还住呢，跟他什么相干？”语诗冷笑一声，“这些人……想什么呢！”语文说：“不怪人家，父亲总是提回老家伺候奶奶的话，母亲也想百年后叶落归根，不想爬烟囱走，表叔就认真了，跑大伯家好几趟，都商量好了，在奶奶坟边建几间房子，我们以后回去拜祭可以住，父母百年后埋到爷爷奶奶坟边——那块地属大伯家的，所以不妨事。至于平时房子由大伯家随便处置好了，住个人，一看房子二看坟。”

“住房子的都有了，赶紧盖呀，还等什么！”语诗突然一笑。语文一时没回过神来，嘁了声说：“且不说道底那房子盖得有无必要，这些钱不是小数字，父亲的病要花费多少还要花多少花到什么程度谁知道啊，老家的人没一个分担，还不都得我们出？当我们家有比尔·盖茨？这是其一。占用的地该给大伯补贴多少补贴到什么时候怎么补贴，这是个无底洞。土葬压根不能大鸣大放去做，到时候招摇得人人尽知，这事一告一个准，政府有明文规定的，这是其二。父亲二子将来是回去等着那一天还是那天之后再回去？前者的事我们不能做，后者的麻烦更大，飞机不许载火车不让上租车没人拉……这个表叔，真是……”

“这都知道啊！”语诗懒洋洋地摆弄她的杯子，不再说话。她低头凝视，这是一只泛着青光的白色细瓷杯子，衬在她的手上宛若正在散落的槐花，精细，纯粹，以及遥远，有一瞬间，她神情落寞几近忧伤，但很快慢慢直起身子说：“姐，坟有了，我们还有爸是吧。”语文一愣，很快意会过来，泪流满面。语诗想到了奶奶的坟以及坟上的槐树，大伯家的老二电话里说，村里的宅基地划过了生产队原来的菜园，甚至那些番茄地和种西瓜、烟叶等好几亩地都人声鼎沸起来，热腾腾过着左邻右舍的日子，奶奶的坟被南、北和东面的人家包围，两棵槐树即使不能合抱也差不多可以盛夏纳凉了——要不是长在坟上。语诗突然被悲凉击得粉身碎骨，过了很久才“哦”一声，觉得自己像唱了无数遍招魂曲以后终于回归肉身的魂魄一样，在哀号声中立足不稳少不得飘飘荡荡。她想到这个比喻时先想到了奶奶的坟以及父亲二子的叶落归根，那些院落早已没有了，那株石榴树和房后那棵歪脖大枣树在卖给人家时被砍了，院外几棵曾经开着一树一树青白色小花的槐树也卖了，大伯的气管拉着穿堂风样的呼啸说：“没卖上好价钱，那种树……”语诗知道事情不是那回事，大舅说他找人谈好了更高的价出售房子连同树木，大伯怪他外姓人多管闲事上门吵了一架后，奶奶的房子和树木就以挥泪大甩卖的方式换了主子。钱到父亲二子手里时，母亲哭了一场。

表叔的电话再一次给语诗整点报时，语诗说：“您年纪大了，这种事，心操不了，我们做儿女的，会考虑的。”表叔长长地哦了声，像四狗那样哑的声音说：“那就好，你们放心，这事没问题，俺跟你伯说妥了，料一备好转眼就开工，泥瓦匠现成有，费不了几个钱。”“那就好，”语诗学着他的口气说：“这事您和伯办，又不是外人，哪有办不好的？那你们受累了，就备料盖吧，手里有几个钱就掂量着用，我爸用钱多也周转不来贴补你们。”“啊？”语诗听到电话里踢里踏拉刮擦着电磁波的回声，有一秒钟的冷笑，一秒钟之后声音像劈了叉似的说：“表叔，那就这样吧，我得赶紧去医院，人手倒不开啊，谢谢您啊，挂了啊。”手机随着手臂划出一道优美的弧度，撂到病床上。父亲二子还在嘟囔着：“我得回去伺候你奶奶，可怜。”语诗把父亲二子的手拽到脸颊，她都听得到自己沉积在身体某个角落的悲伤发出咣当咣当的声音：“爸，您想奶奶了，我也想奶奶啊！”话一出口，就感觉到全身在剧烈抽搐，不能自已。她想大声哭出来，可眼泪冲出约束之后原本顺流而下，谁知发现嘴角突然鼓起包来，便只好临时改道，却怎么也溃不成军。语诗发现“想奶奶”三个字，也精细、纯粹，不可触碰。

语诗几天后仍不能理解，久不肯说话久不睁眼视物的父亲二子突然开口：“槐树，槐树开花。”含混，但很坚定。那个愣头青从洗手间稀里哗啦一阵出来笑得哏儿哏儿响，说：“从你家老爷子一住进来，我就知道那病是没法治了，不是道鬼就是说槐，俩字都是鬼啊——这是墓地啊，怪瘆人的。”语诗瞅他一眼，他便觉得他在那对瞳仁里立刻印出流浪狗的样子，很有些气恼，那个头发整齐得跟栽培技术十分优良的树种一样的头一昂，甩刀子般亮出刀锋一下一下划出几个字：“这——是——墓地。”“是”字划得狠狠的几乎听到血流的声音。说：“能自己走着出去就是人，否则，都叫鬼，或者半人半鬼，跟傀字一样，一个骨灰盒就解决了！”啊——愣头青说不出话了，或者，他没能想出来拿什么话回敬那个带刀女侍卫！到晚上的时候，愣头青朝老是磨牙不好好睡觉的父亲二子说：“睡吧老爷子，睡着就看到槐树开花了。”父亲二子像没听到一样用心磨牙，磨得吱扭吱扭，然后突然咳嗽一声，他的俩女儿半抱着折起身时，他的脸涨成了紫红色，吐出两口痰后就急促喘气，呼噜呼噜的像扛两根椽子过河。

当兵前他真的扛着两根椽子过河去集市上卖，也就是那次，他的一只脚让河底的石头绊了一下，石头没能绊倒他，最终让一下子从肩上滑下来的椽子重重砸向他的胳膊，他没来得及哎一声就蜷缩到没膝的河水里。是后来邻村过河地认出了他，等大伯找了人救出来时，他已在水里战栗了好几个小时。要不是年轻，要不是武装部的人好心，他断过茬的胳膊根本无法通过体检顺利当兵，现在他应该还在那个槐树院里摘着石榴打着大红枣，呼噜呼噜抽着用报纸或者粗纸卷成的草烟，还有可能是水烟。他不会到海拔这么高的地方当兵，不会支边到那个地方干测量计量的特殊工作，那个工作让他吃了太多的射线，甚至为了多挣几十元钱的劳保冒险吃更多的射线，那些射线蛰伏进身体里像蛇一样在冬眠期后喷着毒汁四处流窜，不停脚地招兵买马扩充队伍，先头部队攻陷肾脏后，转头折向腮腺，现在又迅速转战肺部，不知道下一个作战方案会指向哪里。他蹲在雪山背阴处，活像飞不动的老鹰气息奄奄，粗粝的大风挥着鞭子相当粗暴地抽过来，可怜的父亲二子连眼睛里的木讷都行将尽失，他已经四面楚歌疲惫不堪，没有援兵能够救他，他的瞳孔里勉强跳动着最后一点微光。

可怜的父亲，谁来救他！语诗呻吟着，眼泪大颗大颗夺路奔走。

4

那天父亲二子突然想下床，这实在太出人意料了，谁都知道他最讨厌母亲总是催他："二子啊二子，七尺高的男子汉咋跟窝蜷的小鸡嘞，下床锻炼锻炼，锻炼锻炼。”这时候他通常脖子搭到胸前，瞪着眼，直愣愣地。但这次不一样，大家都屏着一口气，包括愣头青，都扭头朝语诗望，她的脚步声从走廊里一直嘎噔嘎噔到病房，比平时显得节奏感十足，她那身军装笔挺，帽子压住眉毛，黑皮革铮亮——她显然直接从单位过来的。她通常下班不穿军装，但今天她就在附近参加一个集体活动，没顾上换便衣，说实话，语诗穿军装很精神。“哇。”，愣头青一时没认出来眼前这女军人，而这会儿父亲二子面对门口坐床沿，胸前围了围嘴，一口一口被语文喂水，水从嘴角漏下来，滴答到前襟——他现在已经不爱张嘴了。父亲二子看到语诗那时起，就不再张嘴，他用力挺起脖子，尽管很慢，还颤抖得厉害，但他终于愿意抬起来，瞅着语诗，混浊的双眼里有了两束光——不该属于久卧病榻之人的光。奇迹就在那时发生了，他吊着床沿的双腿往床下蹭，身体也跟着使劲儿，母亲叫着："文她爸文她爸。”眼神里满是惊恐。自打她的老伴病重以后，她是第一次看到这种情景，大约以为有什么骇人事情发生。这次她担心的显得是对的。

语诗的惊愕一点不比她母亲小，她上前准备帮着她的母亲和姐姐，父亲二子下床的意愿如此明显，连愣头青都跳过去搭把手。但父亲二子的努力是徒劳的，他的腰和脖子，还有膝盖等，全身所有的关节已经力不从心，支撑不起他的任何想法。但接下来的动作惊吓到了所有人，父亲二子被语文拦腰抱住，就像往常那样，他的脖子搭到语文的肩头，软成一根拉面，但所有人都发现，他的右手抠着语文的背，一点一点抓上去，最终停在右脸颊，五指并拢，抖抖索索，头往右边用力拧过去，拧过去……语诗立刻明白了，明白之后的语诗即刻后退一步，“啪”，右脚往左脚迅速靠拢，身体挺直，右臂同时抬起，五指并拢，迅速还了一个标准军礼，大声说：“请稍息！”。父亲二子的右臂轰然垂下，软塌塌地，挂在语文后背。语诗紧抿两唇，眼泪顺着脸颊，哗哗流。

后来，奶奶坟上的槐树又开花了，有云一样的白，但父亲看不到了……

卫生员

孔小东几乎是吆喝着撞进来的，消毒水味儿、被褥味儿、小便味儿和分不清是病人的气息还是探病者的礼品气味，将医院笼罩得异乎寻常，许是他这样高声大气加之午后的太阳明亮得不像话，这些混合在一起的气味儿如栖身枝头的鸟雀听到枪暴响那一刻，便一下子惊慌失措东奔西突起来。

陈规的哥哥陈有列起身想把他和他的鲁莽修正一下，但陈规已经醒来——或者根本就不曾睡着，像近些日子一直都这样，只是躺在那里像身负重伤的小兔子一样例行公事地打着每天打不完的点滴，他们——当然包括医护人员都认为于他的病毫无用处，只有他哥哥守着他打点滴的手像守着一地的洋芋，神情天真且可怜。要是他父亲在就好了，他父亲脑筋好使得丝毫不像庄稼人 他父亲会察言观色地判断这些医护人员给他小儿子打的是良心药，小儿子的病根本不会有起死回生的可能，至于每一个探病者说陈规你会好起来的，战友们都盼你回去之类充满热情的鼓劲儿，其实都是屁话，他们说那种话远不如他们想说那种话时的中气，这是一望而知的。他父亲不会相信来访者们说哎呀陈规你看起来气色比上回好很多的鬼话，其实望一眼小儿子浮肿且渐行焦黑的全身就知道死神没打算渎职。但这种那种话陈有列是认真听且信以为真的，虽然他每天都在因弟弟动辄拔针动辄发脾气苦恼。

这几天弟弟不再拔针和发脾气了，他静静躺在那里纹丝不动，手臂和点滴也纹丝不动，液体仿佛已凝固，看样子恐怕要一直凝固下去，因为连声音他都没力气发出来了。

孔小东进来时，陈规似乎轮了轮弥布血丝的红眼睛，半睁半闭。大约看了数秒，便收回没有视线的视线，嘴角似乎歪了一下，笑的那种歪法。

一看那眼睛，孔小东便知道了将死之人究竟是什么模样。只有一周，他身上死亡的气味浓得能枪决阳光，就像带圈的“拆”字写在一座破旧得失去房子概念的废墟上——不久前他们一起经历过的废墟。

想我了哥们？孔小东还是大声地对着他喊叫，陈有列真想手头上有把耙子往他脸上捣个稀烂，但他不敢，他知道这个火神爷战士一巴掌能把他抡回农村老家烟熏火燎脏得像揉成的草纸一样的破房子里，一个月前离开那里后就从来没有梦见过那里，他希望永远别再回去，哪怕伺候弟弟琐碎得远不如扛锄头利索，他还是不愿意回到一年到头吃窖水的地方，那窖水吃得人像抽干了水的枯井。所以他想永远伺候弟弟。

陈规似乎想把喉头深处的干空气换成词语，哆哆嗦嗦咕噜了一声，什么也说不成了，他记得已经好多天都这样了，可他分明就是很高兴孔小东来看他，大大咧咧的孔小东性格就像窗外的阳光，虽然他现在已经消受不起，可他真的好羡慕，羡慕这种阳光。他好像还能记起不少东西，比如卫生队长使唤他这个卫生员跟使唤医生一样，那时候他便真像个医生似的穿着白大褂出出进进，扎针、取药、巡诊，就是少个处方权，可他还是很高兴的。

孔小东是谁啊，有一阵子，陈规的记忆仿佛突然抽空了，消化道出血涌上来的腥气让他意识到还活着，生不如死地活着。这几天昏迷的时候越来越多，清醒见缝插针地挤进来很快被挤出去，他就明白透析已经不能再做了，做下去毫无用处，肝功能也开始不遗余力地趁火打劫。有一会儿他想起来了，孔小东是他的病人，严格地说曾经是他的病人，现在当然成朋友了，至少孔小东是这样认为的。他记得第一次见到孔小东应该是在一次救灾任务中，那次部队出动不少兵力，他随队卫勤保障，技术好腿脚勤快的卫生员卫生队长就爱带他，一来放心二来省心。他其实也想去救灾现场，战地救护的技术打培训后藏匿深山，救灾现场一定会用得上，他知道。

那里到处是废墟，好好的房子碎得丝丝缕缕像刚刚遭遇五马分尸。陈规一屁股坐进废墟一如坐进漆黑一团的极夜，极夜里没有作息安排没有生理提示没有任务分工。陈规把胳膊粗的檩条堆成小山时孔小东找他来了，他那时的大嗓门儿像挤到门缝里的老鼠，人跟防盗门一样砌过来，说卫生员，给我看看吧，头疼脖子疼。陈规直起腰瞅见他右耳后挨发际线下方赫然一个脓包，汗水和血水从耳后流到脖子，脏得看不出迷彩图案和颜色的作训服领子上让血洇成黑紫色，结着痂。他说头两天找队长看过，队长说这是疖疮，没熟，等熟了挤出脓就好了。等了两天还没长熟，头擂鼓似的疼，活也干不动了，我着急啊，就自己挤破，没想到血不停流……

你瞎整，你就瞎整吧，整出事儿可咋办！陈规给他消毒后切开疖疮，发现皮肤里面化脓的范围超乎想象，像一汪暗潭埋在下面，带着血的脓水随着挤压一股股窜。孔小东疼得打战还说没事没事，别手软，挤吧挤吧。陈规轻叹一声，说兄弟，忍着啊。对着一瓶双氧水猛吸一大口，咕噜咕噜一下，呸，吐了，嘴像鸟喙似的突然向他啄来。孔小东吓了一跳，失声叫着你小子有毛病吧，挤着挤着咋趴老子脖子上来啊，找打是吧。就用膀子往外掀他，掀他，突然觉得疼处像安了抽水泵一样猛地吸到他嘴里，然后一口一口往地上吐，再吐，血水掺和在黄脓里吐得星光灿烂，然后涂消毒水，包扎，说没事了兄弟，换两天药就好了。孔小东愣了神，看他又噙几口双氧水咕噜咕噜响着，就讷讷说你看这……用手，用手挤就行了，多脏。陈规说手使不上劲啊，不处理干净，弄不好引发败血症更麻烦。孔小东突然想起那堆小山似的檩条，走出几十步又折身回来，不再卫生员长卫生员短地呼陈规，他说话时的样子像一个拼命维持自尊但实在伤心得要大哭的孩子，下巴紧绷，说兄弟，以……以后咱就做朋友吧，别嫌弃，有事招呼一声，只要不杀人放火。陈规抬头笑一声，说咱们本来就是战友，咋说得跟梁山好汉似的——谁嫌弃谁啊。那是那是，孔小东就笑，满脸通红地笑，离开的时候摸摸脖子，退着走出帐篷。

陈规觉得身体里的细胞发出咯嘣咯嘣声，像百万条毒蛇一下子扔进不足两米见方的水泥坑里，坑的上方用大青石板死死压盖，根本无处可逃。它们开始时惊慌失措四处逃难，发现无处可逃甚至用血肉淋漓终拧不出一条安全洞穴时便疯狂噬咬，噬咬的样子绝望且怒气冲天，当洞里满是尸体和尸体发出的臭味时，几条尚未绝息的王者就在里面爬来爬去，爬得神经错乱。他根本无能为力。

孔小东杵到床边，正好挡住了窗口滤过来的阳光，大声说了新近发生的好多噼啪作响的事：防爆排演练了哪些新战法，上周三炊事班做了一顿像模像样的红烧狮子头，刘医生跟她男朋友终于掰了，队长撵着那男的好骂一顿，交代大门口哨兵不许再放入等等。陈规翻了翻眼皮，孔小东就大笑，那男的真丢咱男子汉的人，跟一个女同志吵着要三年青春损失费，你知道，队长那嘴皮子能把死人骂得从坟里跑出来眼泪鼻涕一大把地跪地求饶……

可能陈规也觉得好笑，跟着含混地“唔”一声，孔小东就高兴得拍大腿，说我再告诉你一件才好笑的事，听来的，你别传啊——去年夏天一大队叶副大队长到三中队检查工作，一进院子就骂中队俩主官说，啊，啊，你瞅瞅你瞅瞅，还抓正规化建设哩，你这管理成问题呀，通共种那么几棵杨树，就有两棵长得乱七八糟，那，那枝枝条条地伸到墙头上干什么，连树叶子都落到墙外去，你们知道不知道不，啊，啊？中队长也是个能恶搞的，冲到墙外指着落叶就骂开了，说你龟儿子够大胆的，谁批的假谁批的假啊，不假外出老子就算了，叶副大队长来了你龟儿子还敢顶风作案私自营外留宿，还不快给老子回去，小心处分你！

护士进来换上一瓶点滴，轻声嗔怪你懂不懂事儿啊，这病人……三中队长怪有意思啊，叶副大队长，是那个挺着大肚子撅着大屁股喘得像得了哮喘病的吧，还没转业啊？没等他回答便走开了。

陈有列出去过烟瘾，或者到院子里随便哪里靠着墙根晒太阳，或者靠着墙根扫描仪似的扫描出来进去的男男女女，最主要是女人。城里人就是会保养得，脸皮细致得像晒干的洋芋粉儿，头发烫得好看是好看，可干得像随便捋到墙角等着烧炕用的刨花。这当儿孔小东放低了音量，给陈规擦了擦汗，那些汗的颜色像干透的黄花菜一样，焦黑的皮肉居然沥得出这样东西，孔小东鼻子发酸，鼻子发酸的孔小东没话找话说，刘医生让我带话，说按你的记录已通知潘浩明天来医院复查，你放心好了。其实说这话的时候陈规的意识已经模糊了，他来不及明白刘医生或者潘浩甚至孔小东是谁，突然觉得自己又回到卫生队。队长还在他阴面那间办公室里侍弄那盆虎刺，虎刺上稀稀落落开着花，一滴一滴像血一样红，门开得很大，一边侍弄一边跟谁通什么电话。有几个战士在医生办公室门口候诊。刘医生坐在窗前，从光可鉴人的窗口往外可以看见电线，电线上不时有乌鸦前来歇脚——据说这地方新中国成立前是一大片坟地，馒头似的坟头像摆进蒸笼里那样齐整——梳着清汤挂面一样短发的刘医生安静地问诊、开处方，她真的是个安静又可爱的女孩子，这会儿大声喊着赵定赵定，取药。赵定是另一个卫生员，第一年兵，刚来没半年。陈规就想我管药房为什么喊赵定？他不熟悉药品呐，会不会喊错人了？半个月了吧，她动不动看窗子走神儿，窗子安装的还是老式钢窗，漆掉得差不多像晕针的病号。赵定从厕所里边跑边应着声儿“哎”，像摘果子一样从刘医生手里摘下处方，边往处置室走边朝一个战士说，病房里等着。那个战士低下头，鼻孔呼着热气跟上来说，班长，我从小就怕打针，轻点儿扎啊。赵定说就你事儿多，还是不是男兵？病房躺着去，等会儿才打哩。那个战士叹了口气，沿着墙边慢慢往病房走去。他一拐一扭的，像拉伤腿筋退出训练场的格斗员。

他为啥不理我呢，往常可不是这样，陈规看着他从身边快速走过，带着一股风，鞋底胶踏在走廊上发出轻微声响。事情看来有些怪异，因为赵定走过时连看都没有朝他看一眼，一会儿听见处置室敲针瓶的声音，他知道赵定正在配药。他向处置室走近一点，往里望去，桌子上一溜儿摆着两个白色盘子，盘子里分门别类盛许多大大小小玻璃瓶，碘附、酒精、消毒纱布、医用镊子、夹子等等，脚边一只白色垃圾桶，赵定在桌子和垃圾桶间一俯一仰忙着，他就想起赵定刚调整进卫生队时，血压都量不准确，扎针的时候老听病人明里暗里骂，队长开会的时候说了狠话：限你一个月，到时候还没长进，从哪儿来到哪儿去！赵定找陈规诉苦，说班长你教教我吧，我不想退回去，出都出来了，咋说也学了技术，就这么退回战斗班，脸上不光彩。陈规说你脑袋瓜子比我聪明，有啥学不会的。量血压还好说，赵定怕疼，自己手上下不了针。我这双手借你用，有借有还啊，陈规说完自己先笑了。赵定突然哭了，是张着大嘴哇哇地哭，边哭边说班长你真好，把你手扎成“蜂窝”，我还是人嘛。陈规说，别傻了，你不想想，我受点儿疼算啥啊，咱少挨人家多少骂！

赵定现在正在清理托盘，在他全神贯注于药瓶、针管和胶布时突然停住，朝垃圾桶愣愣神，又挠挠黑亮得像假发的寸头，又望着手里加药的针管，样子一如初学对弈就遇到大师级的低等棋手。陈规想起那回加药事件，他也是这样，只不过远没有这回镇定。有些规定背了一遍又一遍直到犯恶心，他还像不懂事的孩子望着家徒四壁居然闹着吃麦当劳。那回要不是刘医生在处置室嚷嚷他是不知道的，因为他收拾好药箱准备跟队长下部队巡诊，车就在门前等，但临出门时队长办公室的电话响了，他去接电话的当儿陈规听见了处置室的动静。他进去的时候赵定像刚跑完五公里武装越野。刘医生说他配完药想不起是否加过地塞米松，处方要求一定要加的，因为病人发烧好几天了，这种激素药就像训练头上拍砖的那种硬气功，力量不到拍不碎，力量太大头砖一起碎。已经把加过的所有空药瓶一股脑扔进了垃圾桶，陈规想起当时看到垃圾桶的感觉，他真想照那笨蛋新卫生员的屁股踢几脚，踢几脚也许能平息一下找那个破地塞米松瓶子时的火气。这是第五年进卫生队了，没有人见过陈规发脾气，但他那次很想发一通脾气。新训刚开始没几天，南方兵几乎排着队患感冒或者水土不服，甚至高原反应，病号出奇多，几乎扔满了各种空瓶子、碎玻璃和用过的药棉、胶带之类使垃圾桶疯人院似的热闹，开有地塞米松药的方子已经处置过的约莫十七八张。刘医生猛烈轰炸时下巴上的肉像挥舞的小旗子。陈规只好一一查看当天使用地塞米松的处方，找了一把镊子对着垃圾桶翻检起来。桶里的空药瓶和玻璃残渣分拣仔细得就像五六月在草地上采挖虫草，对照处方，药品归类，核对数据，直到晚饭号吹响，那已是两个半小时后的事了。后来他才知道，队长自己一个人走了，他告诉刘医生说陈规细心，这事需要细心。

查出加过那瓶药时，赵定说我说加过了嘛，没人相信。听这语气俨然陈规多管闲事。你要是早确定了当然好，陈规说，并把队长一个人去巡诊的事给他讲了。赵定的眉毛一跳一跳地，显然生了气，说，女同志心里就是不搁事，多大事儿啊，非要吵吵到队长那儿。陈规恨不得把他也扔进垃圾桶里去。刚才刘医生咯噔咯噔走后，陈规出觉得她的火气大得近于夸张，平淡无奇的五官组合使这种夸张显得欠缺逻辑性。赵定低声说，你说也怪了呵，他男朋友咱们也是见过的，挺正常一个人，咋整个一个酒拉拉啊，酒杯一端抓支牙刷敢划船，昨晚半夜到大门口骂刘医生，叫哨兵赶走了，你说丢不丢人。陈规淡淡一笑说加药时候别着急，得“三查七对”，配完一瓶药，核对一遍，再扔空瓶。

当他这样想的时候那个战士又一拐一扭走来，往处置室探进去半个头，似乎在问什么。放一百个心吧，赵定笑着端上托盘往病房走去。他太年轻了，从走廊尽头透过来的亮光看，他脸上的茸毛一根根支棱得朝气蓬勃，他眼睛里那种奇妙明亮的目光，让陈规突然意识到他刚才愣神与加药无关，他或许想起了谁或者和谁有关的场景，因为他那种目光熟悉得几可触摸，是队长？队长的目光多了严威。是刘医生？刘医生的目光是那种蹦蹦跳跳如春天里的兔子，往草里一钻，然后在另一个地方跳出来。那会是谁？他想到了自己，队长什么时候说过，说有这种目光的卫生员可以放心用了。赵定现在就有这种目光，他应该高兴，可为什么突然觉得头颅里面像有成千上万的人和许多新式武器搅在一起未拟预案便贸然开始了海陆空三军大演习，一下子顺着墙根蹲下来，这是从来没有过的疼，他想他应该不是感冒了，感冒没有这样难以忍受，即使救灾那回感冒，要是能有几片药撑着，肯定也像大黑好利索了，不会拖那么久那么重：久得腿脚浮肿，重得要命。

想到大黑，陈规就想起了壮实得像牦牛的战士。他那时在一座名叫野狼坡的山上担负守护任务，山上风大得像铁铲一样刮着地皮和地皮上的枯草，他开始觉得浑身骨节疼痛，于是他挣扎着到山下医疗点看病，他的后悔是在进门第一眼先看到陈规身子蜷曲着侧卧在床上发抖，那时他觉得像个PS过的恶搞照片，一个背药箱的卫生员病得像入冬后树梢上剩下的最后一片叶子，别人的病就是除了那片叶子之外的一堆落叶。大黑站在帐篷门口犹豫着是否该返回山上去。陈规费力地爬起来，脸色黑紫，眼珠子都红了，红得像帐篷外的格桑花，而这生长格桑花的地方海拔高得几乎让人心生绝望。陈规带着那种红望到他脸上来，然后他弯下身去把药箱放到脚边打开了箱盖，药箱里应该是空空荡荡，因为他摸摸索索一阵儿才找出几粒感冒药塞过来。大黑一下子就炸了，眼睛中的闪光像电警棍一样逼着陈规，他的眼睛越来越小，越来越深刻。陈规相信，他能够读懂这种表情。这种表情只有一个总的结果，甩到他脸上来。但他终于没有甩，喊着班长，就这？顶啥事儿啊！都发给老百姓了，就剩这几粒，你别急，等明天运来药品，我第一时间给你送过去。大黑瞪着他好一会儿，突然走出去，再返回来时看得出眼睛中那种非常清楚的犹豫，说，班长，你感冒好像也不轻啊，要不，这两粒留给你吧？陈规推着他说我背药箱的还稀罕你这两粒药？我这是累了，歇会儿就没事儿了。大黑走了，他不知道他手里握的是药箱边角里最后的药。

第二天灾区下起了雪，很大的雪，山上山下调成了同一色谱系，寒冷比天气预报更为准确报道着眼下的气温刻度。大黑有些失望，那些雪漫无边际地下得毫无克制，他断定卫生员即使不感冒也不可能来，卫生员嘛，机关里的人，都是伺候领导服务干部的，眼里压根腾不出空儿搁基层战士，就是有空儿也不大会腾。大黑不指望了，他目前昏昏沉沉，明白这种不指望属无可奈何，望一眼山下，一堆一堆的白像个大坟场，心里一下子暗下来。他想徒步那么远，要是有药还好，要是卫生员也就随便那么一说，他毫无办法，但这样的天气谁知道会发生什么事。他这样想着，觉得无论怎么办都不够靠谱。等他突然发现陈规像棵雪崧一样从风雪里跌跌撞撞摇上来，他开始在心里抽自己耳光，一下一下，热血甚至涌入他的脑际乱糟糟地疯跑，弄得直到陈规留下准备好的药往外走的时候才想起说，喝口热水吧，暖和。陈规甩甩手，说还有好多人的药要送。其他战士说我们去送，哪家哪户是谁，都熟。陈规还是走了，说还是我送，顺便巡诊……后来队长来巡诊时说那天陈规已经是第三天在发烧了，最高烧到 39.5°，没药，吃到药的时候到了第三天。

陈规忍不住呻吟，他尽量把头往胸前佝偻下来一点，走廊里的光线叽叽喳喳扑到身上来，他发现好几个人来来回回走动，竟没一个人问他一声。那些人差不多都认识，甚至有的相当熟稔，像郑学说，像邢象，郑学说是二中队的指导员，每次打针来都会说你小子，新训还是我带的你咧，腿脚勤快眼里有活，想不到针打得这么好。还有一中队指导员邢象，他可是陈规拿半条命背出来的，半条命都救过了，为什么拿他全然当空气？今天带战士来看病，和刘医生这个那个地有说有笑，他应该看见了他，这是毫无问题的，但他的眼睛看到他与看到墙上贴的人体经络图并无二致，等到刘医生说一点儿软组织扭伤得休息的话，他拍拍战士的肩膀消失在走廊那头的光晕里。陈规有些寒心，他想撑起来，可头疼得一睁眼水泥地板便往怀里扑，他只好闭上双眼，闭上眼浑身便焦灼起来，拳头开始不停往头上擂，腿脚力气很大地踢腾。邢象为什么装作没有看到他，没有看到他的痛苦？即使没有看到，应该听得见呻吟，那种痛苦得近乎狼嗥的叫声想不被注意根本不可能，但他们为什么都不肯瞟他一眼，哪怕像瞟一只淋了雨的流浪狗一样也好啊，但他没有，他们都没有。往常邢象挂在嘴边的总是一句话：这真是一个好兵，没说的。他指的是去年 3 月那天的事，陈规救了他的命，为救他的命陈规差点丢了自己的命。他们随部队在海子州海子县驻训，在一个冷得抽筋的凌晨到风谷林场执行任务。部队命令集结在海拔 4700 米高地，那块高地的风扑打着雪粒的样子就像制冷性能超群的大冰柜。邢象一下子发起高烧，不住口地呕吐，呕吐，仿佛要把胃里的一切包括胃体撕碎，一块块绞成肉臊子。必须得送回临时驻地，陈规说，不然就没救了，肺水肿会要人命。没有人知道距临时驻地5公里这段路怎么走，更不知道他们能否走得过去。最后，陈规背起邢象奔跑，邢象个子太大了，大到陈规两条腿软得随时随地都会失去支撑，在经过一条小河时摔倒了，摔到冰面的一块突起的岩石上。邢象后来说他当时都听得到咔嚓的声音，他以为陈规的腿一定断了，因为鲜血渗透棉裤后洇红了一大片冰面。他爬下背要在原地等部队，陈规倔得像一头牦牛，说，指导员，我没事儿，你就听我的。邢象不能不听，后面这段路陈规一直马不停蹄，他其实不敢停下来，他怕一停下来就再也迈不动腿了。

但陈规终究不算没事儿，邢象的感冒还是很快有起色的，然而，当陈规知道他的小腿骨轻度骨裂的时候，他一点也没有感到惊讶，就像几个月后诊断他肾衰竭，虽然没有人告诉过他，但他就是知道。

哎，要是陈班长扎就好了，不疼，赵班长差那么一点儿……两个战士打完针经过他身边时低声交流，其中一个人的胶鞋分明踩到了他的脚面，但他们谁都没有停下来，就像压根没踩着什么一样。

刘医生，液体凉，热水袋咋上锁了？这是赵定的声音。陈规想我不是买了好几个给病号用吗，应该都放处置室柜子下层，随用随取，为什么锁起来呢。浑身疼痛开始像一大把螺丝刀可着劲儿拧，但他分明感觉到钥匙沉在腰间，一大串，卫生队所有的门和柜子包括队长办公室的钥匙，他都有，这是他最自豪的事，队长说交给陈规，交给陈规准没问题。陈规忍着疼叫，赵定，钥匙在这儿。他觉得声音一半像哭一半像困兽惨叫，但赵定没有过来，因为刘医生在办公室里应着说，队长说那是陈规个人物品，到时候得随人走的。赵定打了个响指，明白。

我的天哪，到底出什么事了！陈规突然停止了嗥叫，为什么个人物品得随人走，走到哪里我怎么不知道？他那时买回来就说热水给战士们用，不然他一个人买那么多干什么。他想再喊赵定，感觉气流就堵在胸口打转儿，怎么也冲不出来，他一下子想到那声惨叫，想到郑学说邢象，然后又想到赵定，他们为什么都没有理他，都不理他？还有那两个打完针的战士，明明脚被狠狠踩踏了，他的脚并没有觉得疼痛，甚至连踩踏的感觉都没有。他把到这儿来从头至尾考虑了一番，低下头看手，手像烧焦的黑炭，肿胀，比往常厚了数倍。他想起来了，他应该躺在医院里治病，或者说一直躺到死。他知道他不久人世，他从不说出他不久人世，没人会告诉他，可他不用人家告诉，他懂。他是累病的，病到永远康复不了。他晕过很多次，其中一次晕厥让他知道自己的病再也没办法治了。那是水库大坝上的一次巡诊，中午1点多，太阳很大，烤在身上像烧滚的一锅油劈头盖脸泼下来。他撂下药箱跑去帮忙搬石筑堤，没人知道从早晨到现在还没有喘口气。那天搬了一会儿就晕倒了，用在场的潘浩的话说，他正和别人夸他，说这个卫生员人还不错，还帮着搬石头。他的夸奖还没有等到回应，陈规突然嘴唇青紫、面色苍白，然后一头栽倒在地。之后输液，但液体滴到近一半时他醒过来，拔下针头下床就往外走。邻床的屈雷说，液体还没输完呢，你往哪儿去？陈规说没啥事儿了，得干活去，人手少，洪水快来了。晃了晃手上一支葡萄糖说，喝上就行了。屈雷后来到医院还跟他说，你走后我都躺不住了，不就是觉得不舒服嘛，打啥点滴，你都晕倒了还想着干活。

陈规意识到卫生队再也回不来了，他张开嘴巴，对于能否不至于太不安心地离开这里没有多少把握，他觉得一阵绞痛，又一阵绞痛，绞痛，绞痛。

赵定再一次经过他身边时似乎朝这里望了一下，目光跳了跳，然后稍作停顿，进药房前嘀咕着，声音虽然很小，陈规还是听明白了，他说，队长说得对，热水袋陈班长用得着，那边液体更凉。

陈有列在室外已经消磨大半个下午，但是他回来的时候手里还捏个烟蒂，发现病房里突然白茫茫挤了一地的人。孔小东说你弟弟昏迷，一直在抢救……

陈有列朝窗外望过去，他已望不见了阳光。

那塘水

1

表妹水灵让我吓一大跳，是那一年的夏天，老父亲催我好歹回老家一趟的那年夏天。患老年综合性痴呆症的老父说第三次的时候我就知道非去不可了。

你还是得去，带着你姑姑家表妹一起去，穿上军装。爸爸嘴里含含混混，眼睛并不看我，挥着还算灵便的右手，满屋奔走的阳光到下午这个时候都蹦蹦跳跳起来，像爸爸的记忆。爸爸其实想说让我去看看姑姑家和她的女儿，可他开始萎缩的大脑绕不了那么多弯路，但心里一定是清楚的，妈妈和我都这样以为。

妈妈坐在爸爸面前把一双手搁在爸爸的左手和左手臂上来来回回地揉搓，爸爸的手便如妈妈一年到头用的齿槽几乎不再起伏的搓板一样，当然，这样的搓板早在我们离开老家四五年后就不见了——爸爸那只手最近稍一触碰就喊疼，脑血栓运行的轨道真的无法改变。妈妈的眼睛被强光挤兑成三角形状了。其实这样说不完全正确，妈妈的眼睛早年当然不会是三角形，年轻时据说在她们村里是数得着的俊俏闺女，眼睛又大又双，像村东头那池水塘，一年到头莹莹亮着，晃花了村里的小伙子，奇怪的是没一个人敢造次。还是九岁前记得那池水塘长的莲花开得最盛，塘里的水也比村西头那池水塘清冽，虽然村西水塘在夏天里一天到晚更像煮开了的锅咝咝腾着热气，男男女女挤破了头似的把自己像饺子一样整个撂进去涮涮搓搓再稀里哗啦爬上岸，那塘水也就和饺子汤差不多稠了。村东的水塘却像千年修炼千年孤独的洞窟幽冷且寂然。

当然，九岁后我就离开那片水塘和水塘里的荷花，妈妈生了我们四个姐妹一个弟弟后眼神就不再清冽不再莹莹亮了，但没有一个女儿的眼睛像她那么好看，不用说老弟了，他那双眼像爸爸，只能聚光的那种。

那是老坑，锅底坑，有年头了。妈妈有一回说，跟一口大铁锅似的底儿，能把人的魂儿吸进去。

说这话时妈妈瞅着我，就像现在替爸爸瞅着我一样，到嘴边儿的话我还是咕噜噜踢回去了。我知道妈妈瞅一会儿准会说听你爸的话，回老家看看，穿军装。妈妈说话向来说一句是一句，只给终极决定，不听建议。

我还想说单位离不开工作离不开多好事儿都叠加一起忙得喘不过气更加离不开，何况路上穿军装不方便，单位也要求节假日尽量着便装。

最终没有说出来也就不用再说出来了，这些年我早就学会了隐忍，隐忍就是一言不发就是把自己蜷曲成初始化状态。父母面前一万个理由都不是理由。

我不再说出来还有一个理由，爸爸脑子不再好使后女儿女婿们差不多成了云山雾树，老家二字似乎是永远不能格式化的文件，是那种加了密的文件。还有一个人也是加了密的。

带加加一起去吧，他放着假。妈妈甩过来又一个加密文件。加加是八岁的小侄子，他和他妈妈小丽一直住在家里啃老。弟弟的工作像极了云游四方的僧人，一年到头不归巢，不归巢的弟弟没有办法像别的男人那样把老婆孩子伺候得像花儿一样幸福，但这种幸福一点儿没少，甚或更多，那是爸爸妈妈一起爱岗敬业的业绩，直到爸爸住院治病开始，加加和他妈妈才清醒地认识到自己本来就不该是花儿。清醒后的加加妈带着加加住回到自己的家里。

算了吧，他妈妈见天闲得学鸟叫，又没有工作——我的回应显然太急了，在以后的十天里后悔得揪头发，大把大把地揪。妈妈说那你把小丽也带上吧，省得你弟弟闹心。

为了不让弟弟闹心，那就让姐姐闹心吧。小丽是弟媳妇，这句话我无论如何都不敢出口。山还没开始爬，背上就压了一口锅。

再不情愿，还是三个人一起上的火车，只不过我那一身戎装离开妈妈的视线后就改成一身红装，我不想惹眼。穿军装多精神啊二姐，我们想穿，有钱没处买去，小丽摸着那对耳环表情怪异。这就叫身在福中不知福，我漫应着。她还不算太笨，听着话里的话眨巴眨巴那双永远睁不圆瞳仁焦距老是调不精确的眼神转头和加加嬉闹，她似乎总是没心没肺的样子，其实我知道她的心计并不比谁少，跟着父母混吃混喝还不算，蹭几个大姑子也不含糊，谁还没任何办法。

二姐，咱谁也不认得，咋找啊。怎么说都不算排列合理的五官被小丽拧得更为分崩离析，下火车转汽车，一直到现在站到乡陌小道上，小丽大概感觉到这次的蹭游可能不会跟以前无数次的蹭游一样心花怒放其乐无穷。就在她们身后几步远的地方蹲着一座破旧庙宇，像耗尽了所有力气不知姓甚名谁的荒村僻店的老人，披头散发，满脸皱纹，奄奄一息。傍晚的太阳像发着臭气的蛋黄满地打滚，我忽然生出了一种悲凉，悲凉感来自于奶奶，照片都已久远得灰黄的奶奶早在我上高中前就不再在冬日里让我抱着她冰凉的三寸金莲睡觉，她去另一个世界找我从没见过面的爷爷了。奶奶患的是食道癌，听妈妈说她到最后连一滴水都咽不下去了，活活饿啊疼啊，最后折磨成一把骨头架子的时候吐尽了最后一口气。那时我正远在一个叫221的地方心游万仞读着书，心里平静得只想着每天的饭大姐再也不要煮红萝卜了，那是难吃得让人连说上几句冷嘲热讽的话都没有心绪。红萝卜能减肥，吃得越多越好。大姐总能利用我们的无知和生活并不怎么样却噌噌噌将肥嘟嘟的肉长得满身都是梦想着一夜之间苗条得像邻居家姓詹的阿姨一样，于是，红萝卜成了大姐最善意的欺骗，一直到父母从这里奔丧回去。所以奶奶的去世我连一滴眼泪都没有掉，我比小丽更没心没肺。后来妈妈告诉我，奶奶在回光返照时留在世上的最后一句话竟是关于我的，她交代妈妈说别难为老二，她性子倔。即使那句话，仍不能使我鼻子哪怕酸那么一酸。

二姑，二姑！加加惊恐万状瞪着我，我的表情可能吓坏了他，他以为一向坚不可摧的二姑也像他一样不知在天黑下来前该往哪里去。让人觉得强大真的很累，我也是个女人啊，我抹了一把泪水。

小兔兔！加加突然发现了从破庙里蹿出去一条小灰影子，人便像兔子一样离开小路。傻孩子回来！小丽丢下手里的拉杆箱惊慌失措追过去，我说我进庙里等你们，快点回来，天黑前还要丈量几里路，没车。也不知道小丽听见了不曾，托起她的拉杆箱进破庙。加加已经八岁了，跟着老人和他妈妈长大，总像没有断奶的样子，跟弟弟很得罪人地隆重警告多次：你的父亲影响力再不介入进来，你将来不是娶儿媳妇，是嫁儿子。没办法，弟弟叹气的样子一直没有创意。没办法，他生的啥样子我掌控不了，他长成啥样子也随大家便。叹气后的话还是像机关干部刚练习队列新加的第四种步伐时一样，刹那间就能攫住人的笑的能力。

庙里的佛龛跟远远望她一样不甚齐整，仅有供桌一张，烂草蒲团三片，遍地蛛网鼠粪，一无可坐。推开后门，庙后居然另有一番天地：有小小一片干干净净白地，像三五天前有人打理过似的；半池横塘水环着老藤半架，星星点点雾一样开着小花，有白有紫，还有几片黄颜色的，旁边斜出的两株石榴，上挂几粒小小红石榴，石榴树下两张石凳，飞落薄薄的灰尘，其中三二朵石榴花在灰尘里，像刚被风碰下来，火红火红的不见消瘦。料不到这个去处还有野趣儿，我颇为吃惊，记不得童年的视野里几时到过这里，只知道九岁离开时大人们说姑姑嫁在庙西，日子过得不错。奶奶就生一个姑娘，听妈妈说奶奶在生命走进倒计时的那段日子，姑姑压根不能到奶奶跟前，部分原因或是病痛影响吧，用爸爸的话说姑姑心眼儿实不活泛，但妈妈说姑姑是惦记她后河里的花生该刨了却只能荒在地里，姑姑打小儿就胆子小，奶奶瘦成骷髅的样子在黑夜的灯影儿里着实可怖，可怖的奶奶有大把的时间睡不着觉，姑姑有大把的时间因为奶妈的恐怖睡不着觉，头发开始大把大把掉，行动也越也越不活泛，话也越来越不会说了，最后姑姑是被奶奶骂走的，骂走的十天后奶奶就再也骂不出声儿了，在一个黑夜里走了，走的时候咯噔咯噔的，跟她没病时候的样子一模一样，妈妈说。

走路的姿势一个样子，你跟你奶奶，父母总喜欢看我转身走开的背影，然后找机会再告诉我，看着很有劲儿，咯噔咯噔的，天生当兵的料儿，不像其他孩子多少都有些内外八字。我知道这些，我和奶奶一张床上睡到十四岁，十岁前蜷伏到奶奶的怀里，后来就睡脚头替奶奶暖脚，奶奶的脚像一件古董。遇到村里红白喜事，奶奶也只带我一个人，韭菜汪着青绿，我下筷子很快。那个时候我总不能抬头，我知道奶奶瞪过来的眼神像一孔黑洞。奶奶总说你打小身子就弱，多吃肉才不会长不过其他人。那时谁家里蒸一个白面馍馍，牙呲得比白面馍馍还要白地漫漫咬完一条街的目光后才算罢了，我吃肉自然是妄想了。

奶奶死了，我应该哭，可我那时始终没有哭过。

我应该还是会哭的吧，在像山逼过来的蓝色阴影里，我打量着正在啃草的几只野兔，突然想起好一阵子没见小丽和加加了，她们会不会跑迷路了啊。

2

水灵的出现就是吓人来的，但当时我不知道她就是水灵，她长相风云突变叫人记不得小时候那个拖着长长鼻涕、小脸皴得粗砂纸一样的好哭妹。她是在我踮脚从石榴树梢望远的时候出现的，那时我在薄暮里焦急等小丽和加加的样子像一只发着叽叽叫声四处觅食的瘦老鼠。

这是谁家的俊妮儿，又不参禅又不打坐，眼看天儿快黑下来了，等孤魂野鬼出来拉去做媳妇不成？到俺家里喝个茶啥的吧。像炸雷滚过一样的豫西口音，吓得我脑后勺差不多要咬牙切齿起来，还当是四十多岁的村里大嫂，才练成这种穿透力极强的原生态调门。她大概才瞟见我的行李，大叫一声，喊着乖乖还是外乡客啊，这是谁家的客啊，咋没来个人接去啊。我彻底被她的大嗓门儿搞得像猛然撬开的啤酒瓶一样，想着怕是疯人院跑出来的吧，训练场上千人的口令也不过如此，以为谁喊不出来咋的？我就喊给大嫂你看看。这样想的时候，丹田里的气流争先恐后招兵买马调兵遣将，风生水起地剜过去一眼。也就剜了一眼，我无法不笑出声。我知道我笑得很不得体，但我就是忍不住。我不是笑那个挑一副木箱子的壮汉，他看样子也就一站大脚的，这会儿歇了担子蹲一旁。我不知道拥有炸雷那种调门的居然是一个很年轻的女孩儿，看上去也就二十岁左右，长得还不错，甚至可以说蛮漂亮的那种。

她好像也愣怔了一下，抻了抻衣角，那是一件质地看上去和主人差不多的白色泡泡衫，下摆一圈儿的同色蕾丝边，人显得月塘荷叶似的，轻轻拍一拍，都会滴答出水珠来。我说小妹妹谢谢啦我等两个人，不敢就走。那女孩儿点着头说这样啊，那是要等的。俺家反正也不远了，陪你等吧。我说我们又不认识，谁也不欠谁，用不着这样的。女孩儿笑了一下，说声一时半晌也不打紧，就一屁股在我对面坐下。站大脚的不耐烦起来，说回去还要走夜路。女孩儿敛了笑瞪起眼睛喊咋了咋了，都是热络络邻村熟脸儿，俺娘跟婶子搭伴儿赶庙会来着，劳动你个力气好意思撂挑子啊叔。壮汉也笑了，说俺回去得赶夜路啊。叭，女孩儿扔他怀里半盒烟说赶夜路咋了，又不是上京赶考立等着中状元去，急哪门子啊。叔你抽根烟别急，谁家里没个难事儿，没见俺陪姐姐坐一会儿你就吵吵，越老越不待见人呐。壮汉嘴笨说不过，索性寻块平展的白地盘腿坐去过烟瘾。

那女孩子一口一个姐姐嘴巴很甜，问姐姐这是到哪儿去？我告诉她走个亲戚，不想天晚了。那女孩子笑道，方圆百里没有俺不识得的，任他是谁，姐姐只要说出个姓甚名谁，俺一准带着你找到他门儿里头。这样的人真是少见了，我心里很是纳罕，说话高声吆气的，心眼儿怎会这样实。女孩儿的眼睛忽闪得像一把扫帚，这样的眼睛会说话，我心里搜索这样一双眼睛在哪里见过，不然不会这样熟悉，望一眼根本就没法忽略。

她好像忽然想起什么，说姐是城里人，城里人喝墨水多，那些琴哪书哪都解得明白，不比俺外头看着像个人，没念几年书，想念经都念不得。说这话的时候眼神突然空空荡荡，就像枪声密集的靶场突然一片死寂。我不知道她的一片死寂究竟为什么，也不想猜度，我只尽量把目光撕扯橡皮筋一样抻得老长老长，长得足以把那对母子的疯狂掴得皮开肉绽。也不看看什么地方，也不看看什么时间，那只该死的兔子有什么好，加加少不更事，你小丽三十出头的成熟女人也装得了嫩啊？女人一旦想装嫩，那真是不再嫩了。眼前这个女孩儿，嫩得掐出水儿来，人家压根就不用装。小丽瘦过黑过就不记得她还嫩过，当年在弟弟见过面的女孩子里面，她是最不起眼的，当然她最终能成为弟媳妇还是爸爸的坚持，爸爸一直说她长得不错不错很不错。我们都知道爸爸的眼里谁都不错，只要五官别错位得太离谱了，哪怕没什么学历没什么学历没像样儿的工作，有家族遗传性白发或者总也睁不圆的眼睛，都是不错，就像小丽一样。

姐的亲戚是谁啊，女孩儿不再死寂。

我说找姑姑。那女孩儿把腿一拍，大笑一声说可好了可好了，可是法号了空的姑子？这真是大水冲了龙王庙，咋不早说哩？她就在前头庵里修行，跟俺是换帖儿姐妹，常来常往的。俺俩还有个朋友叫水翠的，跟俺一个排行，平常她不大在家，好弄个棍棒啥的，明儿是她生日，俺正约了空师父会一处，明天一起去凑热闹哩。我笑出声来说不是姑子是姑姑。女孩儿好像没听见，只管问姐姐咋称呼？我问她说妹妹咋称呼？女孩儿仰了仰脸，笑嘻嘻说爹娘吃了没文化亏了，给孩子起名儿总会图个啥的，指望俺学个闺女样儿，念念书上个大学，俺哪是那块料？说来笑死人，还想靠着俺光耀门楣哩，要俺学学亲戚家的孩子们不当泥腿子，给俺起名都学人家水翠妈。可她们——已经没了，俺成了独苗。我从不曾见过如此心无芥蒂的人，不禁望着她纳罕，想想自己什么时候也曾天真过烂漫过心无芥蒂过，应该是有这个时候的，只是在什么时候不经意丢到什么地方去了。上小学肯定是有的，中学里跟男生还打过架，敢和男生打架的女生应该可爱得一塌糊涂，大学时想象白马或者黑马一类的王子不知从哪里来但肯定会带我到幸福世界直到天荒地老永不分离，最差也有个萧史一样的吹箫男引来传说中的凤凰，驮着我呼啸而去，而我也像当年的弄玉决绝得和任何人都不辞而别。之后呢，再之后呢，我不是一天一天很不一样的风光嘛，我不是把自己抽得像陀螺一样全速运转嘛，没有时间停下来问问自己，自己还可爱吗，还很女人吗？我又开始头疼起来。

她伸手往来处遥点一下，说俺家离这儿八九里地，山窝窝里头，苏家湾，住着三四十户人家。姐姐到亲戚家后去俺家玩几天，俺给你们杀鸡宰羊温酒招待。

到底她没说出自己名姓，我不知道她是故意的还是话说得鱼跃龙门一样挂一漏万谁了，总之我不再问，名字也就是一符号，知道了能怎样，不知道了又如何。

天等黑了还等不到他们母子，我心里像长草一样不安起来，就想着是不是一脚踩空了什么洞啊穴的，或者让人抢去做了压寨夫人吗？她那个长相精雕细刻了扔到人群里让巨齿耙子搂都搂不着的，只是为什么连手机都不打一个。手机拨打出去，一首弱智得一塌糊涂的曲子打她背囊里嘭出，我头上噌噌冒着鬼火：手机都往背囊扔，真是笨家伙！

麻烦你替我看看包，一会儿就回来。我只有这么托付两个萍水相逢且可能在我离开后溜之乎也的本乡人，但也别无选择，我总不能拖着几个箱子黑夜里飞舞吧。

四野黑乎乎一片，到哪里去寻？她站起说你们是外乡人，人找不来，连自己也丢了。姐姐不如先回庵堂歇歇脚，回头俺叔送了东西回来再等。

这话肯定是实在话，也是个聪明的女子，我当然得说诸如扰搅你们，这千万使不得！何况我也看出那被她喊做叔的男人拿眼剜一次又一次，一次比一次狠且黯然直至默然不语。谦让的结果是她和她叔拖起箱子我拎手提包踩着暮霭仔细绕了一两个土坡，最后拍到一处庙宇的门，那门上的红漆像年老色衰久了又长起老年斑的一张脸。一个小尼姑挑着风灯出来开门，晃然回到了唐朝，我在光影儿里望见起脊的殿堂和影影绰绰的飞檐，嗅得到淡远得面目模糊的唐朝匠人们汗水的味道。女孩儿一头笑着说你师父天一擦黑就上门，禅也不打了，经也不念了，留着精神头学鬼叫么？一头去前面引路。小尼姑笑道，苏施主说笑呢，师父打坐三个时辰了。就叫那壮汉在门里歇了挑担后折身没进漆黑一团里，女孩儿后头喊着不见人别回来啊。我低声说他未必肯吧，你看他那会儿着急回家的——小尼姑走在前头甩过来话，谁敢啊，何施主打个喷嚏能淹他家祖坟。我才知道她姓何。

我一直担心小丽母子的去向，她们再不招人喜欢，总是我带出来的人吧，还是两条人命吧，完璧归赵总是要有的。但这些着急总归是没有用的，姓何的女孩儿带着我要见她的佛门朋友，了空师傅应该是庵里的住持吧。

佛堂上闪着青光，不够明亮的光线像一把粗齿梳子一样梳理着黑夜。蒲团上一个尼姑背对门口打坐。姓何女子孩子儿叫了一声，见不答应，便站在门外，低声朝我喃喃，她不理人时，任天王老子来都不管事。看得出她怕了空，也许这样说不准确，或者可以说很尊敬了空吧，我有些意外，姓何的女孩儿大大咧咧且颇有脾气，大大咧咧且颇有脾气的女孩儿是不大会留意别人的情绪，她有自己的思维方式。至刚易折，了空是折断女孩儿的反思维吗？不知道过了多久，了空终于慢慢起身，话说得冷冷的像巴掌一样扫着我的两颊，来来回回。她说到底还要说多少回了，你什么时候放心里去，不拘什么来路只管引来，这又不是客店！那一双生得很好看的眼睛水一样的澄清，说话一板一眼，心想：草间村落庵堂，也居然有这样的人品。何姓女孩儿一个劲儿笑，边笑边说为什么带我来的原因。

了空听了，不错眼儿瞅我，缓缓引她们到净室喝茶。何姓女孩儿说了空姐姐，水翠姐明儿过生，咱搭个伴儿吧？钱俺替你准备好了。了空不吭声，仿佛问的是别人，与她是无关的。我有些纳罕了空这样年轻长得又这样出众，有什么过不去的坎儿偏偏剃度遁空门，我当然很难免俗地想到感情或和感情有关的事，女人是为感情活着的动物。我的直觉总是很正确的，虽然常常毫无道理地判断，了空一定读过不少的书。但我真的无法对此有任何心思揣摩，我只想到小丽母子。我不停地拿眼神往山门方向瞟，指望壮汉突然领着她母子奔驰而来且说，喏，人等来了，俺可算该回家了。于是他把黑夜踏得咕咚咕咚地响。

就在我愣神的时候了空问施主如何称呼，我随口说师父俗家如何称呼。这种问话显然很不合适，但何姓女孩儿居然接过话口，说俗家名儿叫新新，家里有的是钱，她研究生没毕业她爹做生意亏了想不开就喝药走了，她娘见天疯疯傻傻，啥药都吃了屁事不顶，她就送她娘回老家来找偏方治，没承想乡里光棍老来胡缠，她娘跟着她爹走后她就削发当了尼姑。了空的脸像雪里冻僵的虫子，说何施主天性淳厚，不晓得人世险恶，施主不该欺她老实人！我吃了一惊，到底心虚，揣度着她的话想说师父此话从何说起，了空的笑像寒夜里的老屋，更不可欺瞒方外人！我见她这样说话，除了分外小心别无选择。好在何姓女孩儿帮腔，哎呀呀都怪我，我只顾吧嗒吧嗒的啥都忘了，这姐姐也问我来着，我——了空哼了一声说她压根用不着你帮腔，她虽不至于见人说人话，见鬼说鬼话，见着人鬼不说话，可是她自己该说自己的，哪要人再问啊！我问她并不潦草，她回答我却潦草得不得了，要么心里有事，要么心里有鬼。

就是有事啊！何姓女孩儿有些失惊，说老乡姐姐还有个弟媳妇和小侄子路上玩耍没一起来，俺叫人等去了。锅里留些儿饭吧。了空就叫人做了斋饭，留了一些在锅里。

了空的净室在一丛石榴树前面，清净素雅，了无半点尘俗气。房子里许多线装书摆放得各得其所，窗子下面那张宽阔的茶几旧得像一幅《清明上河图》，许是主人好洁，老漆驳落后反露出黄杨木的质地，烛光下泛着油油的亮。我瞟见蝇头小楷写成的许多诗稿时就瞟见了那些线装书里挤压了王摩诘和苏东坡，其实少见黄卷佛灯。

天黑透的时候月光跑来照亮，吃完斋饭后望向新升起来的新月，眼前风物便漂洗得美人倚栏一样的妖娆婀娜，想起火车上看的一本闲书上的话：万恶万善，都被你摆弄得颇具诗情，岂不唐突了天地！眼前太切题了，这话说出口就不显得酸腐气了。了空扫我一眼，我发现她几乎都是拿眼角扫人的，边扫边说得漫不经心，施主心中有诗情，看处处便有诗情，与月色无干，也算不得唐突天地。我突然想笑，便笑了一下，了空又扫我一眼，我只笑不说话，眼望那些线装书，心想这话你是不用说了，我其实不想唐突佛门，你胸中有了诗，看万物便有了情，万物并非自有情，我自无情，其实是师父有情。了空一定是明白了我的笑，轻“哦”了也不追着问，了空真是一个难得的女性。

何姓女孩儿一旁坐着像搁在沙滩上的鱼大口大口喘气就是游不回水里去，就有些不耐烦把了空大袖子一扯，说月儿好好地挂在那儿，碍你俩哪根腿筋疼，只管拿人家闲嗑牙！俺问你，明儿去是不去？了空说红白事与出家人无干。何姓女孩儿一把甩开手说你早说呀？叫俺大老远摸黑来。我一直察言观色，就斟酌着说，三位交往日子久了，妹妹应懂得师父的。何姓女孩儿赌气说咱交人家，人家眼皮高，不交咱。了空突然向我调整一下眼神的角度叹息说施主其实慧根不浅，与佛门蛮有缘。今晚就在此歇息。转身出去，也不搭理何姓女孩儿。

何姓女孩儿也不介意，不介意的她倒笑嘻嘻的，一个劲儿拍大腿，说姐姐是个有缘人，俺就没见她留人住这儿，俺可算沾了姐姐的光。一边说一边亲自收拾被褥，瞟见我坐在灯下若有所思，想了想劝解说了空也打发出去人找去了，不妨事。我哪里放得下心？以小丽的诡谲，要是迷路也早想办法回到破庙找我了，找人是不能满世界像无头苍蝇一样乱撞的，最聪明的办法就是守在原地。她们母子一定是哪里遇到了不能返回破庙的事情，就暗暗责怪自己大意。

有个小尼姑门外说师父请何施主过去说话。何姓女孩儿问着你师父有啥事不一搭儿说了，回头又来折腾人。小尼姑好脾气地笑一下只说施主去了不就知道了。

3

到佛堂上的何姓女孩儿冲了空吆喝，你这是啥事儿哟，也不怕怠慢了客人！灯影里的了空扔过来一个粉色纸袋子，印着一堆英文字母，她当然看不懂，她没有读过多少书，家里不供养是借口，主要是她一捧起书本就头疼，疼得头发揪下来一把一把的。她伸手扯出来一个黑塑料袋，塑料袋里赫然一身崭新军装，一看就知道面料很好的那种，腰身收得新潮，衣服上除了五颜六色的牌子，还在拇指宽的暗绿小布条上印了俩字：江阴，这俩字她是认得的，那是人的名字。忠厚人自有忠厚人的可恨之处，你竟看不出物主就是身边之人？了空好看的眼因惊诧略睁开了不少，也只睁了一睁，叹了口气说了壮汉在破庙守人不着，俩老尼姑寻到水翠村口捡拾到来这些物事交差的话。何姓女孩儿惊得瞪圆双眼一蹦三尺高喊老天爷，她是特务？了空说又胡乱拉扯了。何姓女孩儿说常日里唠起来，特务们有这种能耐，电影里都长着三头六臂，穿着这种衣服，又紧身又好看，跟浆过的一样，能耐得很，想咔嚓谁就咔嚓谁，见了面，也就是一个鼻子两只眼儿，没啥两样儿！了空蹙蹙眉，说也未必见得就是，前头看她年纪轻轻极有城府，就料她不是寻常百姓，这会儿寻到这个，不由人不生疑。她要是堂堂正正的军官，藏着掖着何来？这个江阴是不是她还两说。她说的亲戚走失也两说。

抬举江阴了，我应声闪入。何姓女孩儿闻声跳将起来，不住眼儿打量她。了空依旧冷冷地说小小庵堂，叫施主委屈了！我将眼把袋子一瞟，就是小丽手里提走的那只，她撂给我她的拉杆箱皮毛无伤，我就一只衣服袋子就随便撂什么水翠村口，真是压根指望不得的人。心里冒着的火长了脚似的四处腾挪。拿袋子的人呢？小丽母子决非超然物外的人。何姓女孩儿忍不住了，说姐姐真有意思，这是谁的东西还没闹明白哩就问俺要人，你那人是不是真有还在两说——

你看着我，说我是特务，你见过特务有往这穷地方奔情报的？我看着她突然想笑，眼下却笑不出来。人真是奇怪，女人间的信任越加峰回路转奇险无比。不就是一套新式军装嘛，不就是新式军装遗落在村口嘛，设备尚未安装试运，便判决死刑，早了吧！

那身军装穿在身上真是再合适不过，女军人总能穿出灵气穿出韵味。军装就像军人的魂，谁的魂附着谁的身，任何人牵不去仿不了。

我的魂附上我的体凌乱了她们的目光我知道，但我不知道何姓女孩儿为什么呆瞪了两眼不说话。了空说话了，你是江阴？微服私访我真的够不上，我的不耐烦我想了空听出来了。了空说施主用不着烦恼，没有人不相信你，凡事都有因果，施主一开始如实相告，何来许多烦恼？烦恼本是心生。我瞅了瞅何姓女孩儿，想说我哪里有说自己的空儿？

看见衣袋我就知道小丽母子出事了，而且已经出在离此不算太近的地方，我不知道她们现在如何，但我已经乱了方寸。我想报警，但我无论如何都不知道向谁报。

我穿着军装离开佛堂，何姓女孩儿脚跟脚地追出来喊是表姐吧，俺是水灵。我知道你是水灵，我停住脚步说，你说过你和水翠排行。或许是我说话像冰峰一样冷得瑟缩，何水灵“哦”了声，哦字尾音拖得很长，眉毛差不多挑到我的鼻子上说表姐知道了还——话没说下去，我猜她一定是怪我不挑明。其实我是刚刚接通了记忆，是她看我穿着军装时的眼神，那种眼神在十七八年前就有，那时她很小很小，小得在爸爸带我们一家彻底搬离老屋时，姑姑抱着她来送，蠕到姑姑怀里的她就是用了这样的眼神，我记得我一个劲儿说水灵水灵好好念书，念好书找姐姐去。她就很听话地把泪水抹花了小脸。但她没好好念书，也没有找我去，是我找她来了，准确地说是我奉父命找她来了。我苦笑了一下。

表姐别着急，嫂子和侄子出不了大事，俺保管还你个囫囵得出来，眼下你得睡觉。水灵一直跟到净室，说表姐吃皇粮的人，今儿打着立木腿听了空讲二愣子话，这就是肚量！俺小说句话姐可别见怪，嫂子咋就敢往那地儿走？这地儿又不知根知底。我当时没顾上品她的话，想起来品时已是第二天在水翠家里了，已根本用不着品。想来水灵比小丽聪明百倍，小丽是只有小聪明的，只有小聪明的人应该叫作傻，她的倔或者叫一根筋能把死人气得打滚。水灵说姐别怪了空，她是脸冷心热，人是很好的，她连夜派人出去找嫂子。

水灵别看大炮一样的嗓门，面对面聊起来每句话条条在理，她一个劲儿跟我说俺这小地方啥时候没来过有头脸儿的人，你这衣服俺在电视上看到也是看个大眼儿，谁承望一蹦就到眼跟前儿？姐姐寻常忙得头不是头脚不是脚，俺打电话都是俺舅舅接听，舅舅说姐姐家都回不了几回，部队上的人，由不得自专。俺娘走的时候姐让舅舅寄那么些钱都收到了，城里哪一天不花钱能中？咱家里其实用不着的，现如今就剩俺了，家里吃的用的现放着哩。我想说我不知道姑姑走的事儿，也从没有寄过什么钱，最终我没有说。我暗骂自已虚伪，为什么非要死活撑啊，到底撑着能有什么好？简单的事弄得复杂那也叫笨——父亲脑子不好使后老家的事再也没人提起，其实我们谁也没有想起来问。父亲为我圆过多少次场，我是再也无从知道了。

子夜时候我和窗外的月亮一样大睁着眼，树或者花的影儿喘着气爬得窗棂密密麻麻。水灵的呼吸均匀得不得了，我蹑着手脚开门出去。远远数声犬吠错落着，草间的虫不住声儿鸣叫，远山近树，仿佛都浸在月中，便是佛殿经堂，也笼在烟水里。我想，那塘水不是也很清嘛，还种着密密匝匝的荷花，在荷叶间常有鸭子数只出出进进，发着清香的叫声引来更多的鸭子卟腾卟腾往水里扎猛子。

树梢叶片簌簌起来的时候仿佛拨动起一两声儿的琴。分明是曹孟德《短歌行》，却如何单单化他“对酒当歌，人生几何？譬如朝露，去日苦多”和“月明星稀，乌鹊南飞。绕树三匝，何枝可依”句？且演化得清风朗月、佛心道骨，全无曹孟德建功立业志向。我寻着声音找过去，竟在佛堂后看见小小一处园子种着数株石榴，石榴树下影影绰绰一个人抚琴。不是别人，居然是了空。

琴弹到这个份儿上就不是琴谱能捆得了手脚的，可见这个庵里了空真是一个魂儿，一个出世的魂。她听见我的脚步声推琴而起，虽然我很拿捏落脚的力量了，可是深夜最能捕捉一切。我听得见心里那根弦仍在云水间穿行，只是澎湃的浪头打翻了我。我说如此良夜，《高山流水》之趣想必另有一番天地。了空应了声，应该是吧。她没有犹疑在左首座了，只有心中有定数的人才会淡定如此。她左手挑出，我右手反抹，一曲《高山流水》未经彩排便华丽转身。

一曲已毕，了空凝目望琴呢喃说怪不得子期升天，伯牙抚琴无趣，“知音”二字叫英雄气短，想来不无道理。我说你胸中有情，参禅悟道并非真性情，如何？

好！水灵笑嘻嘻跑来一手拉一个说啥叫投缘，这就叫投缘！闲常时听了空捣鼓这东西，光觉着心里舒坦，闹不明白啥，方圆百里没一个中用的，连水翠见多识广也说不出个子丑寅卯。姐来了，听得明白倒腾得来，赶明儿教教俺！

了空进净室后亲自取出一套茶具来，一一摆在案头。我见那是大大小小一堆茶盅，大者如拳头，小者如核桃，一色地光莹润亮。一眼就看得出她的精致难得，取在手上把玩时见淡灰底上居然散着数片粉色莲花瓣，连连称奇。了空说一块顽石如此也算不得稀罕，偏偏有二十四块一般花色的石料磨就，就是人间珍品了。我听她说得奇特，果然把二十四只茶盅一一细看，觉得任何词汇贫瘠得打着皱褶蹙着眉头。水灵说俺和她多少年头的朋友了，都见不上莲花盅一回，今儿倒舍得拿出来吃茶。了空说这套莲花石盅共有二十四只，抚琴品茶，人间极品。当年师父遗赠，曾说茶具是本师祖所传，师祖又得自师师祖，如此传到师父已不知几代，从未试用。并非莲花盅难得，是配得上用莲花盅品茗的难得。师父再三告诫，既是莲花传奇，当遇值得的人，否则莲花不开。我听出一身汗起身说我哪里配啊。了空笑一下说这个地方没有出过什么有头脸的人，你是女人，你是头一个打拼在男人堆里为家乡露脸的女人，你一没靠谁二没找谁靠，我知道，跟音乐做伴的女人不是浊品！

了空说这话的时候肃穆得像一块玉雕。

水灵眼里湿得拧出水来，说了空也是好人。了空说方外人说不上好不好，大不了诵经礼佛、参禅悟道。水灵说经有千人去念，说不定有九百人胡念；道有万人去悟，总有九千人瞎悟。释迦佛、四方菩萨、八大金刚、五百罗汉，算是明白的，天下宝刹千千万，天下僧尼万万千，几人成佛几人得道啊？吓得了空瞪大双眼说离经叛道的话，你从哪里听的？水灵笑得花枝乱颤，说经也好道也好，闲常时念念也罢，要是动不动念经，跟老木头一样，有啥意思？慢说莲花盅，就是搬来‘桃花庄’‘杏花坡’，也是死眯瞪眼。了空话说得很淡，你不是方外人，如何晓得佛家清静。水灵说书俺没念几天，不懂得那些经文，可要是只会摇破头晃破脑坐穿蒲团咬烂佛珠，压根对不住佛祖。我惊讶得咬唇笑起来，对了空说我这表妹有禅心有慧根。了空说可惜不是空门中人。

5

正对着庵门是一条黄泥路逶迤往西，横峰侧岭，灵山细水，点化得此处绿枝碧树，云容雾态，烟霞灿人，虽说早已是红褪秋黄季节，此地依旧清气欺心、翠谷容锦，又与南方迥异。我惦记着水灵说还我个“囫囫囵囵的人”，便陪她去水翠家。小丽母子肯定是要找的，但水灵说得信誓旦旦不由人不信，何况这个丫头昨晚和了空的辩论让人无法不刮目相看。

周家集真的不近，差不多快到中午的时候才走到。过了一座青石板桥，便是进村的路，俨然是另一番天地。村里路曲曲折折，一色青砖铺成，干干净净的像一张素净的脸。

汽车喇叭声按得背上的汗落下去又腾地蹿起来，从我身边蹭过去一辆黑色本田雅阁，车体灰蒙蒙像西北随便一个小镇，就想这是谁家的或者谁家的远客。看得出后备厢物产丰富，车在拐弯时闷叫着甩屁股。

水灵嘴一鼓说水翠婆子家来人了，那是她女婿，听说还没有过门。女婿是一个煤矿小老板，姓啥不知道，光知道他家祖祖辈辈都做着煤矿生意，有好几处房子，还有好几辆车，每回来都是大包小包，好吃的好玩的好用的尽着水翠姐要，就冲这一件，水翠姐才应允了这人。今儿来给水翠姐过生日。

水翠家的大门很高很宽，那辆车径直开进去了，熟门熟路的。进门是一堵影壁墙，墙上画着一幅很鲜艳的“富贵牡丹”和“金童送宝”，四个角还勾着肥绿叶片上挂着黄灿灿珠宝的树。

转过影壁墙，赫然一座庭院。正面修着小小滴水檐门楼，门楼右首青藤掩映出另一个小门。院里几个人正忙着往房子里搬东西。一辆本田雅阁就像一个超市，且品种齐全。打小门走出一个生得齐齐整整、穿蟹青色连衣裙的女孩儿上上下下打量我和水灵，转脸就朝搬东西的人喊，都打着立木腿是咋啦？东西搬不完谁也拿不到钱，要是弄坏一星半点，卖你亲爹亲娘都赔不起。水灵笑着照她脸上一拧，死闺女，一张子嘴再不肯饶人，看谁敢要你回去！又笑向我说这是水翠姐的助理，跟水翠姐贴心贴肺的香香妹子。香香却一躲，龇着牙揉脸，粗手粗脚的，谁搁得住你这没轻没重往死里掐？上回拧得肉疼了好几天哩！

小门里并不见卧房，竟是一带砌着青砖的高墙，墙头上种了一溜儿的矮花椒树和仙人掌，毒刺竞突。正面开了一门，仅容一人侧身而过。

我突然想起孔圣人为防家贼盗卖东西，也开着这样的偏门。水翠更聪明许多，想着翻墙入内出外也不无可能，居然想了这么个乖巧心思。

说不定墙里也种呢，我想着侧身进了门，门内果然遍植花椒树，只有一条窄窄的曲折小径。人打中间穿过不得不躬身曲颈小心再小心才过得了花椒林，花椒林的尽头就是两间新砌的青砖瓦房。门槛外站着一个女孩儿，有二十岁吧也许更长一些也说不定，眉眼很像一个叫周迅的明星。

水翠朝我点点头，笑得很端的样子，说这位姐姐眉头自带几分灵气，一定不是咱们山里人，咋称呼？水灵刚想说话我便开口了，说就是看看她，不巧她忙着不能够过来给妹子过生，就打发我们来尽尽心。水翠"喊"一声说这人就是古怪得很！又冲我一笑说都是自家姐妹，说啥过不过生的外气话。姐是不知道啊，她见天总是见不着人，一个破庵堂有啥可忙的。我一年有半年回不来，回来了她还只是忙，再忙有水灵妹子忙吗？

香香唤她说周大爷打发人来几趟了，说是马老板带的寿礼请你过去过目，怕你有不喜欢的，马老板说了立马就回去换，只要你放个话儿。水翠佯嗔一声说你这人没看看嘛，贵客坐着茶没喝到嘴里咋就走去？又向我说乡下丫头到底是乡下丫头，当助理也没有眉眼高低，说话没有规矩，水灵妹子就不说了，叫姐姐笑话去！我并不搭腔，心想着现在的女孩子真是不得了，没有不明白的道理没有明白不了的道理。水灵已经忙不迭地说都不是外人，忙你的去，这里有俺照应着。水翠这才笑容可掬起来，说妹子千万别让姐姐走去，俺应个景儿就来。一步三回头离开前交代香香留下待客。

香香端了一小碗东西走到窗外喂鸟，水灵就请我去她家。我大声说水翠走时再三说不能放咱走，说去应个景儿就来，怕已经准备下寿酒什么的，不好拂了人家好意。香香在外听见哼一声冷得能结出冰凌子来。水灵知道水翠压根没有留客意思，坐坐无妨，不见得备有寿宴，见表姐老实，心里着实过意不去。陪着坐了一两个小时，哪里有水翠的影儿？连香香都不打照面。水灵只得说又说姐姐到俺那儿，俺杀鸡宰羊招待。我大声笑说妹妹说这话是见外了，水翠这里跟你那里是一样的，她忙着来不了，我们也用不着客气，抄抄她这里什么都有了。作势起身动手翻检箱柜。

香香在门外听见，这还得了？一步蹦进房中，见我手扶着柜门就急忙跳过来一推，喊着弄啥弄啥，这是弄啥哩！水灵怕我吃亏，反手一拨拉，香香居然后退数步后往后一仰，摔了个仰八叉，等她爬得起来，脸早气得青成刚摘下的菜瓜了，一边往水灵怀里撞来一边骂着龟孙一类的大大小小动物，主要是爬行类的动物。水灵的身手让我吃了一惊，她捏拳往香香膝窝里一揣，只听“哎哟”一声，人已重重栽下，左腮蹭在地上，立时渗出点点血珠。水灵并没有赶上去打。

香香肯定没有吃过这样的亏，没有吃过亏的她血气翻涌着骂人，骂的话实在很原生态。

水翠应该不是恰好回来，她一准听见了哭闹声，因为这里离她爹娘的房子只有一墙之隔。水翠黑着脸说水灵妹子，能耐了！香香扑过来抱住腿号啕大哭，水翠姐呀，俺不中用，没能耐为你护家护院，外人欺负到咱门上来了！水翠冷冷笑着，话像从牙缝里拧着腰肢出来的样子，说哪里是外人，都是自家人！说得水灵脸红得像煮成三分熟的竹节虾，吭哧着说欺人也不是她这种欺法，好歹客人还在呢，这不是打咱们姐妹脸嘛。水翠姐也该教教你的助理。水灵真是个老实人，我乜斜水翠一眼，香香冷不防暗暗使绊子要绊水灵，水灵往后一仰，急忙忙左手一撑地，竟然稳稳站住了，那张粉脸一下子像点着的柴草一般，合着身子就来扑打香香。水翠轻轻伸脚踢过去，就那么不动声色的一抬脚，水灵横着身子往花椒树林里奔。

这不是下毒手了嘛，这是欺负人欺负得太过分了吧！但水翠就是下了毒手就是欺负人很过分，那又怎么样？水灵横着身子往死亡里奔的时候我的眼前闪着一道白光，然后水翠眼睁睁看到我手里的一只豁了几个口子的陶瓷杯子碎在一株碗口粗的花椒树下，那株树生生地开裂为白森森两半。水翠的脸苍白得像地窖里过了一个冬天的红薯发出的芽。她瞪视那株花椒树约有一盏茶工夫，然后扑倒在我的脚下高呼着不知千岁驾到罪该万死的话。我突然想到了她三年前失疯的故事。记得父亲还能讲故事的时候讲过很绝似的一个，那个故事充满了超能量的内容。父亲一生不曾有过超能量的事，但他的故事通常发出泠然的侠气。他会这样讲我的故事——

水翠的话直如平地炸雷，唬得香香们呆呆地双眼暴突，一定会先弄蓬乱头发然后直了声摇她主人说你是糊涂了，哪儿有啥千岁？水翠会恨得牙根儿发痒，喝着公主殿下、护山王驾前，还不快跪下请罪！香香听如此说吓得半死，当即磕头如同捣蒜一样跟着发疯喊奴才该死奴才该死，求公主千岁大人大量，饶了奴才有眼无珠！她们的一问一答弄得一家人都会筛糠似地哆哆嗦嗦爬了一地。

肯定先是水灵于心不忍，要过去搀水翠，我比她早跨前一步扶了起来，半是得意半是捉弄说不知者不为过，犯不着和毛孩子太过认真，我就不和她们计较，要是计较起来，恐怕你到来时就没有恶人先告状了。仅凭弹杯救人，不说水翠了，没有人不信的，香香可能惊得裆里湿了一大片。

水翠亲自去闺房里取来最好的银盅点上香茗双手奉上，然后侍立一旁。我笑得很无辜很天真对水翠说你也坐吧。她到底也不敢坐。水灵一定发现水翠在我面前全然没有平日半分伶俐，就软了心肠，一边暗拉我的衣袖一边频频挤眼。我佯装不觉，口里说不是我多嘴，底下人不晓事打打闹闹，你也值得使出毒手？不怕失了身份啊。水翠嗫嗫说姐姐身手实实仿了夜来一个女毛贼，就当是一伙的了，这才——

我当措辞听的当儿水灵脸上突然笑出花儿来，突然炸开遮蔽了所有的表情。她现在哪里？水灵问得那么急切，像祥林嫂捉到随便一个孩子当阿毛认。水翠说就关在后院。水灵拍着巴掌喊着哎呀啥小毛贼，是俺嫂子跟小侄子，孩子小没到过乡下觉着哪里都好玩，俺嫂子跟着跟着就都迷路了——咋撞到姐姐手里了？水翠慌忙说真是还有个毛孩子，大水冲了龙王庙，俺这就亲自去请。拔腿出门的时候拿眼撩了一下香香。

水灵笑呵呵地说姐姐，妹儿咋样？俺说囫囫囵囵变出个活人来，就不诳你！我漫应着，像嚼了口尚未熟透的杨桃，唇角黄黄绿绿的汁液很是难看，蹿进鼻腔里的气味更如菜窖里放置两季的红薯。我不知道小丽为什么落她手里，但我分明感到了来自水翠以及她助理香香的鄙薄。她们脸上恭谨有加，心里未必不存了下视我的意思。想到这里，拧了双眉。

我应该喝过两道茶的时间，小丽和加加才走进来，小丽的脚显然有伤，她是扶着门框顿了片刻或许核准过我后才跨进门槛的。加加一张见我就扑过来说姑姑，你可来了！眼泪像堰塞湖刹那间疏浚开去。水翠黄着脸呆呆如村头的枯树一样大气儿不敢出。饶是水灵大大咧咧惯了，也不由纳罕：水翠姐平日里说一不二，远近百里路过周家集恨不得绕道儿走，见俺表姐咋也呆嗑嗑起来？转念一想：是了，把嫂子折腾成这样儿，还不知道表姐咋发落她哩。

后来水灵再想起当时的情景很是佩服我，说姐姐要是骂骂水翠也是应该的，谁叫她们私设公堂草菅人命啊，可姐姐一上来问都不问只管骂侄子，水翠姐也只有为嫂子为她自己开脱说她们是人生地不熟走迷了路，误打误撞进她们家也是有的，是她自己不问青红皂白胡乱怪罪人的，这件事糊里糊涂也算过去了。我知道水灵也存着疑惑，她一定多少相信了水翠一开始给出的理由，如果是那样的话，我们没上船就在码头上搁浅了，像秋刀鱼一样大口大口喘着气，压根回不到海里去，烧烤架早已支在那里了。

这种事决不能发生，至少不能发生在我身上。我父亲的小说逻辑又给了我能量，故事里的公主俯身搀起了跪拜的水翠，瞪着加加说不是水翠小姐肚大量宽为你求情，决计饶你不得。这一顿打权且给你计下，回去后再算账——水翠小姐见笑了，今儿来得匆匆不曾备得寿礼，来日一定补上。好事的水灵拊掌大笑连声喊好了好了，这就好了，还说啥外气的话？表姐是俺姐姐，了空又是俺姐，水翠自然也该是咱姐姐，一家人不说两家话！一手扯一个要焚香结拜。助理香香极是机灵，亲自飞跑出去，片刻回来便备好了香案，地上铺了三个锦垫。我心里老大的不情愿，耐不住水灵心肠极热不容分辩，便勉强拜了拜。

片刻间，周家上上下下都已知道当朝皇帝女儿皇封护山王驾在府中，这还了得？周老爷携着一家大小并女婿马老板前来叩见，弄得公主如坐针毡。茶未吃半盅，公主便推说公务在身不便久留，要起身告辞。水翠自然不能空了她去，用绢子包了数十两金银相送，说千岁出门在外，身上少不了黄白之物，万千收下。

那公主也就是我离开后周老爷要追去，水翠叹了声罢了，她就是这个脾气，要来就来，要去便去，天王老子都奈何不得，今儿能为儿过生，也是咱周家几辈子有积德！说一句瞥一眼马老板，马老板脸上越发觉得光彩，对水翠敬畏得不得了，回头就催逼那个黄脸老婆赶快签字赶快走人了事。

曲终人散后，香香大惑不解，问水翠说水灵平日里也不见得有多大主意，今儿冷不丁抖搂出个公主来，跟玩把戏一样！水翠啐她脸上说你当她是哪一个？寻常公主哪有本事一会儿说封王就封王，一会儿想出宫就出宫？便是真封王真出宫，也有她这身手的？香香像脑子打散成了蛋清，更奇怪了，说她身子没咋动窝就打折咱家花椒树，你恁大能耐都制不住她，不知道她是哪路妖怪，使的啥障眼法？我是看不出来。水翠“哼”一声说轮到你看出门道，她就不是她了。

“啊？”香香顿感通身上下奇寒无匹：平日常听水翠念叨，当今江湖中有个大魔头，奇门邪道手法令江湖无数英雄吃尽苦头，千里杀人、空手取命，一如探囊取物，奇的是并无多少人识得真面目。如今居然在府中现身，自己冒冒失失又与她手下争执，身家性命在她一念之间，真正奇险无比。只不知水翠咋认出行藏来。水翠不说，反骂她多事。于是香香就算明白她一定在公主跟前栽过跟头，不然，断不会失魂落魄成这副嘴脸的。

5

我们到姑姑家里时天没有下雨，下雨是后来的事。小丽差点弄丢了加加也差点弄丢了自己，被人家水翠当贼一样拿住捆到柴草棚里关了一夜，加加饿得要死她硬是没一点办法，心里把自己骂成烂肉，直骂发的什么癫，这是哪里啊这是公园还是小区院子里啊，敢像老萝卜发新芽愣充小的啊，二姐那么好面子的人可是丢了大人了，加加可怜得就是一只小虫子。想起加加的哭声心里就疼，像被人一下一下揪着大腿内侧那一片肉，那里揪着最疼，疼得人跳疼得谁都敢骂。她老老实实牵着加加跟在我后面走，谁也不说累，虽然到水灵家的路不算得近。我问过水灵，锅底坑还在不在了。水灵问哪个锅底坑啊，在哪里呀。我着急是必然的，想姑姑没有嫁到外村，村里应该还有坑的，坑里还是会有水的，至于荷花和鸭子是否还有，没人知道。

姑姑家挤在山坳里面，那里翠蔓蒙络着数十户人家，小小街面尽头，一湾清浅塘水后赫然现出一座青藤门楼，这在北方农村很少见的，别说环塘窄窄一条石子路自街面直达门前了。院里种了不少山竹松萝和枝蔓叶条盘起来的葡萄架，更有一痕苔径、数椽瓦舍。水灵显然悄没声地已打发了人回来告诉，这会儿一进院就炸着声儿喊红玉，红玉！一个和水灵差不多年纪的女孩子打后院跑出来，边跑边嘻嘻地笑，来了来了！可回来了！看见几个生脸，又急忙把手里一把小葱背到身后，唇角一掩，两眼看着脚面就粉了两腮。水灵一头进屋一头催问饭做中了没有？都饿透气了！红玉折身往后院边跑边说中了中了！

房子盖得很宽敞，青砖结构，四面粉墙只有两溜儿木头圈椅，椅上新刷过的漆，紫红色的透着亮光，沿墙同色条几上的花瓶里枝枝杈杈插满红红黄黄的山果。加加跑上来就抓山果，我想拦时他的手太快了，山果到他嘴里的同时花瓶和花瓶里的水吱里哇啦喊叫着就倾下来。小丽攥着吓傻的加加不住声安慰说没啥大不了，孩子别怕孩子别吓着了。我一下子扯过加加大声说都这么大了能吓着他什么，一个男孩子从小要懂得为自己行为负责，长大了才懂得担当，才会像个男人——加加，跟水灵姑姑道歉。加加肯定被我吓唬住了，再也不敢瞅小丽求助，他知道他二姑脸黑时眼里根本没有别人，别说小丽了。要是平时，小丽一定会半玩笑半认真帮他儿子说话，但现在她没有说话的资格，我这样想她也会这样想。加加说对不起的时候眼里含着泪，我说忍住，男人生来不是掉眼泪的。

水灵吃饭的时候跟我说，说给姐姐，姐姐不见得信，爹娘前后脚走后，屋里地里就忙着俺。忙了也罢了，日子过得憋闷死人。我懂她的意思，说我看你这样能干又懂事只忙忙田地真是可惜，眼下城里找工作都要个学历，也不管乌龟王八能不能一锅烩了，烩得很不像样子。你书读得少，总会有别的出路的，不像了空有间庵堂就成。

说着话红玉搬进屋一张四方桌，随后进进出出几回，眨眼间桌上摆满了六七碗菜，都是些整鸡整鸭整鹅，焖得红亮透油、香气腾腾，更有一坛子米酒，四大碗面条。馋得小丽和加加恨不得都收拾到肚里去。便是我，大半天跑了几十里地，庵里用的米粥顶不上一两个小时，早已是手打肚里伸将出来了，这会儿便不用等水灵招呼，加加风卷残云地撕去了大半只鸡。看得水灵心疼，说看忍了多大的饥，看忍了多大的饥。

下雨的时候她们刚吃过饭，屋里忽地一暗，紧跟着门外亮了亮，很快闪起了炸雷，雷声自北滚向南面，又滚向北去了。不多一会儿，像人打翻了水缸一样泼下雨来，落在藤架上、地上发出爆响，屋里一下子凉了。水灵看小丽母子有些乏了，便带她们到东耳房休息，打衣柜里抱了一床簇新五彩被来，看着她合了眼，才掩上门退出来。红玉陪我喝米酒，水灵怕吵着了她们，就转移到西耳房。西耳房是红玉的卧房。

三个人推杯换盏起来，不知几时外面大雨已变成淅淅沥沥。我于是知道了红玉就是邻居家的女孩子，书也念得少，进城跟人打了半年工，又当了几个月保姆，她还是回来了，我想她或是念着家里的那塘荷花和那塘不种荷花的水坑，那像魂儿一样牵着她的心，她真的很不喜欢闻不到青味的草和一直就在那里的水塘？

我记忆中的水塘还在近二十年前的样子，但现在在哪里？雨还零零星星霰似的飘落，水灵问起父亲的病，我也便有一搭没一搭地说，说家里人都被拖得基本说不上幸福指数了，能健康着就是福，只是担心母亲再这样下去是否还能健康，毕竟七十多的人了，折腾不起。水灵不再说话。

庵里打发人来问，水灵才想起忘了告诉了空，害得了空放心不下，专派人摸黑来。水灵收拾起许多时新果子叫来人带去，又狠狠交代了一阵，回过头就埋怨红玉说你呀你，俺吃多了，你也不知道瞎弄啥哩，庵里又该逮着俺怪——门也不上，鸡也不喂，羊也不圈，鱼塘也不看，要是贼进来了俺先打你屁股。红玉不待听完，跳起来飞跑出去，水灵后面喊当心磕着。我说你也算挨少林寺不远，多少观摩三两下还怕什么毛贼不毛贼！水灵说姐姐不知道，远远近近总有几个大白天蒙头大睡、黑了摸人家门的，偷不着啥东西光会恶心人。她自己也披了衣提只风灯出去察看。

看着水灵忙忙碌碌我就想起了大观园里的贾探春，可人家文化高志向大，就是倒退几百年水灵的优势也是少得可怜。

我不知道怎么帮水灵。我突然想起父亲要我回老家来的用意，他老人家难道一直希望我能为她做点什么？我不知道水灵是否需要帮助，我又能帮她什么？

我站在院子里听水灵笑在屋里，说着好睡受啊大侄子，日头都晒住屁股了！之后是加加的唧啾，还早呢，人家再睡会儿。水灵一屁股坐在床沿推他，还是笑得没心没肺，说做贼还早哩！可怜见儿的多少日子没睡个囫囵觉，身子粘住床就睡转圈儿！

红玉可能进来的时候我们都在睡觉，她现在甩搭着手做好了早饭，隔着窗子喊中了中了，饭凉了。

小丽终于蓬着头出来了，见是清清淡淡几样腌咸菜和豆粥饭就回头喊儿子啊，雨停了，咱们看姑姑家里的鱼塘去。加加应声好哎，“好”字说在屋里，“哎”字还在半空找地方落脚，人已扑到饭桌。

真是没教养，我只有生气，吃过亏了还不长记性。怪加加似乎没多少道理，小丽迷糊着眼到院里拧了几圈还在洗脸。了空又打发人来请的时候我说咱们走吧，了空师父等着急要怪咱们了，她比不得水灵这里。加加跺脚喊不去不去，小丽也一脸水珠子蹭来说要不这样吧，我们在水灵这儿吧，加加喜欢鱼塘。她还喜欢人家鹅人家得给呀，我真的不明白父亲当初为什么相中这么一个笨家伙。提起了鹅小丽低头去擦脸，她明白我已经知道她母子为什么被人家当贼拿了。加加从撵兔子到捉大白鹅，最后养鹅的人跳着脚大声喝骂着扭他们走了。

小丽心里矮得像藏身黑暗中的一孔黑洞。

夜来下了一场秋雨，天地越发澄澈，路上景致比着来时如同浆洗过一般，寒气却少不得透过衫袖来。

到了庵里，了空早站在了经堂前，一见她们回来，点头说这回可算逢到了故交了！我笑一声说逢故交事小，蒙尊友开恩放人事大！了空“哼”一声关俺啥事！拧身进了经堂。我知道她认了真，就笑着跟进去扯住衣袖赔不是。了空说你明明看出来的，还要那么说，可见是有心欺人！我叹声说这我知道，我见了就知道了。其实我很明白了空像村东头的锅底坑，水翠就是村西头的那塘水。做这种比较时我冷然吃了一惊，水灵该放是什么呢？

说话的当儿水灵和小丽在外面说话，说你也别嫌弃，还都是一崭新没上过身的。小丽抖开她送的一个大养料袋子一看，尽是些花花绿绿的衣鞋帽子，有绸子的，有棉布的，更有许多新削的陀螺，忍不住笑将起来，就拿进去给我看。了空说我当多大的事，又不急着走，值得这等火烧火燎的！水灵笑了说啥也没有比穿衣关紧，姐姐出家人都想得到，俺反倒不实诚，由着头回见面的侄子长一片短一片地叫人笑话去！说着，也不管小丽脸色，把加加拽一旁试衣去了。

我瞅了空，了空说她总是这个脾气，恨不得肠子借给人去用，至于还不还都在其次。我说她比我强。了空看我一眼，想了想说只要听任心走的方向走下去，没有谁比谁强，也没有笑话不笑话。好一个听任心走的方向，我知道我未必做得到，但我会努力做到。

禅房那边她们一阵嚷嚷声、撕拽声，我还道出了什么事，便伸过头看究竟。红玉笑嘻嘻跑过来拍手说水灵姐把嫂子打扮得跟一枝花似的，嫂子脸皮还怪薄，不敢出来哩！我不以为意，想她什么时候脸皮会薄，她可是最不知道脸皮薄的人。

被水灵推推搡搡的小丽勾着头满脸阴沉，后面跟着加加，装扮一新。水灵说姐姐们看看心看，人长得花骨朵儿，稍稍拾掇拾掇就叫雁儿摔跟头鱼儿呛水死，就是画儿上美人儿瞧见了也臊得打墙上打滚儿栽下来！我和了空看眼前一片花团锦簇，便“扑哧”一声笑将起来。小丽三下两下撕扯身上的衣服，满脸通红，嘴里说如何如何？我说像妖怪，没品位，你还死犟，你当你们村野有什么稀罕东西只管拿来糟践人！脚一跺，回头又撕扯加加身上的衣服，加加吓得尖声叫妈妈。红玉说就是妖怪，也是花妖！

水灵脸通红着望着小丽说嫂子别吓着孩子，都怪俺拾急慌忙走急了，忘了先问问嫂子啥喜好，倒惹得嫂子侄子生气。要是不急着走，也不嫌俺县里东西不时髦，回头红玉去县里准保能捎回来。又问我啥喜好？小丽抢着说破地方有什么东西上得了身的。我不想理她，去塑料袋里拎出一条长裙说还是妹妹记性好，不用问就知道。拉着她去净室。

小丽喊二姐，那条裙子去年流行过了，颜色也不对。我对加加说男子汉动不动就哭，值得呀？人家用心送来的东西只该多谢，再若蜂糖罐里挑蜂糖，是不知好歹了！小丽终于不吭声了，她总是一根筋走到底，其实没有启程就错了，错在方向根本就不对。水灵高兴得跟什么似的，连连说姐姐外气了，姐姐外气了！

了空想留我在庵里住下来，怕水灵多心，就跟我商量，我就找水灵商量。水灵说那我就请嫂子和侄子回去，她们怕住不惯这里的，姐姐尽管放心。我知道小丽压根没想到这次的蹭游会是这样后悔，但也只好这样了，我没有走的意思他们也只有等，好在水灵的鱼塘还有些意思，不至于太无趣儿。

了空想跟我研究琴谱，偶尔也留心经文，我跟着她参禅打坐。初时觉着好玩，后来居然能心沉气静。其间水翠数回来访，并未能够谋上一面，后来便打发人先来探看，我或者早早出门，或推说不在。了空原本轻视黄翠娥为人，倒不以为意。水灵知道后怕拂了姐妹脸面，少不得劝说两句，我不说话，劝得次数多了，我不得不甩出话说水翠是水翠，我就是我！水灵十分聪明的人只有给自己不安，并不再劝什么了。暗里跟了空说心里结怨了，这咋弄？了空说存口热气暖暖身子吧！

数日后下了一夜的雨，天亮时又不见放晴，水翠听说我留在庵里，以为我不再外出，就又来找我。但那天我还是出门了，下雨天阴湿清冷，水灵那里的坛子黄焖小鸡和烧兔血最好，还有她自己酿的陈酒味道醇厚，一大早就跟着水灵辞了青凤去姑姑家。水翠来时，只有了空在庵里。水翠惯了她待人不甚亲热，坐一坐就要走去。忽然瞥见桌案上摆着一只白瓷细颈瓶，瓶子边一只玉镯子，便凑近细观，口中啧啧称奇，说你这庵里啥时候出了宝贝？了空说你当是宝贝，我看着不过顽石。水翠赶紧说你要不稀罕，俺可拿走了，你想要啥，赶明儿叫人送过来。了空看她一眼，冷笑着说偌大个周家宅第里还稀罕我这小庵里的东西？这是人家送的，再好也送不得你，别处寻去。水翠不禁纳闷说这东西有钱没处买去，谁肯拿来送人？俺不信。了空说那就是偷来的！水翠笑道妹子好大的气性，俺啥时候说你偷的？只是这东西咱这种地方寻不来的，俺打量着该不是水灵妮子送来的？想她有俩东西不假，和你也有些子交情，还不到拿宝贝送人的份儿，再说她也压根送不出了。该不是军官送的？了空说知道了还问啥。水翠听她一口应承，心里酸酸的，脸上讪讪一笑说妹子好福气！怔怔坐一盅茶工夫，这才起身走了。

我在水灵家里没有再见到那塘水，在其他地方也再没有见到，后来水灵说她家里养鱼的水塘应该就是以前的水塘，只是从来没有测过是不是锅底坑。至于村西头的水塘听说已经填埋了，填埋后的水塘已经建成村委会。

父亲的小说还在写，加着密码，我知道和我的版本不一样。她希望我像他的世界里的千岁或者什么大人物无所不能救一切于水火，但我只想看看水塘或者奶奶的坟头，但奶奶的坟头种着水稻，长势很好的一大片稻田。